KB261788

플루타르코스
영웅전 6

플루타르코스 영웅전 6

플루타르코스 지음 | 이다희 옮김 | 이윤기 기획

1판 1쇄 발행 | 2012. 10. 9

발행처 | **Human & Books**
발행인 | 하응백
출판등록 | 2002년 6월 5일 제2002-113호
서울특별시 종로구 경운동 88 수운회관 1009호
기획 홍보부 | 02-6327-3535, 편집부 | 02-6327-3537, 팩시밀리 | 02-6327-5353
이메일 | hbooks@empal.com

Translation copyright ⓒ이다희

값은 뒤표지에 있습니다.
ISBN 978-89-6078-152-8 04890
ISBN 978-89-6078-102-3 04890 (세트)

플루타르코스 영웅전 6

플루타르코스 지음 | 이다희 옮김 | 이윤기 기획

Human & Books

PLUTARCH
LIVES

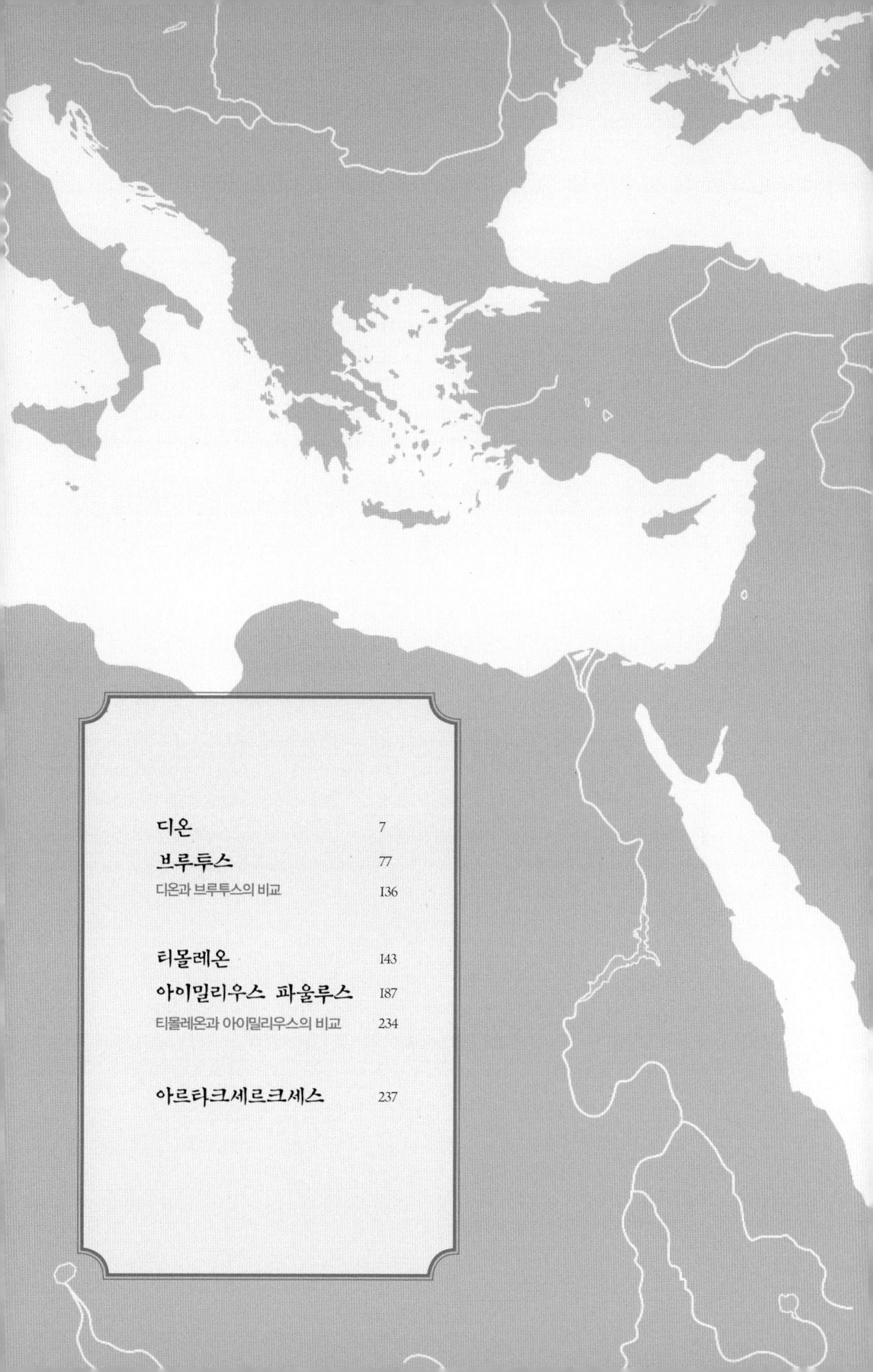

일러두기

I. 이 책은 1914년 출간된 페린(Bernadotte Perrin)의 영역본 『PLUTARCH LIVES』(Harvard University Press)를 바탕으로 번역하였다. 페린의 영역본은 영미권에서 가장 권위 있는 플루타르코스 영웅전 번역본으로 알려져 있다. 이 영역본은 그리스어와 영어가 원전 대비 형태로 편집되어 있다. 따라서 이 책의 번역도 영역을 기준으로 하되, 애매한 부분은 그리스어 표현을 참고하였다.

II. * 표시가 된 부분은 책의 가독성을 위해 생략한 부분을 표시한 것이다. 대부분 언어의 기원, 관습의 유래 등을 설명하는 내용들로 이야기의 흐름에 크게 지장을 주지 않을 부분만 생략했다.

III. 그리스 인명과 신의 이름은 그리스식으로, 로마 인명과 신의 이름은 로마식으로 표기하였다. 지명도 고대식으로 표기하였으며, 설명이 필요한 곳에서는 현대식 표기를 덧붙여 두었다.

ex. 이집트 → 아이귑토스, 아테네 → 아테나이, 피타고라스 → 퓌타고라스

디 온

I.

소시우스 세네키오, 시모니데스에 따르면 일리온트로이아은 아카이아 편을 든 "코린토스 사람들에게 분노하지 않았다." 트로이아를 위해 열정적으로 싸운 코린토스 사람 글라우코스 덕분이었다. 만약 이것이 사실이라면 로마 사람들도, 헬라스 사람들도 아카데메이아와 싸울 까닭이 없다. 디온과 브루투스의 생애를 다루는 이 글에서 로마와 헬라스는 같은 처지에 있기 때문이다. 디온은 아카데메이아 학파인 플라톤의 직제자였고 브루투스도 플라톤의 가르침을 밑거름으로 삼았다. 말하자면 두 사람 모두 같은 훈련소에서 나와 각자 크고 치열한 전쟁을 치른 것이다.

그러니 두 사람의 행동이 대개의 경우 비슷하고 닮아 있었던 것은 놀랄 일이 아니다. 두 사람 모두 탁월한 행위를 통해 스승의 가르침을 몸으로 보여주었다. 공직을 위대하고도 아름답게 수행하기 위해서는 지혜와 정의가 권력, 그리고 행운과 결합되어야 한다는 가르침이었다. 운동을 가르치는 힙포마코스는 시장에서 고기를 사들고 오는 모습만 봐도 자기 학생인지 아닌지 알 수 있다고 했다. 이렇듯, 동일한 훈련을 받은 사람들

8

의 생각이 행동으로 스며들어 비슷한 장단과 화음, 적절한 몸가짐으로
나타나는 것은 자연스럽다.

II.

　두 사람의 생애도 서로 닮아 있는데 서로 같은 길을 선택해서가 아니
라 서로 같은 일을 당했다는 점에서 그러하다. 두 사람 모두 때 이른 죽
음을 맞았으며 크고 많은 고투의 열매를 투자해 이루려고 했던 목적을
결국 이루지 못하고 생을 마감했다. 그러나 가장 놀라운 점은 하늘이 두
사람 모두에게, 다가오는 죽음에 대해 암시를 주었다는 사실이다. 이 암
시는 불길한 유령의 모습으로 두 사람에게 각각 나타났다. 그러나 정신
이 멀쩡한 사람에게 하늘이 보낸 유령이나 환영이 나타날 리 없다며 두
사람에게 일어난 일을 부인하는 사람들도 있다. 그들은 어린아이들과,
병에 걸려 혼미해진 어리석은 남녀들만이 헛되고 별난 상상을 하는데 그
마저도 미신을 믿는 못된 경향이 있는 사람들에 한해서라고 말한다.

　그러나 지식이 탄탄하고 철학 교육을 받았으며 무슨 일에도 쉽게 좌
절하거나 압도당하지 않았던 디온과 브루투스가 유령을 보고 충격을 받
아 다른 사람들에게 이야기를 할 정도였다면 아주 오랜 옛날부터 전해
져온 극히 비상한 믿음에 기대는 도리밖에 없다. 이 믿음에 따르면 악하
고 해로운 정령은 선한 사람을 시기하고, 고결한 행동을 막기 위해 공포
와 혼란을 가져온다. 그러면 선한 자의 용기는 흔들리고 기울어진다. 결
국 그는 영광의 길을 꿋꿋하고 똑바르게 가지 못하고 사후에 악한 정령
보다 더 좋은 몫을 차지할 수 없게 된다. 그러나 여기에 관한 논의는 다
른 곳에 더 적합하다. 이 책, 즉 이 열전의 열두 번째 권은 두 사람 가운
데 연장자의 이야기로 시작하겠다.

III.

  디오뉘시오스 1세는 체제의 고삐를 잡은 직후 쉬라쿠사이 사람 헤르모크라테스의 딸과 결혼했다. 그러나 참주 체제가 확고해지기 전 디오뉘시오스의 아내는 반란을 꾀하던 쉬라쿠사이 사람들의 손에 끔찍하고 잔인무도한 행위를 당했고 그 결과 스스로 목숨을 끊었다. 이후 권력을 되찾아 다시 강력해진 디오뉘시오스는 아내 둘을 동시에 맞이했다. 한 사람은 로크로이에서 온 도리스라는 여인이었고 다른 한 여인은 쉬라쿠사이 원주민 아리스토마케였다. 아리스토마케의 아버지는 쉬라쿠사이의 주요 시민 가운데 한 사람이었던 힙파리노스로 디오뉘시오스가 처음 군대의 총지휘를 맡았을 때 그를 보좌했던 사람이었다.

  디오뉘시오스는 두 아내를 같은 날 맞았다고 전해진다. 두 사람 중 누구와 먼저 잠자리를 했는지 알 수는 없으나 결혼한 뒤 줄곧 두 사람에게 공평하게 대했다.

• 디오뉘시오스 1세. 16세기 출간된 위인 전기 모음(Promptuarii Iconum Insigniorum)에 수록된 삽화.

늘 두 아내와 함께 식사를 했으며 두 아내는 돌아가며 디오뉘시오스의 침상에 들었다. 쉬라쿠사이 사람들은 내 나라 여인이 바깥 나라 여인보다 더 대우 받기를 원했으나 도리스가 운 좋게도 먼저 어머니가 되었고 디오뉘시오스에게 맏아들을 선사함으로써 태생이 외국이라는 점을 벌충했다. 반면 아리스토마케는 디오뉘시오스의 간절한 바람에도 오랫동안 아이를 갖지 못했다. 디오뉘시오스는 도리스의 어머니가 아리스토마케에게 수태를 막는 약을 주었다고 주장하며 사형에 처했다.

IV.

디온은 바로 이 아리스토마케의 오라버니였고 처음에는 누이 덕에 존경을 받았다. 그러나 얼마 안 가 지혜를 인정받았고 오직 자신의 능력만으로 참주 디오뉘시오스의 신임을 받았다. 참주는 디온에게 여러 호의를 선사했다. 재무관들에게 디온이 원하는 것이 있으면 무엇이든 내어주라고 명하기도 했다. 다만 무엇을 내어주었는지 당일 보고하는 것이 원칙이었다.

디온은 원래 고결하고 도량이 넓었으며 용맹스러운 사람이었으나 하늘이 도와 플라톤이 시켈라아로 온 덕분에 높은 성품을 더욱 갈고 닦을 수 있었다. 신들은 먼 미래에 있을 쉬라쿠사이 해방의 기초를 닦고 참주 체제의 전복을 계획하기 위해 이탈리아에 있던 플라톤을 쉬라쿠사이로 데려오고 디온을 그의 제자로 만들었다. 이는 한낱 인간이 꾸밀 수 있는 일이 아니었다.

당시 디온은 꽤 젊었지만 플라톤의 모든 동료들 가운데서 디온이 가장 학습이 빨랐고 덕의 요구에 부응할 준비가 되어 있었다. 이는 플라톤이 기록하고 있는 사실이기도 하고 여러 가지 사건을 통해서도 드러난다. 디온이 폭군에게 복종하는 습관을 배우며 자라났고 겁 많고 순종적인 삶에 길들여져 있었던 것은 사실이다. 그리고 궁중에서 이루어지는 허례허식과 천박한 사치, 쾌락과 무절제를 최고의 선으로 치는 생활방식에도 익숙했다. 그러나 덕으로 이끄는 논리와 철학을 맛보자마자 디온의 영혼은 순식간에 불타올랐다.

이어서 디온은 높고 고상한 것들에 손쉽게 이끌렸던 자신의 경험을 바탕으로 순수하게, 그리고 충동적으로 생각했다. 자신을 매료시킨 논리가 디오뉘시오스에게도 설득력이 있으리라고 생각한 것이다. 그래서 진심을 다해 두 사람의 만남을 추진했다. 참주 디오뉘시오스가 여가 시간을 이용해 플라톤이 하는 이야기를 들을 수 있도록 자리를 마련한 것이다.

V.

이 만남에서 대화의 주요 주제는 인간의 미덕이었고 그중에서도 주로 용맹이라는 미덕에 대한 논의가 이루어졌다. 플라톤은 참주들이 세상에서 가장 용맹스럽지 못하다고 말했다. 나아가 정의에 대해 이야기하며 정의로운 사람의 삶은 축복되고 정의롭지 못한 사람의 삶은 불행하다고 주장했다. 그러자 디오뉘시오스는 정곡을 찔린 듯 플라톤의 말을 듣지 않았고 플라톤의 말에 홀린 듯 그를 우러러보는 관객이 신경 쓰였다.

마침내 디오뉘시오스는 화가 머리끝까지 달해 철학자 플라톤에게 왜 시켈리아에 왔느냐고 물었다. 플라톤이 덕망 있는 사람을 찾으러 왔다고 대답하자 디오뉘시오스가 말했다.

"저런, 어쩌나. 아직 찾지 못한 것 같아 보이는군요."

디온은 디오뉘시오스의 분노가 여기서 끝났다고 생각했다. 플라톤 또한 떠나고 싶어 했는데 마침 떠나는 함선이 있었다. 스파르테 사람 폴리스를 헬라스까지 태워주기 위한 함선이었다. 플라톤은 이 함선에 탔다. 그러나 디오뉘시오스는 몰래 폴리스에게 부탁하여 가능하다면 가는 길에 플라톤을 죽여 달라고 했다. 만약 여의치 않다면 노예로 팔아넘기라고 했다. 그리고 덧붙이기를 정의로운 사람이니 노예로 팔려간다고 해도 별일 없이 즐겁게 살아갈 것이 아니냐고 했다.

결국 폴리스는 플라톤을 아이기나로 데려가 팔아넘겼다고 한다. 당시 아이기나 사람들은 아테나이와 전쟁을 치르고 있는 도중이었고 자국에서 잡힌 아테나이 사람들은 무조건 판매에 부친다는 법령을 시행하고 있었다.

이 와중에도 디오뉘시오스는 여전히 디온을 존중하고 신뢰했으며 중요한 외교 임무가 있을 때마다 디온의 지휘에 맡겼다. 그 예로 디온은 카르타고카르케돈로 파견되어 많은 존경을 받았다. 디오뉘시오스는 또한 디온에게 언행의 자유를 주었다. 디오뉘시오스 앞에서 자신의 생각을 겁 없이 말할 수 있는 사람은 디온이 거의 유일했다. 언젠가 디오뉘시오스가 겔론을 조롱했을 때에도 디온은 이를 꾸중했다. 당시 디오뉘시오스는 겔론이 이름값을 하느라 시켈리아의 웃음거리웃음거리는 헬라스 말로 겔로스다가 되었다고 농담을 했다. 그 말을 들은 다른 사람들은 억지로 웃어주었다. 그러나 디온은 불쾌한 기색을 숨기지 않고 말했다.

"전하께서 참주가 될 수 있었던 것은 시민들이 참주 겔론을 생각하여 전하를 신뢰했기 때문입니다. 그렇지만 앞으로 전하 덕택에 신뢰를 얻는 사람은 없을 것 같습니다."

• 쉬라쿠사이의 참주 겔론 1세. 무력으로 권력을 잡았으나 잡은 권력을 알맞게 사용했으므로 지지를 받았다.

옳은 말이다. 겔론이 지배할 당시 사람들은 절대적인 권력 아래 있는 도시에 대해 선망을 가졌다. 그러나 디오뉘시오스가 다스리기 시작한 이후 사람들은 참주의 지배를 받는 도시에 사는 것을 몹시 수치스럽게 여기게 되었다.

• 디오뉘시오스의 귀. 화가 카라바지오가 이름 붙였다고 알려져 있다. 전설에 따르면 디오뉘시오스는 반대파 사람들을 이 안에 가두고 그들의 음모를 엿들었다고 한다. 동굴의 형태가 소리를 증폭시켰기 때문에 가능했다는 설이다.

•• 조시아 우드 휨퍼가 그린 디오뉘시오스의 귀.

VI.

　디오뉘시오스는 로크로이 출신 아내와 아이 셋을 가졌고 아리스토마케와 넷을 가졌다. 그 가운데 두 딸 소프로쉬네와 아레테가 있었다. 소프로쉬네는 디오뉘시오스 2세와 결혼했고 아레테는 디오뉘시오스의 형제 테아리데스와 혼인했으나 테아리데스가 죽자 외삼촌 디온의 아내가 되었다. 이후 디오뉘시오스 1세가 병을 얻어 죽을 지경에 이르자 디온은 아리스토마케의 자녀들의 장래에 대해 왕과 상의하려고 했다. 그러나 왕세자의 비위를 맞추기에 바빴던 왕의 의원들은 면담을 허락하지 않았다. 뿐만 아니라 티마이오스에 따르면 병든 디오뉘시오스가 잠 오는 약을 요구했을 때 의원들은 정신을 빼앗고 잠에 빠뜨려 결국 죽음에 이르게 하는 약을 주었다.

　반면 디온은 아들 디오뉘시오스와 그의 지지자들과 가진 첫 번째 면담에서 당시 상황이 요구하고 있는 것들에 대해 과감하게 자기주장을 펼쳤다. 디온의 지혜는 다른 모든 사람을 아이처럼 보이게 만들었으며 디온의 언행은 다른 모든 사람을 한낱 참주제의 노예처럼 보이게 만들었다. 그들은 젊은 디오뉘시오스에게 잘 보이기 위해 조언을 할 때에도 소심하고 비굴하게 했기 때문이다.

　그러나, 나라를 위협하는 카르타고에 대한 두려움으로 가득했던 디오뉘시오스 2세와 지지자들에게 가장 놀라웠던 점은 이것이었다. 디온은 디오뉘시오스가 평화를 원한다면 자신이 직접 리뷔에아프리카로 배를 끌고 나가 전쟁을 멈추고 가장 유리한 방향으로 합의를 이끌어내겠다고 했다. 그러나 왕이 전쟁을 원한다면 자신이 직접 재빠른 함선 50척을 제공하고 유지비용을 대겠다고 약속했다.

VII.

그러자 디오뉘시오스는 디온의 아량에 탄복했고 열정을 반가워했다. 그러나 다른 대신들은 디온의 관대한 마음 씀씀이 때문에 자신들이 왕의 호의를 받지 못하게 되었다고 느꼈고 디온의 권력에 압도되었기 때문에 즉각 적대적인 행위를 시작했다. 그리하여 젊은 디오뉘시오스에게 디온에 대한 온갖 험담을 일삼았으며 그가 해상 권력을 이용하여 슬쩍 참주 자리를 차지하려고 한다고 비난했다. 또한 함대를 핑계로 누이 아리스토마케의 자녀들에게 권력을 쥐어주려 한다고 덧붙였다.

그러나 대신들이 디온을 시기하고 증오한 것은 무엇보다도 디온의 생활방식이 그들과 달랐고 그가 다른 대신들과 어울리는 것을 거부했기 때문이다. 당시 대신들은, 쾌락과 아첨을 먹고 버릇없이 자란 어린 참주와 친밀하게 교류하면서 왕을 위해 온갖 애정 관계를 주선하고, 술과 여

자가 있는 흥겨운 잔치, 그 밖의 음탕한 놀이거리를 마련하느라 늘 정신
이 없었다. 이리하여 디오뉘시오스 2세의 참주 정치는 불에 달군 쇠처럼
무르게 변해갔고 시민들의 눈에도 한결 누그러진 듯 보였다. 과도했던 잔
혹성도 점점 줄어들었는데 칼날
이 이처럼 무디어진 것은 군주가
자비로웠기 때문이 아니라 안락
함을 추구했기 때문이다.

그 결과 젊은 왕의 방종이 점
점 득세했고 마침내, 디오뉘시오
스 1세가 "끊을 수 없는 굴레"로
묶여 있다고 주장했던 군주제가
녹아 사라지고 말았다. 어느 정
도였는가 하면 90일 동안 끊임없
이 술잔치가 벌어진 적도 있다.
이 동안 왕과 대신들은 누구도
면담하지 않았고 중대사를 단
한 건도 처리하지 않았다고 한
다. 오직 음주가무를 일삼고 허
튼소리와 말장난을 주고받는 데
열중했을 뿐이다.

• 리차드 웨스톨이 그린 디오뉘시오스 2세. 주연이 벌어지던 중 왕에
게 아첨하던 다모클레스가 왕의 처지를 부러워하자 디오뉘시오스는
잠시만이라도 자리를 바꾸어보자고 제안한다. 왕좌에 앉은 다모클
레스는 왕좌 위에 묵직한 칼이 묶여 있는 것을 발견한다. 칼을 지탱
하고 있는 것은 말의 꼬리털 단 한 올.

VIII.

그러므로 디온이 성가시게 느껴진 것은 당연하다. 디온은 쾌락에 빠
지거나 어리석은 행동을 하지 않았기 때문이다. 그래서 대신들은 디온의

미덕에 안 좋은 이름을 붙여 악덕처럼 포장하는 방식으로 디온을 비방했다. 예를 들어 디온의 위엄 있는 태도를 오만하다고 하는가 하면 과감한 언행을 고집이라고 불렀다. 디온이 충고를 하면 비난으로 받아들였고 그가 다른 사람들의 악행에 가담하지 않으면 그들을 멸시한다고 여겼다.

디온의 태도에 태생적으로 어떤 위엄이 어려 있었던 것은 사실이다. 디온은 성격이 모질어 사귀기 어려웠고 까다롭기도 했다. 디온을 불편하고 어렵게 여기는 상대는 아첨에 물든 젊은이뿐만이 아니었다. 디온과 깊이 교류하며 디온의 고지식하고 고결한 성격을 좋아하는 사람들도 디온이 사람들과 대화하는 방식에서 곧잘 문제를 발견했다. 디온은 공직에 있는 사람답지 않게, 도움을 요청하는 사람들을 지나치게 무례하고 거칠게 대했기 때문이다.

이에 대해 플라톤은 훗날 디온에게 예지적인 내용을 담은 편지를 쓰기도 했다. 이 편지에서 플라톤은 고집이 "고독의 친구"이니 조심하라고 한다. 그러나 당시 사람들은 이미 디온을 누구보다 귀중하게 여기고 있었고 폭풍우에 내던져진 참주 체제를 보호하고 지지할 사람은 그가 유일하다고 생각했다. 그럴 수밖에 없는 상황이었다. 디온이 최고이자 최우선의 자리를 지킬 수 있었던 것은 참주가 그를 원해서가 아니라 필요로 했기 때문이며 디온 역시 이를 잘 알고 있었다.

IX.

디온은 디오뉘시오스 2세가 교육을 제대로 받지 못해서 참주제가 위기에 처했다고 생각했다. 그래서 왕에게 교양 학문을 가르치고, 인격을 형성하는 문학과 과학을 맛보이고자 했다. 왕이 덕을 두려워하지 않고, 숭고하고 고결한 것을 기쁘게 받아들이도록 하기 위해서였다. 디오뉘시오스 2세가 최악의 참주가 될 본성을 타고난 것은 아니었다. 그러나 디오뉘시오스 1세는 아들이 지혜를 얻고 분별력 있는 사람들과 어울리게 되면 아버지의 권력을 빼앗을 음모를 꾸밀까 두려웠다. 그리하여 아들을 집 안에만 가두어 두었다. 어린 디오뉘시오스는 누구와도 교류하지 못하고 세상일을 알지도 못한 채 소형 마차와 촛대, 나무 의자와 탁자를 만들며 시간을 보내곤 했다고 한다.

아버지 디오뉘시오스는 아무도 믿지 못했고 모두를 의심했다. 두려움 때문에 늘 안절부절못했던 디오뉘시오스는 이발사가 가위로 머리카락을 자르는 것도 거부했다. 이발사는 가위로 자르는 대신 벌건 숯으로 머리카락을 지졌다. 왕의 아우나 아들도 원하는 옷을 입고 왕을 만나지 못했다. 왕을 만나기 전에는 누구든 입고 있던 옷을 벗고 다른 옷을 입어야 했으며 왕의 호위병들이 벗은 몸을 확인했다.

언젠가 아우 렙티네스가 어느 장소에 대해 설명하면서 호위병의 창을 빌려 바닥에 그림을 그렸는데 왕은 아우에게 불같이 성을 내면서 창을 내어준 호위병을 사형에 처했다. 왕은 또한 분별력이 있는 동료들을 경계한다고 말하곤 했다. 그런 동료들이 참주의 신하가 되기보다 참주가 되고 싶어 한다는 것을 알았기 때문이다.

총사령관에 오른 마르쉬아스가 왕을 죽이는 꿈을 꾸었다고 해서 사형에 처한 적도 있다. 왕은 마르쉬아스가 음모를 꾸미고 있지 않았다면 그런 꿈을 꿀 리가 없다고 생각했다. 그렇다. 디오뉘시오스 1세는 사실 이처럼 소심했고, 비겁한 마음에서 우러난 온갖 악행을 일삼았다. 자신이 세상에서 가장 용맹한 사람이라는 사실을 인정해주지 않는다고 플라톤에게 성을 냈던 바로 그 디오뉘시오스였다.

X.

앞에서 말했듯 디온은 이런 비겁한 아버지를 둔 디오뉘시오스 2세가 교육의 부족으로 위축되고 뒤틀린 것을 보았으므로 왕에게 학업에 열중하라고 타일렀다. 또한 최고의 철학자에게 시켈리아로 오라는 간곡한 부탁을 넣게 했으며 그가 오면 제자가 되라고 했다. 그러면 왕의 성품은 덕의 원리의 통제를 받을 터였고 우주를 무질서에서 질서로 움직이는, 모든 존재 가운데 가장 신적이고 아름다운 존재를 본받게 될 터였다. 그러면 왕 자신도 크나큰 행복을 얻고 백성도 큰 행복을 얻을 것이 분명했다. 백성은 왕권의 강요에 따라 풀이 죽은 채로 복종하는 대신, 왕이 온화하고 정의롭게 다스리는 것을 보고 선의와 충절을 담아 복종할 터였다.

그러면 디오뉘시오스는 참주가 아닌 군주가 될 수 있었다. "끊을 수 없는 굴레"와 같은 권력은 아버지 디오뉘시오스의 말처럼 공포와 압제, 수많은 함선, 셀 수 없이 많은 외국인 호위병에서 나오지 않았다. 덕과 정의가 낳는 선의와 열의, 호의에서 나왔다. 이렇게 나온 굴레는 가혹하고 엄격한 통치가 형성하는 굴레보다 더 유연하지만 권력이 더 오래 지속되게 해주었다.

뿐만 아니다. 화려한 옷을 입고 있고 호화로운 가구로 치장한 집을 갖고 있음에도 말과 대화 속에 보통 사람과 구별되는 위엄이 없으며 영혼의 왕궁을 기품 있고 알맞은 방식으로 꾸미려 하지 않는 지배자는 초라하고 무기력한 지배자였다. 이것이 디온의 생각이었다.

XI.

　디온이 왕에게 종종 위와 같은 조언을 했고 거기 플라톤의 학설을 적절히 섞었으므로 디오뉘시오스는 플라톤의 가르침을 얻고 그와 교류하고 싶은 간절하고 심지어 열광적인 바람을 갖게 되었다. 그리하여 디오뉘시오스는 아테나이로 수많은 편지를 보냈고 디온도 계속해서 청을 넣었다. 그 밖에도 이탈리아에 있는, 퓌타고라스 학파의 학자들이 플라톤에게 부탁했다. 어서 와서, 권능의 바다에서 부대끼고 있는 젊은 영혼을 붙잡아 무게 있는 논리로 안정시켜 달라는 청이었다.

　플라톤은 마침내 청을 들어주었다. 플라톤이 스스로 기록한 바에 따르면 이는 수치심 때문이었다. 이론만 펼치고 행동으로 옮기지 않는 사람으로 보이기 싫었던 것이다. 나아가 플라톤은 시켈리아의 모든 것을 지배하는 한 사람을 정화함으로써 시켈리아 전체를 모든 질병으로부터 치유할 수 있으리라고 믿었다.

• 플라톤의 두상. 로마 시대 복제품.
•• 플라톤의 아카데메이아 학파를 묘사한 모자이크 벽화. 플라톤은 시켈리아와 아이귑토스를 다니며 아카데메이아 학파뿐만 아니라 여러 중요한 인물들에게 영향을 미쳤다.

그러나 디온의 반대파는 디오뉘시오스가 변할 것을 두려워했다. 그리하여 왕에게, 유배 간 필리스토스를 불러들여 달라고 설득했다. 필리스토스는 학식이 뛰어나고 참주 체제에 정통한 사람이었다. 반대파는 필리스토스가 플라톤과 플라톤 철학에 맞서 균형을 이루어 주리라고 생각했다. 필리스토스는 처음부터 참주제를 확립하는 데 누구보다 열정적으로 참여한 사람이었으며 성을 수비하는 수비대의 지휘관으로서 오랫동안 일했다. 그가 디오뉘시오스 1세의 어머니와 매우 친밀했다는 이야기도 있다.

필리스토스가 유배를 당한 자초지종은 이렇다. 디오뉘시오스 1세의 아우 렙티네스는 다른 남자와 살고 있는 여자와 부정한 관계를 맺은 뒤 결혼하여 두 딸을 낳았는데 그 가운데 하나를 필리스토스에게 주었다. 이를 안 디오뉘시오스는 분개하여 렙티네스의 아내에게 족쇄를 채우고 감옥에 가두었으며 필리스토스를 시켈리아에서 추방했다. 필리스토스는 아드리아에 있는 친구들에게로 피신했고 거기서 여유로운 생활을 하며 역사서의 상당 부분을 집필한 것으로 보인다. 그는 디오뉘시오스 1세가 살아 있는 동안에는 쉬라쿠사이로 돌아가지 않았으나 앞서 말했듯 디오뉘시오스 1세가 죽고 난 뒤 디온을 시기한 궁정 대신들의 부름을 받고 돌아갔다. 대신들은 필리스토스가 자신들의 목적에 더 적합하다고 생각했으며 참주제의 편에 더욱 굳건하게 서 있다고 생각했다.

XII.

그래서 필리스토스는 귀국하자마자 참주 정부와 밀접한 관계를 유지했다. 디온과 참주를 비난하고 손가락질하는 그 밖의 사람들도 있었다. 그들은 디온이 테오도테스, 헤라클레이데스와 함께 반역을 꾀하고 있다고 고발했다. 실제로 디온은 플라톤의 방문이 참주 정부의 오만하고 지나치게 가혹한 행태를 누그러뜨리고 디오뉘시오스를 온당하고 합법적인 지배자로 바꾸어 주기를 바랐다. 그러나 만약 디오뉘시오스가 디온의 노력에 반대하고 누그러지기를 거부한다면 그를 끌어내리고 권력을 쉬라쿠사이 사람들에게 되돌려주려는 결심을 하고 있었다. 민주정이 최선은 아니지만 안정적이고 건전한 귀족정이 수립되지 못할 경우 참주제보다는 민주정이 낫다고 생각했기 때문이다.

XIII.

플라톤이 시켈리아로 왔을 때 상황은 이와 같았다. 처음에 그는 매우 따뜻하고 존경 어린 환영을 받았다. 화려하게 장식된 왕의 마차가 배에서 내리는 플라톤을 맞았고 왕은 나라에 주어진 축복에 감사하는 의미로 희생 제물을 바치기도 했다. 게다가 디오뉘시오스가 제공한 만찬은 검소했으며 궁중 대신들은 예의를 지켰고 왕 스스로도 온화하게 굴었으므로 시민들은 참주가 변할 것이라는 놀라운 희망을 갖게 되었다.

또한 학문과 철학에 대한 전반적인 관심도 갑자기 상승했다. 기하학자들이 너무 많아 궁 안이 모래로 가득 찰 지경이었다.° 며칠이 지난 뒤 왕궁에서는 정기적으로 열리는 국가 차원의 희생 의식이 치러지게 되었다. 이 의식에는, 참주 체제가 여러 세대에 걸쳐 길이 보전되기를 기원하는 절차가 있었다. 관습에 따라 기원문이 포고되자 가까이 서 있던 디오뉘시오스가 이렇게 말했다고 한다.

"그건 저주다. 그만두어라!"

• 기하학자들은 도형을 그릴 때 바닥에 모래를 뿌린 뒤 그 위에 그렸다.

이는 필리스토스와 지지자들을 상당히 불편하게 만들었다. 잠깐 함께 했을 뿐인데 젊은 군주의 생각을 그 정도로 바꾸고 변화시켜 놓았다면 시간이 흐르고 친분이 커감에 따라 플라톤의 영향력은 걷잡을 수 없게 될 터였다.

XIV.

따라서 그들은 디온을 따로 은밀하게 비난하는 것을 그만두고 공공연하게 공격하기 시작했다. 반대파의 주장에 따르면 디온은 플라톤의 학설을 이용해서 왕의 넋을 빼앗고 왕을 노골적으로 현혹하고 있었다. 참주가 스스로 권력을 포기하고 내려놓게 만드는 것이 목적이었다. 그렇게 되면 디온은 권력을 잡아 조카, 즉 아리스토마케의 자녀들에게 넘길 것이 분명했다.

아테나이 사람들을 괘씸하게 여기는 이들도 있었다. 과거 아테나이는 크나큰 육군 및 해군 병력을 이끌고 시켈리아로 항해했으나 쉬라쿠사이를 차지하지 못하고 처참히 섬멸된 적이 있었다. 사람들은 그랬던 아테나이가 이제 철학자 단 한 사람을 이용해 디오뉘시오스의 참주정을 뒤엎으려 한다고 주장했다. 그들의 눈에 왕은 호위대 1만 명을 해산시키고 함선 4백 척과 기병 1만 명, 그 몇 갑절이 되는 중장비 보병대를 버리면서까지 불투명한 이익을 위해 아카데메이아의 철학을 공부하려고 했고 기하학을 통해 행복을 추구하려고 했다. 권세와 부와 사치를 바탕으로 한 행복은 디온과 디온의 조카들에게 넘기려고 했던 것이다.

이처럼 여론이 들끓자 디오뉘시오스조차 처음에는 의심을 품었고 나중에는 노골적으로 분노와 적개심을 표출했다. 바로 그때 편지 한 통이 도달했다. 디온이 카르타고의 관리들에게 보낸 편지였다. 이 편지에서 디

24

온은 디오뉘시오스와 평화를 협상할 때 자신 없이 회담을 하지 말라고 당부했으며 자신이 모든 것이 잘되도록 돕겠다고 했다.

티마이오스에 따르면 디오뉘시오스는 이 서신을 필리스토스에게 읽어 주었고 두 사람은 상의한 끝에, 화해를 빙자한 자리를 마련하여 디온을 속였다. 이 자리에서 왕은 적당히 항의를 하는 듯하다가 화해가 이루어 졌다고 선언하고는 디온만을 데리고 아크로폴리스를 내려가 바다로 향했다. 거기서 왕은 디온에게 편지를 보여주며 그가 자신을 끌어내리기 위해 카르타고 사람들과 음모를 꾸몄다고 힐책했다. 그리고 디온이 변명을 하려고 하자 듣지도 않고 그대로 작은 배에 태웠으며 선원들에게 그를 이탈리아에 내려주라고 명령했다.

XV.

사람들은 왕의 조처가 잔인했다고 생각했다. 왕가의 여인들은 슬픔에 빠졌으나 쉬라쿠사이의 시민들은 혁명이 가까워졌다고 생각했으며 정권이 더 빨리 교체되리라는 희망에 부풀었다. 디온에 대한 푸대접으로 인해 엄청난 동요가 일었으며 왕궁의 다른 대신들도 왕을 불신했기 때문이다.

디오뉘시오스는 이를 보고 겁을 먹었다. 그래서 여인들과 디온의 지지자들을 위로하기 위해, 디온은 유배를 간 것이 아니라 여행을 갔다고 둘러댔다. 디온의 고집에 화가 난 자신이 더 지독한 짓을 저지르지 않는다고 장담할 수 없어서 내린 조치라고 했다. 그는 또한 디온의 친척들에게 배 두 척을 주고 원하는 만큼의 재산과 일손을 실어 펠로폰네소스에 있는 디온에게 보내도록 했다.

디온은 재산이 아주 많았고 거의 왕과 다름없는 것들을 갖추고 호화롭게 살았기 때문에 동료들은 이런 재산을 수습하여 디온에게 보냈다. 그밖에도 궁중의 여인들과 추종자들이 디온에게 많은 물건을 보냈으므로 부와 재산으로 따져도 디온은 헬라스 사람들 사이에서 단연 돋보였다. 헬라스 사람들은 유배자가 그토록 부유할 수 있는 것을 보고 참주의 권력을 짐작했다.

XVI.

한편 디오뉘시오스는 플라톤을 당장 아크로폴리스로 불러 호의를 베푸는 척 의장병을 붙여주었다. 그가 디온을 찾아가 왕의 잘못을 고자질할까 두려웠기 때문이다. 그러나 시간이 흐르고 오랜 대화를 통해, 플라톤과 교제하고 플라톤의 말을 듣는 것에 익숙해지자 디오뉘시오스는 야생 짐승이 사람에게 적응하는 것을 배우듯 플라톤에 대해 참주다운 열정을 갖게 되었다. 플라톤이 오로지 자신에게만 애정을 되돌려줄 것을 요구했으며 누구보다 자신을 가장 아껴주기를 바란 것이다. 그리고 플라톤이 디온과의 우정을 자신과의 우정보다 중요하게 생각하지 않는 한 참주제의 운영을 플라톤에게 맡길 생각도 있었다.

디오뉘시오스의 이와 같은 열정은 플라톤에게는 재앙이었다. 왕은 절박한 연인처럼 광기 어린 질투심에 사로잡혀 있었으며 화를 내다가도 어느새 화해를 갈구하기 일쑤였다. 플라톤의 학설을 듣고 그의 철학적 탐구에 동참하고 싶은 마음은 간절했으나 왕의 변화를 염려하는 사람들의 만류와 비난을 두려워했기 때문이다.

그러나 마침 이 시점에서 전쟁이 터졌고 왕은 플라톤을 떠나보냈다. 그리고 여름에는 디온을 다시 불러들이겠다고 약속했다. 왕은 이 약속을 곧바로 어겼으나 디온의 재산에서 나오는 소득을 계속해서 그에게 보

26

냈으며 플라톤에게 약속을 어긴 것을 용서해달라고 부탁했다. 전쟁 때문에 디온의 귀국이 늦어지고 있으며 평화 협정이 체결되는 순간 디온을 고향으로 데려오겠다고 설명한 것이다. 디오뉘시오스는 또한 디온에게 혁명을 꾀하지 말고 조용히 있을 것, 그리고 헬라스 사람들 앞에서 자신을 비방하지 말 것을 부탁했다.

XVII.

플라톤은 왕의 이러한 부탁을 들어주고자 디온을 자신이 있는 아카데메이아에 붙잡아두었고 디온은 철학에 몰두했다. 당시 디온은 아테나이 윗도시*에 지인 칼립푸스와 함께 살고 있었다. 그러나 유흥을 위해 시골 별장을 마련했고 훗날 시켈리아로 돌아갈 때 이 집을, 아테나이에서 가장 절친했던 친구 스페우십포스에게 주었다. 플라톤은 디온이, 때와 장소를 가려 농담을 할 줄 아는 매력적인 사람과 어울리면 성격이 누그러지고 감미로워질 것이라고 생각했다. 스페우십포스가 바로 그런 사람이었기 때문이다. 티몬은 저서 『실리』에서 스페우십포스가 우스갯소리를 잘한다고 기록한 바 있다.

언젠가 플라톤이 소년으로 이루어진 합창단을 제공해야 하는 상황이 되었을 때 디온이 합창단을 훈련시키고 모든 유지비용을 대기도 했다. 플라톤은 아테나이 사람들을 기쁘게 하려는 디온의 마음을 격려했는데 디온의 행동이 플라톤 자신에게 명성을 가져오기보다 디온에 대한 호감을 상승시킬 것이라는 믿음에서였다.

디온은 또한 다른 도시들을 방문해서 태생이 고귀하고 누구보다 정치

---

* 페이라이에우스를 포함하지 않은 아테나이.

가다운 사람들과 여가를 보내고 축제의 향락을 함께 했다. 이 자리에서 디온은 조금도 무례하거나 오만하거나 나약하게 굴지 않았고 놀라운 절제심과 덕성, 용기, 그리고 학문과 철학에 대한 적당한 열정을 보여주었다. 그리하여 모든 사람들이 디온에 대한 존경심과 호의를 갖게 되었고 여러 도시에서 그에게 명예를 수여했다.

라케다이몬은 디온에게 시민권을 주기도 했다. 디오뉘시오스가 당시 테바이와 싸우고 있던 라케다이몬의 열렬한 우방이었음에도 디오뉘시오스의 분노는 고려하지 않았다. 디온이 메가라 사람 프토이오도로스의 초청을 받아 그를 방문했다는 이야기도 있다. 프토이오도로스는 메가라에서 커다란 재력과 영향력을 행사하는 사람이었던 것으로 보인다. 그러나 프토이오도로스의 집 앞에는 군중이 모여 있었고 프토이오도로스는 바쁜 일에 매여 있었으므로 디온은 집으로 들어가기도, 그를 만나기도 힘들었다. 그러자 동료들은 불쾌해하며 화를 냈으나 디온은 이렇게 말했다.

"이 사람을 탓할 이유가 있는가? 우리도 쉬라쿠사이에서 다르지 않았다네."

XVIII.

그러나 시간이 갈수록 디오뉘시오스는 디온을 점점 더 시기했고 그가 헬라스 사람들 사이에서 누리는 인기를 두려워했다. 따라서 디온에게 재산 소득을 보내는 일을 멈추었고 디온의 소유지를 왕 자신의 재산 관리인에게 넘겼다. 그럼에도 그는 플라톤을 잘못 대접함으로써 철학자들로부터 얻게 된 좋지 않은 명성을 만회하고 싶었다. 그리하여 학식이 있기로 유명한 사람들을 궁중으로 집결시켰으나 모든 토론에서 늘 남보

다 앞서고 싶어 했기 때문에 플라톤을 통해서 얻은 불완전한 지식을 서
투른 방식으로 사용할 수밖에 없었다.

결국 디오뉘시오스는 플라톤을 더욱 그리워하게
되었고 플라톤이 있을 때, 배울 수 있는 모든 것을
배우지 않은 것을 후회했다. 그러나 참주답게 모든
욕망을 충족시키고 무엇이든 자기 고집대로 해야 성
에 찼던 디오뉘시오스는 당장 플라톤을 붙잡기 위
해 수단과 방법을 가리지 않았다. 먼저 아르퀴타스
를 비롯한 퓌타고라스 학파 학자들에게 플라톤을
초청하고 합의 내용을 보증해 줄 것을 부탁했다.

• 아르퀴타스.

디오뉘시오스가 퓌타고라스 학파 학자들과 친분
을 쌓게 된 것도 알고 보면 다 플라톤 덕분이었다. 아무튼 아르퀴타스와
학자들은 플라톤에게 아르케데모스를 보냈고 디오뉘시오스는 플라톤을
태울 함선을 보내기도 했다. 배에는 동료를 태워 보내 플라톤의 복귀를
간청하도록 했다. 디오뉘시오스는 명확하고 직설적인 요청을 담은 편지
를 직접 적어보내기도 했다. 플라톤이 설득 끝에 시켈리아로 온다면 디
온에게 모든 자비를 베풀겠으나 오지 않는다면 조금도 베풀지 않겠다는
내용이었다. 디온의 아내와 누이는 디온에게 여러 번 간곡히 부탁했다.
디온이 나서서 플라톤을 설득하지 않으면 디오뉘시오스는 더 무자비한
행동을 저지를 것 같았기 때문이다. 이렇게 해서 마침내 플라톤은 "카륍
디스를 다시 한 번 모험해보기 위해 세 번째로 스퀼라로 온 것이다."*

• 『오뒷세이아』 12권 428행과 관련이 있다.

• 요한 하인리히 퓌슬리가 그린 『스퀼라와 카륍디스를 앞둔 오뒷세우스』. 옛이야기 속에서 카륍디스는 시켈리아의 해안에 살고 있는 괴수로 그려진다. 카륍디스의 반대편에는 괴수 스퀼라가 살고 있는데 두 괴수가 도사리고 있는 해협을 항해하는 배는 어느 한쪽으로 조금만 치우쳐도 끔찍한 최후를 맞는다.

XIX.

플라톤이 도착하자 디오뉘시오스는 굉장히 기뻐했고 시켈리아 사람들은 다시 크나큰 희망을 품었다. 플라톤이 필리스토스를, 철학이 참주정을 누를 수 있도록 시민들은 모두 기도하며 무척 애를 썼다. 여인들도 플라톤을 위해 정성을 다했다. 디오뉘시오스는 플라톤에 대한 신뢰를 보여주기 위해 오직 그에게만 특별한 혜택을 주었다. 수색을 받지 않고도 왕을 만날 수 있는 특권을 준 것이다.

왕은 돈을 건네기도 했다. 큰 액수를 여러 번 건넸지만 플라톤은 받지 않았다. 이를 목격한 적이 있는 퀴레네의 아리스팁포스는 디오뉘시오스가 참으로 신중하게 베푼다고 말했다. 돈을 더 달라고 할 것 같은 자신에게는 많이 권하지 않고 아무것도 받으려고 하지 않는 플라톤에게는 많이 권했기 때문이다.

도착한 직후 쏟아졌던 호의가 잦아들고 플라톤이 디온의 문제를 꺼내자 디오뉘시오스는 우선 시간을 끌다가 이윽고 사소한 일로 흠을 잡거나 반대 의견을 내놓기 시작했다. 이런 일들은 디오뉘시오스가 숨기려고 애를 썼으므로 외부에 알려지지 않았다. 디오뉘시오스는 대신 플라톤에게 따뜻한 관심을 주고 그를 명예롭게 대접함으로써 디온으로부터 떨어뜨려 놓으려고 했다. 플라톤 자신도 처음에는 왕의 배신과 가식을 폭로하지 않았고 견디어내며 증오를 숨겼다.

아무도 모르는 가운데 두 사람 사이에 이와 같은 일들이 벌어지고 있을 당시 플라톤과 절친한 퀴지코스의 헬리콘이 일식을 예측했다. 일식은 헬리콘이 예측한 대로 벌어졌고 왕은 이를 놀랍게 여기며 헬리콘에게 은화 1탈란톤을 주었다. 그러자 아리스팁포스는 다른 철학자들이 있는 자리에서 자신도 기이한 현상을 예측할 수 있다고 익살을 부렸다. 다른 철학자들이 그것이 무엇이냐고 묻자 그가 말했다.

"플라톤과 디오뉘시오스 왕은 오래지 않아 적이 될 것입니다."

얼마 안 가 디오뉘시오스는 디온의 사유지를 팔고 그 돈을 횡령하기까지 이르렀다. 그리고 궁중 정원에 위치한 플라톤의 숙소를 용병 군대가 지내는 곳으로 옮겼다. 이 군대의 병사들은 처음부터 플라톤을 싫어했고 목숨을 빼앗고 싶어 했다. 플라톤이 참주제를 없애고 호위대를 해산시키라고 왕을 설득하고 있었기 때문이다.

XX.

아르퀴타스와 동료 퓌타고라스 학파 학자들은 플라톤이 어떤 위험에 처했는지 전해 듣자마자 재빨리 배에 사절을 태워 보냈다. 그리고 플라톤이 쉬라쿠사이로 갈 때 퓌타고라스 학파 학자들이 보증을 선 사실을 상기시키며 플라톤을 내놓으라고 요구했다. 디오뉘시오스는 플라톤에게 악의를 품었다는 것을 부인하기 위해 플라톤을 위한 만찬을 열었고 떠나가는 길을 위한 준비물을 넉넉히 마련해 주었다. 나아가 이런 말까지 덧붙였다.

"플라톤이여, 그대는 동료 철학자들 앞에서 나를 지독하게 비난하겠지요."

그러자 플라톤이 웃으며 대답했다.

"아카데메이아에서 얼마나 논의할 주제가 없으면 전하에 대해 논의하겠습니까? 그런 일은 없어야지요."

디오뉘시오스는 이렇게 플라톤을 보내주었다고 전해진다. 그러나 플라톤 자신이 남긴 기록은 이 이야기와 완벽히 일치하지는 않는다.

XXI.

디온은 이 모든 상황이 몹시 불쾌했다. 뿐만 아니라 얼마 후 아내가 어떤 대접을 받았는지 알게 되자 반감이 더욱 심해졌다. 플라톤은 디오뉘시오스에게 보내는 편지에서 이 문제에 대해 은밀히 언급한 적이 있다. 사연은 이러하다. 디온이 추방을 당하고 플라톤이 귀국할 당시 디오뉘시오스는 플라톤을 통해 한 가지 사안에 대해 은밀히 디온의 의사를 물은 적이 있다. 아내가 다른 남자와 결혼한다면 반대하겠냐는 질문이었다. 사실이었든 디온의 적들이 꾸며낸 이야기였든 디온의 결혼 생활이 행복하지 않고 부부 사이가 좋지 않다는 소문이 있었기 때문이다.

따라서 플라톤은 아테나이에 도착해서 디온과 모든 것을 의논한 뒤 왕에게 편지를 썼다. 이 편지에서 플라톤은 다른 모든 사안에 관해서는 누구든 이해할 수 있는 명확한 언어로 전달했으나 디온의 아내의 재혼 문제에 관해서는 디오뉘시오스만이 알아들을 수 있는 말로 적었다. 디오뉘시오스가 디온의 아내를 다른 남자에게 준다면 디온이 몹시 분노할 것이라는 내용이었다.

그러자 화해가 이루어질 가능성이 남아 있는 동안에는 왕도 누이를 함부로 하지 않았고 누이가 디온의 아들과 함께 살도록 내버려두었다. 그러나 사이가 완전히 멀어지고 플라톤이 시켈리아를 두 번째 방문한 뒤 좋지 않은 감정을 품고 돌아가게 되자 디오뉘시오스는 싫다는 아레테를 동료 티모크라테스에게 주었다. 이 행위만 놓고 본다면 디오뉘시오스 2세는 선왕보다 융통성이 없었다.

디오뉘시오스 1세에게도 테스테라는 누이가 있었고 어느 날 테스테의 남편 폴뤽세네스도 왕과 적대적인 관계에 놓이게 되었다. 공포에 사로잡힌 폴뤽세네스가 쉬라쿠사이를 떠나 유랑길에 오르자 왕은 누이를 불러 꾸중했다. 남편의 도주 사실에 대해 알면서도 오라비에게 말하지 않았다는 이유에서였다. 그러나 테스테는 놀라지도, 겁을 먹지도 않고 말했다.

"오라버니, 제가 그렇게 못나고 비겁한 아내로 보이십니까? 남편이 도주할 것을 미리 알았다면 함께 항해에 나서 남편과 운명을 같이 했겠지요. 당연히 몰랐습니다. 저는 참주 디오뉘시오스의 누이로 불리기보다 폴뤽세노스의 아내로 불리는 것이 더 좋은 사람입니다. 알았다면 말을 하지 않았겠습니까?"

왕은 누이의 과감한 언행을 오히려 높이 샀다. 다른 쉬라쿠사이 사람들도 테스테의 덕성을 존경했다. 따라서 참주 체제가 해체된 뒤에도 테스테는 왕족에게 주어지는 영예와 혜택을 계속해서 누렸다. 테스테가 죽자 시민들은 의견을 모아 장례를 치러주었다. 이것은 주제에서 벗어난 이야기일지언정 쓸모없는 이야기는 아니다.

XXII.

이 시점부터 디온은 전쟁으로 생각을 돌렸다. 플라톤은 더 이상 끼어들고 싶지 않았다. 한때 디오뉘시오스의 손님이기도 했고 나이도 많았기 때문이다. 그러나 스페우십포스를 비롯한 디온의 나머지 동료들은 디온과 힘을 합쳤고 디온에게 시켈리아를 해방시켜 달라고 부탁했다. 스페우십포스가 확인한 바에 따르면 시켈리아는 두 팔을 뻗어 디온이 돌아오기를 간절히 기다리고 있었다. 플라톤이 쉬라쿠사이에서 늑장을 부리고 있을 무렵 스페우십포스는 쉬라쿠사이의 시민들과 섞여 어울리며 그들의 의사를 물었던 것으로 보인다. 스페우십포스가 겁 없이 말을 걸어왔을 때 사람들은 그것이 왕이 놓은 덫이라고 생각했다. 그러나 어느새 신뢰를 갖게 되었고 이어서 입을 모아 디온에게 돌아와 달라고 간청하고 애원했다. 함선이나 중장비 보병, 군마를 데리고 올 필요도 없었다. 작은 배를 타고 홀몸으로 오는 것으로 족했다. 디오뉘시오스와 맞설 시켈리아 주민들에게 필요한 것은 디온이라는 사람과 그의 명성이었다.

스페우십포스에게 이와 같은 상황을 전해 듣고 힘을 얻은 디온은 은밀히, 그리고 다른 사람들의 도움을 받아 용병을 모집했다. 모집하는 목적은 알리지 않았다. 여러 정치가와 철학자들도 디온을 도왔다. 그중에는 퀴프로스 사람 에우데모스도 있었다. 아리스토텔레스는 에우데모스의 죽음에 대하여 대화록『영혼에 대하여』를 쓴 적이 있다. 레우카스 사람 티모니데스도 디온을 도왔다. 나아가 그들은 텟살리아 사람 밀타스 또한 끌어들였다. 밀타스는 아카데메이아에서 공부한 경험이 있는 예언자였다.

그러나 디오뉘시오스가 추방한 자들이 약 1천 명에 달했음에도 그 가운데 디온의 일에 가담한 사람은 스물다섯에 불과했다. 나머지는 겁을 집어먹고 나 몰라라 했다. 가담자들이 모인 곳은 자퀸토스 섬이었다. 병사들도 이곳으로 모여들었다. 병사들의 수는 8백이 채 되지 않았지만 그들은 모두 여러 치열한 원정을 거치며 이름을 날린 자들이었다. 이들의 몸은 훈련을 통해 최적의 상태에 놓여 있었고 경험과 용기로 치면 대적할 자들이 없었다. 그들은 또한 시켈리아에 집결될 예정인 군대를 선동하고 격앙시켜 용사들로 만들 능력이 있었다.

XXIII.

처음에 병사들은 원정의 상대가 디오뉘시오스와 시켈리아라는 말을 듣고는 대경실색했고 디온의 계획을 비난했다. 디온이 분노, 혹은 절망에 미쳐서 가망 없는 일에 뛰어들고 있다는 생각이었다. 그들은 또한 처음부터 전쟁 계획에 대해 솔직하게 말해주지 않은 지휘관과 모병 담당자들을 원망했다.

그리하여 디온은 설득을 시작했다. 먼저 참주 체제 아래의 불안정한 상황에 대해서 구체적으로 설명했다. 이어서 그들이 일개 병사로서 싸우게 될 것이 아니라 쉬라쿠사이를 비롯한 전 시켈리아 지역 시민들을 이끌 지휘관이 될 것이라고 말했다. 시켈리아 사람들은 이미 오래전부터 반란을 꿈꿔오고 있었다는 사실도 덧붙였다. 디온이 말을 마친 후에는 아카이아에서 가문과 명성이 최고였던 알키메네스가 나서 설득했다. 알키메네스 역시 가담자 가운데 한 사람이었다. 그러자 병사들은 설득에 넘어갔다.

때는 한여름이었고 바다에서는 북풍이 불어오고 있었으며 달은 가득 차올라 있었다. 디온은 아폴론을 위해 눈부신 희생 의식을 준비한 뒤 완전무장을 한 병사들과 함께 신전으로 장엄한 행렬을 시작했다. 제사가 끝난 뒤에는 자퀸토스 사람들의 경기장에서 병사들에게 만찬을 제공했다. 이 만찬에서 병사들은 침상에 기대어 누워, 금은으로 만든 화려한 술잔과 식탁을 보고 감탄했다. 한 개인의 재산으로 마련할 수 있는 자리가 아니었기 때문이다. 한창때가 지난 데다가 엄청난 재물까지 가진 디온이 그토록 위험한 일을 꾸미는 것을 보고 병사들은 위안을 얻었다. 성공하리라는 뚜렷한 확신이 있고 저쪽에 무한한 자원을 제공할 친구들이 있다는 의미로 여겨졌기 때문이다.

XXIV.

그러나 헌주가 끝나고 관례에 따른 기도가 끝나자 월식이 벌어졌다.

디온은 놀라지 않았다. 디온은 월식이 주기에 따라 일어나며 달에 드리운 그림자가, 해와 달 사이에 위치한 지구의 그림자라는 것을 알고 있었기 때문이다. 그러나 병사들은 몹시 불안해했고 격려를 필요로 했다. 그래서 예언자 밀타스가 자리에서 일어나, 결과가 좋을 터이니 힘을 내라고 다독였다. 밀타스의 주장에 따르면 신들은 월식을 통해 눈부신 무언가가 가려지는 현상을 예언하고 있었다. 그런데 당시 디오뉘시오스의 참주제만큼 눈부신 것이 없었으니 밀타스는 자신들이 시켈리아에 당도하자마자 참주제가 빛을 잃으리라고 주장했다. 밀타스는 이러한 해석을 모두에게 알렸으나 디온의 수송선 고물 주위에서 들끓고 있던 꿀벌에 대해서는 디온과 가까운 동료들에게만 알렸다. 밀타스는 디온의 일이 처음에는 수월하겠으나 잠시 꽃핀 뒤 시들 것이라고 염려했다.

디오뉘시오스 또한 하늘로부터 여러 징조를 받은 것으로 전해진다. 하루는 독수리가 내려와 호위병이 들고 있던 창을 빼앗더니 높이 날아올랐다가 바다에 떨어뜨렸다. 뿐만 아니라 아크로폴리스 아래로 밀려오는 바닷물이 하루 동안 마실 수 있는 물로 변한 적도 있었다. 맛을 본 사람들은 모두가 달다고 입을 모았다. 다른 곳은 멀쩡한데 귀가 없는 아기 돼지가 태어나기도 했다.

예언자들은 이것이 불복종과 반란의 징조라고 말했다. 시민들이 더 이상 참주의 명령을 듣지 않는다는 의미였다. 그리고 바닷물이 단물로 변한 일은 쉬라쿠사이 사람들이 힘겹고 답답한 시절을 벗어나 편안한 상황을 맞게 된다는 징조라고 했다. 한편 독수리는 제우스의 심부름꾼, 창은 지위와 권력의 상징이었다. 따라서 가장 위대한 신께서 참주제의 철저한 해체를 원하고 있다고 해석할 수 있었다. 테오폼포스가 전하는 말에 따르면 그렇다는 것이다.

XXV.

　디온의 병사들은 상선 두 척에 나누어 탔고 그 밖에도 작은 수송선, 노가 30개 달린 함선 두 척이 뒤를 따랐다. 병사들이 갖고 온 무기 말고도 디온은 방패 2천 개를 포함하여 무수한 창과 화살을 갖고 있었고 다른 식량과 물자도 무한히 확보해 두고 있었다. 난바다를 건너는 동안 부족을 겪지 않기 위함이었다. 디온 일행은 항해를 하는 내내 바다와 바람에 운명을 맡겨야 했다. 해안가로 가는 것은 너무 위험했고 필리스토스가 함대를 거느리고 이아퓌기아를 지키고 있다는 소식이 들려왔기 때문이다.

　열이틀 동안 가볍고 부드러운 바람을 받아 항해를 이어간 디온 일행은 열흘하고도 사흘이 되는 날 시켈리아의 *끄트머리*에 있는 파퀴노스에 다다랐다. 여기서 키잡이 프로토스는 서둘러 하선해야 한다고 주장했다. 만약 해안에서 멀어져 섬의 *끄트머리*에 상륙하지 못한다면 여름철에 드문 남풍을 기다리며 난바다에서 몇 날 몇 밤을 버텨야 했다. 그러나 디온은 적이 가까운 곳에 상륙하는 것이 두려웠고 해안을 좀 더 따라가다가 정박하고 싶었으므로 파퀴노스를 지나쳐갔다. 그러자마자 거친 북풍이 휘몰아쳐와 바다가 험악해졌고 선박들을 시켈리아에서 멀리 떨어뜨려 놓았다. 한편 대각성大角星이 뜰 무렵이었으므로 천둥과 번개는 하늘에서 사나운 비바람을 쏟아지게 만들었다.

　선원들은 혼란에 휩싸여 항로를 벗어났다. 그러던 중에 배가 바다에 밀려 케르키나를 향해 돌진하고 있다는 것을 깨달았다. 케르키나는 리뷔에아프리카 앞바다에 있는 섬이었는데 배들은 하필 가장 가파르고 험한 해안을 향하고 있었다. 일행은 연안 절벽에 부딪혀 산산조각이 나는 것을 가까스로 면하고 상앗대를 이용해 힘겹게 나아갔다. 그러다 마침

38

아이퓌기아
시켈리아
미노아
쉬라쿠사이
카르타고
뤼비에
대(大) 쉬르티스

내 폭풍이 잠잠해졌고 지나가는 배를 만나 물어본 결과 일행은 "대 쉬르티스의 머리"라는 곳에 있다는 것을 알게 되었다.

잠잠한 바다에 놓인 일행이 풀이 죽은 채 이리저리 떠다니는데 갑자기 육지에서 부드러운 남풍이 불어왔다. 일행은 남풍이 오리라고 상상도 하지 않았고 바람의 방향이 바뀌었다는 사실을 믿을 수가 없었다. 그러나 남풍은 점점 크고 강해졌고 일행은 돛을 활짝 펼치고 신들께 기도를 드리며 리뷔에를 등지고 시켈리아로 향했다.

일행은 닷새 동안 신속하게 이동했고 마침내 미노아에 정박할 수 있었다. 미노아는 시켈리아 중에서도 카르타고 사람들이 다스리는 지역에 있는 작은 마을이었다. 마침 카르타고 측 지휘관 쉬날로스는 디온의 손님이었던 적이 있었다. 그러나 디온이 배에 타고 있다는 사실을 알지 못했으므로 병사들이 하선하는 것을 막으려 했다. 그러자 병사들은 무기를 들고 해안을 습격했다. 상대를 죽이지는 않았다. 카르타고와 친분이 있는 디온이 금지했기 때문이다. 대신 병사들은 적을 도주하게 만들고 적을 뒤따라 성안으로 들어간 뒤 성을 차지했다. 곧이어 두 지휘관은 곧 서로를 만나 인사를 나누었다. 디온은 쉬날로스에게 성을 멀쩡히 돌려주었고 쉬날로스도 병사들을 환대했으며 디온에게 필요한 물자를 제공했다.

XXVI.

그러나 무엇보다 사기를 북돋은 소식은 디오뉘시오스가 마침 쉬라쿠사이를 비웠다는 사실이었다. 당시 디오뉘시오스는 배 80척을 이끌고 이탈리아로 떠나고 없었다. 디온은 길고 힘겨운 항해를 마친 병사들에게 잠시 휴식을 취하라고 권유했으나 기회를 붙잡고 싶어 안달이 난 병사들은 권유를 따르지 않았고 쉬라쿠사이를 향해 전진하자고 부추겼다.

따라서 디온은 남는 무기와 짐을 쉬날로스에게 맡기고 기회가 될 때 보내달라고 부탁한 다음 쉬라쿠사이를 향해 전진했다. 이동하는 도중 엑노모스 근교에 사는 아크라간티노이족 기병 20명이 디온과 합류했다. 이어서 겔라 사람들도 합류했다.

그러나 디온의 움직임은 재빨리 쉬라쿠사이로 전해졌다. 거기서 티모크라테스는 서둘러 디온의 도착을 알리는 서신을 디오뉘시오스에게 보냈다. 디온의 아내이자 디오뉘시오스의 누이와 결혼했던 바로 그 티모크라테스였다. 당시 그는 참주의 지지자들 가운데 우두머리에 있었다.

티모크라테스는 또한 성안에 소란이나 동요가 일지 않도록 조치를 취했다. 시민들은 모두가 몹시 흥분된 상태였으나 불신과 두려움 때문에 잠자코 있었다. 그런데 왕에게 서신을 들고 가던 전령에게 기이한 불운이 따랐다. 이탈리아로 건너간 전령은 레기온 지방을 지나 카울로니아에 있는 디오뉘시오스에게 서둘러 가다가 아는 사람을 만났다. 그 사람은 희생 제물로 바쳤던 짐승을 들고 가고 있었다. 전령은 이 짐승의 고기를 한 덩이 받아 들고 허겁지겁 가던 길을 갔다.

그러나 밤길을 가던 중 피로를 느낀 전령은 잠깐이나마 눈을 붙이려고 길가 숲에 몸을 뉘었다. 그때 고기 냄새를 맡은 늑대가 나타나 고기 덩이를 채갔다. 이 고기 덩이는 하필 서신이 들어 있는 주머니에 매달려 있었다. 늑대가 고기뿐만 아니라 서신까지 채간 것이다. 잠에서 깨어나 상황을 파악한 전령은 잃어버린 서신을 찾으러 한참을 헤맸지만 찾을 수 없었다. 그래서 서신도 없이 디오뉘시오스를 찾아가기보다 도망쳐버리기로 결심했다.

XXVII.

따라서 디오뉘시오스는 시켈리아에서 벌어진 전쟁에 대해 뒤늦게, 다른 경로를 통해 전해 듣게 되었다. 한편 카마리나이오이족 사람들은 쉬라쿠사이로 전진하던 디온과 합류했고 쉬라쿠사이 외곽에 사는 시민 상당수가 들고 일어나 디온의 군대를 살찌웠다. 나아가 디온은 티모크라테스와, 에피폴라이를 수비하고 있던 레온티노이족, 캄파노이족 사람들에게 허위 정보를 흘렸다. 디온이 레온티노이족과 캄파노이족의 도시를 먼저 공격하기로 했다는 정보였다. 그러자 그들은 티모크라테스를 내팽개치고 고향 사람들을 도우러 갔다.

아크라이에 진을 치고 있던 디온에게 이 소식이 들어가자 디온은 아침이 오기도 전에 병사들을 깨워 아나포스 강까지 전진했다. 이 강은 쉬라쿠사이에서 10스타디온* 거리였다. 디온은 이 강가에서 멈추어 희생 제물을 바치고 뜨는 태양을 향해 기도했다. 그러자 예언자들은 신들이 디온에게 승리를 약속했노라고 선언했다. 제물을 바치기 위해 머리에 화관을 쓴 디온을 본 사람들이 각자 일제히 화관을 썼다고도 한다. 디온과 함께 진군하는 병사들은 5천 명이 넘었다. 비록 손에 잡히는 무기를 닥치는 대로 들고 나온 사람들이었지만 워낙 사기가 드높았으므로 장비가 부족한 것은 문제가 되지 않았다. 디온이 명령을 내리자 군대는 뛰어서 전진했고 기쁜 마음으로 서로를 격려하며 자유를 쟁취하자고 외쳤다.

---

* 1스타디온은 약 180미터.

XXVIII.

성안에 있는 쉬라쿠사이 사람들 가운데 학식과 명망이 있는 시민들은 깨끗한 옷으로 갈아입고 디온의 무리를 맞이하러 갔다. 한편 군중은 참주의 지지자들을 찾아나섰고 이른바 밀고자들을 붙잡았다. 신들도 미워했던 이 악한 자들은 그동안 성안을 누비며 쉬라쿠사이 시민들과 부지런히 어울린 뒤, 만났던 모든 사람들의 생각과 말을 참주에게 보고하곤 했다. 이 밀고자들이 가장 먼저 보복의 대상이 되었다. 시민들의 손에 맞아 죽은 것이다.

한편 티모크라테스는 아크로폴리스에 있는 수비대와 합류하지 못하게 되자 말을 구해서 성 밖으로 뛰쳐나갔다. 도망치는 와중에도 디온의 세력을 과장하며 사방을 공포와 혼란에 빠뜨렸다. 그렇게 해야 별것도 아닌 위험에 굴복하여 도시를 버렸다는 비난을 피할 수 있을 것 같았기 때문이다.

그동안 디온은 성에 좀 더 근접했고 시민들의 눈에 들어왔다. 디온은 번쩍이는 갑옷을 입고 무리를 이끌고 있었으며 한편에는 형제 메가클레스, 다른 편에는 아테나이 사람 칼립포스를 거느리고 있었다. 두 사람 모두 화관을 쓰고 있었다. 용병 수백 명은 디온을 호위하며 뒤따랐으며 지휘관들은 나머지 병사들을 질서 있게 인솔하고 있었다. 쉬라쿠사이 사람들은 이것이 마치 성스러운 제의 행렬인 듯 바라보고 환영했다. 48년 간 잃어버렸던 자유와 민주정이 돌아오고 있었다.

XXIX.

테메니티스 성문을 통해 도시로 진입한 디온은 나팔을 불게 하여 소란을 잠재우고 다음과 같이 선포했다. "참주정을 뒤엎으러 온 디온과 메가클레스가 선언하니 쉬라쿠사이를 비롯한 온 시켈리아 사람들은 참주로부터 해방되었노라." 이어서 디온은 시민들에게 긴 연설을 직접 전달하고자 아크라디나를 가로질러 올라갔다. 그동안 쉬라쿠사이 사람들은 길가에 식탁을 놓고 제사 고기, 술을 섞는 사발을 펼쳤다. 그리고 디온이 지나가면 꽃을 뿌리고 마치 신을 숭배하듯 절을 하고 기도를 올렸다.

마침 아크로폴리스와 펜타퓔라 밑에는 디오뉘시오스가 세워놓은 크고 눈에 띄는 해시계가 있었다. 디온은 이 위에 올라 시민들에게 길게 연설을 늘어놓으며 자유를 주장하라고 부추겼다. 기쁨과 호의로 가득했던 시민들은 디온과 메가클레스를 장군으로 임명하고 두 사람에게 절대 권력을 주었다. 그 밖에도 두 사람의 부탁과 바람을 받아들여 동료 스무 명도 함께 지휘관으로 임명했다. 그 가운데 절반은 디온과 함께 추방되었다가 돌아온 사람들이었다. 디온이 참주의 야심찬 작품을 발밑에 두고 연설한 것을 예언자들은 무척 상서로운 징조로 보았다. 그러나 장군으로 임명될 당시 해시계 위에 서 있었으므로 디온의 운이 빠르게 다할 것을 염려했다.

연설을 마친 디온은 에피폴라이를 사로잡고 거기 감금되어 있던 시민들을 풀어주었다. 그런 뒤 아크로폴리스를 둘러 벽을 쳤다. 이레째 되는 날 디오뉘시오스가 함대를 정박하고 아크로폴리스로 들어왔고 디온이 쉬날로스에게 맡겨두었던 무기와 갑옷을 실은 짐수레도 도착했다. 디온은 무기와 갑옷을 시민들에게 최대한 골고루 분배했으며 분배 받지 못한 사람들은 힘닿는 대로 스스로 무장하고 기꺼이 중장비 보병을 자처했다.

XXX.

처음에 디오뉘시오스는 비밀리에 디온에게 사절단을 보내 협상을 시도했다. 그러자 디온은 쉬라쿠사이 시민과 공개적으로 협의할 것을 주문했다. 쉬라쿠사이 사람들은 이제 해방된 자유민이었기 때문이다. 그러자 사절단은 왕이 내건 매우 관대한 제안을 들고 나타났다. 세금을 낮추어주고 병역 의무를 줄여줄 테니 투표로 결정하라는 제안이었다.

쉬라쿠사이 사람들은 왕의 제안을 비웃었다. 디온은 디오뉘시오스 왕이 주권을 내려놓지 않는 이상 협의할 수 없다고 사절단을 통해 전했다. 그러나 만약 내려놓는다면 그 순간부터 면책권을 주고 옛 정을 봐서라도 자신의 권한이 허락하는 한도 안에서 합리적인 대우를 해주겠다고 약속했다.

디오뉘시오스는 이 조건을 받아들였으며 다시 사절단을 보내 쉬라쿠사이 사람 일부를 아크로폴리스로 불러들였다. 양측이 조금씩 양보함으로써 모두에게 유익한 길을 의논해 보자는 의도였다. 따라서 디온의 승인을 받은 쉬라쿠사이 사람들 몇 명이 아크로폴리스로 갔다. 요새 안으로 들어간 쉬라쿠사이 사람들은 디오뉘시오스가 디온이 아닌 스스로를 위하여 왕권을 내려놓으려 한다고 수시로 전해왔다.

그러나 이는 왕의 교묘한 술책이었고 쉬라쿠사이 사람들을 겨냥한 악행이었다. 디오뉘시오스는 디온이 보낸 사절단을 곁에 붙잡아두는 한편 아침이 올 때 쯤 외국 병사들에게 진한 술을 먹인 다음 아크로폴리스를 둘러싼 벽으로 돌진하도록 했다.

예상치 못한 공격이었다. 디오뉘시오스 측의 외국 병사들은 요란법석을 떨며 과감하게 벽을 뜯어내고 쉬라쿠사이 사람들을 공격하기 시작했다. 그러자 아무도 방어할 엄두를 내지 못했다. 디온의 용병 부대만이 처음으로 소란을 눈치 채고 도움을 주러 왔을 뿐이다. 그러나 용병 부대 역시 어떻게 도움을 주어야 할지 몰랐고 다른 병사들의 말도 알아듣지 못했다. 쉬라쿠사이 병사들이 후퇴하는 가운데 아우성을 치며 난리법석을 일으키고 있었기 때문이다. 도망치던 병사들은 용병 부대와 섞여 혼란스러워 하다가 마침내 용병 부대 사이를 뚫고 나갔다.

아무도 명령을 알아듣지 못하는 상황이 이어지자 결국 디온은 명령을 직접 몸으로 보여주고자 했다. 적의 용병 부대 속으로 앞장서 뛰어 들어간 것이다. 그러자 디온의 주위로 치열하고 무시무시한 전투가 벌어졌다. 적군과 아군 모두 디온을 알아보고 고함을 치며 달려갔기 때문이다.

고령의 디온은 그러한 싸움을 하기에는 몸이 지나치게 무거웠다. 그럼에도 잘 버티어냈고 힘과 투지를 다해 적병을 베어 죽이다가 적의 창에 찔려 손에 상처를 입었다. 게다가 디온의 가슴받이는, 날아오는 창과 화살이나 적의 근접 공격을 막아내기에는 역부족이었다. 방패에도 온갖 창

46

이 날아와 꽂혔다. 그리하여 갑옷과 방패가 조각나 떨어지자 디온은 바닥에 쓰러졌다.

이윽고 병사들의 손에 끌려나온 디온은 티모니데스에게 지휘를 맡긴 뒤 자신은 말을 타고 성안을 누비며 도망치는 쉬라쿠사이 사람들에게 힘을 주었다. 그런 다음 아크라디나를 지키고 있던 자신의 용병 부대를 이끌고 왕의 용병 부대를 향해 전진했다. 적은 지쳐 있었으나 디온의 예비 병력은 기운과 열의가 넘쳤다.

게다가 적은 이미 사기가 꺾여 있었다. 단번에 적을 누르고 성 전체를 차지할 줄로 기대했으나 칼질과 싸움질을 아는 병사들을 만났기 때문이었다. 적은 결국 아크로폴리스로 후퇴했다. 그러나 헬라스 병사들은 후퇴하는 적을 더 치열하게 뒤따랐으므로 적은 등을 보이며 요새 안으로 몸을 피했다. 그들은 디온의 병사 일흔넷을 죽이고 같은 수의 아군 병사를 잃었다.

XXXI.

눈부신 승리였다. 쉬라쿠사이 사람들은 디온이 거느린 외국인 병사들에게 백 므나를 하사하고 외국인 병사들은 디온에게 금관을 바쳐 경의를 표했다. 이윽고 디오뉘시오스의 전령이 내려와 디온에게 서신을 전했다. 디온 집안의 여인들이 보내는 편지였다. 그 밖에도 바깥에 "힙파리노스가 아버지께"라고 적힌 편지가 있었다. 힙파리노스는 디온의 아들의 이름이었다. 모두가 여기 동의하지는 않는다. 티마이오스가 전하는 말에 따르면 디온의 아들의 이름은 어머니 아레테의 이름을 따 아레타이오스라고 지어졌다. 그러나 이 점에 관해서는 티모니데스의 주장을 믿는 것이 옳다는 생각이다. 티모니데스는 디온의 친구였으며 동료 군인이었기 때문이다.

아무튼 편지는 쉬라쿠사이 사람들 앞에서 낭독되었으며 여인들은 편지 속에서 탄원과 간청을 반복하고 있었다. 그러나 디온의 아들이 썼다는 편지를 읽을 차례가 되자 시민들은 편지를 공개하는 것에 반대했다. 그럼에도 디온은 공개를 고집했고 편지를 개봉했다.

디오뉘시오스가 보낸 편지였다. 명목상 디온을 수신자로 설정하고 있었으나 실은 쉬라쿠사이 사람 전부에게 보내는 편지였다. 또한 부탁과 변명을 하는 것처럼 보여도 사실상 디온에게 반감을 불러일으키려는 계산적인 의도가 숨어 있었다. 편지는 디온이 참주제를 위해 열의를 다했던 것을 일깨웠고 디온에게 가장 소중한 사람들, 디온의 누이와 자식, 아내에 대한 위협을 담고 있었다. 또한 비탄의 말 속에는 엄준한 명령이 있었다.

그러나 디온에게 가장 큰 타격을 끼친 것은 참주정을 없애지 말고 다음 참주가 되라는 디오뉘시오스의 주문이었다. 시민은 결국 디온을 혐오할 테고 디오뉘시오스와 디온의 잘못을 절대 잊지 않을 테니 시민에게 자유를 주지 말고 직접 지배권을 넘겨받아 동료와 가족의 안전을 확보하라는 내용이었다.

XXXII.

편지가 공개되었을 때 쉬라쿠사이 사람들은, 마땅히 그랬어야 함에도, 디온의 결의와 용기에 탄복하지 않았다. 디온은 명예와 정의를 위해 말할 수 없이 가까운 사람들을 외면하고 있었건만 시민들은 디오뉘시오스의 편지를 계기로 그를 의심하고 두려워했다. 디온에게, 디오뉘시오스를 살려둘 간절한 이유가 있다는 사실 때문이었다. 그리하여 시민들은 다른 지도자들을 향해 눈을 돌렸다.

때마침 헤라클레이데스가 항구로 들어온다는 소식이 전해지자 시민들은 흥분을 감출 줄 몰랐다. 헤라클레이데스는 추방되었던 시민 가운데 한 사람이었다. 군인으로서 능력이 뛰어났고 참주들 밑에서 지휘관을 지낸 것으로 잘 알려져 있었으나 우유부단하고 변덕스러웠다. 뿐만 아니라 권력과 영광이 연결된 일을 수행할 때 동료로 삼고 의지할 수 있는 사람은 전혀 아니었다.

헤라클레이데스는 펠로폰네소스에서 디온과 다투고 난 뒤 홀로 자신만의 함대를 이끌고 참주와 싸우러 항해를 시작한 사람이었다. 그러나 트리에레스 일곱 척, 수송선 세 척을 이끌고 쉬라쿠사이에 도착한 헤라클레이데스는 디오뉘시오스가 포위되어 있고 쉬라쿠사이 사람들이 승리에 도취되어 있는 것을 발견했다. 그리하여 당장 대중의 호의를 얻고자 애를 썼다.

헤라클레이데스는 달콤한 말을 듣기 원하는 대중을 설득하고 감화하는 타고난 능력을 갖고 있었다. 게다가 디온의 진중함에 진저리를 느낀 시민을 자기편으로 끌어들이는 일은 더더욱 손쉬웠다. 시민은 디온의 태도가 너무 엄격하고 관직을 가진 사람답지 않다고 생각했다. 권력에 도취되어 방만해지고 과감해진 시민은 진정한 자유 시민이 되기도 전에 대중 지도자의 아첨을 갈구했던 것이다.

XXXIII.

그리하여 시민은 먼저 제멋대로 민회를 소집하여 헤라클레이데스를 해군 총지휘관으로 선택했다. 그러자 디온이 나서서 항의했다. 헤라클레이데스가 해군을 지휘한다면 이전에 디온에게 주어진 절대 지휘권은 의미가 없어진다는 주장이었다. 그러자 쉬라쿠사이 사람들은 마지못해 헤라클레이데스에게 내렸던 관직을 거두어 갔다.

이렇게 되자 디온은 헤라클레이데스를 집으로 불러 가볍게 나무랐다. 조금만 충동적으로 행동했다가는 일 전체를 망칠 수도 있는 위기 상황에서 관직을 놓고 다투는 것은 좋지도 현명하지도 않다는 논리였다. 그런 다음 디온은 직접 헤라클레이데스를 해군 총지휘관으로 임명하고 자신과 다름없이 호위대를 거느릴 수 있도록 시민을 설득했다.

그러자 헤라클레이데스는 말로도 행동으로도 디온을 따르고 감사를 표했다. 그리고 순종적으로 디온을 보좌하며 명령을 수행했다. 그러나 비밀리에 군중과 혁명가들을 꾀고 선동했고 디온의 주위에 여러 방해물을 놓았으므로 결국 디온은 이러지도 저러지도 못하는 난감한 상황에 처하게 되었다. 만약 평화 협정에 동의한다는 조건 아래 디오뉘시오스를 놓아주어야 한다고 조언한다면 디온은 참주를 살려두려고 한다는 비난을 받을 것이 분명했다. 반면 시민을 만족시키기 위해 단순히 포위 공격을 계속한다면 지휘권을 연장하고 시민을 겁주기 위해 전쟁을 질질 끈다는 말이 나올 터였다.

XXXIV.

한편 쉬라쿠사이에는 소시스라는 사람이 살고 있었는데 비열하고 교만하기로 명성이 자자한 사람이었다. 아무 말이나 제멋대로 내뱉는 소시스는 쉬라쿠사이 사람들이 얼마나 많은 자유를 누리는지 증명하고 있었다. 이자는 디온에게 적대적인 계획을 품고 민회에서 일어나 발언을 했다. 뭘 모르는 시민들이, 어리석고 술에 취한 참주를 경계심 많고 정신이 맑은 참주로 교체하려고 한다고 질책한 것이다. 소시스는 이와 같이 디온을 공개적으로 공격한 뒤 회의장을 떠났다.

다음 날 소시스가 벌거벗은 채 성안을 질주하는 모습이 목격되었다. 머리와 얼굴이 피범벅이 된 소시스는 누군가로부터 도망치는 것 같아 보였다. 소시스는 이러한 상태로 민회로 달려 들어갔고 거기 있는 사람들에게 디온의 용병에게 공격을 당했다고 말했다. 그리고 상처 입은 머리를 보여주었다. 그러자 많은 사람들이 소시스와 함께 분개했고 디온에 맞서 소시스의 편을 들었다. 사람을 죽이거나 생명을 위협함으로써 시민들로부터 표현의 자유를 빼앗는 일은 폭군이나 하는 짓이었다.

민회가 이처럼 혼잡하고 소란스러운 상황에서도 디온은 앞으로 나와 자신을 변호했다. 디온은 소시스가 디오뉘시오스의 수행원 한 사람과 형제지간이며 형제의 사주를 받아 시민들 사이에 혼란과 분열을 초래하고 있다고 했다. 디오뉘시오스가 살 길은 시민들이 서로 불신하고 다투는 데 있었기 때문이다.

이와 동시에 의원들이 소시스의 상처를 검사했다. 내리치는 칼날에 맞아서 생긴 상처라기보다 칼날에 긁혀서 난 상처였다. 칼을 내리쳐서 생긴 상처라면 칼날의 무게 때문에 상처의 중심이 가장 깊어야 하는데 소시스의 상처는 전체적으로 깊지 않았고 끊긴 곳이 많았기 때문이다. 너무 고통스러워서 잠시 멈추었다가 다시 시작했다면 생겼을 법한 상처였다.

뿐만 아니라 이름 있는 시민들이 민회로 면도칼을 들고 오기도 했다. 그들의 주장에 따르면 길을 가는데, 피범벅이 된 소시스가 달려와 디온의 병사들로부터 도망치고 있으며 그들의 손에 상처를 입었다고 말했다. 그래서 시민들은 병사들을 찾아 달려갔으나 아무도 찾지 못했고 움푹 파인 바위 아래에서 면도칼을 보았다는 것이다. 바위가 있는 장소는 바로 소시스가 달려 나온 장소였다.

XXXV.

이것만으로도 소시스는 매우 불리한 처지에 놓이게 되었다. 그런데 엎친 데 덮친 격으로 소시스의 하인들까지 불리한 증언을 했다. 밤사이 소시스가 면도날을 가지고 홀로 집을 나갔다는 주장이었다. 그러자 디온을 기소한 자들은 기소를 철회했고 시민들은 소시스를 사형에 처한 뒤 디온과 화해했다.

그럼에도 시민들은 디온의 외국인 병사들에 대한 의심을 덜지 못했다. 게다가 참주와의 전쟁은 어느새 해상에서 주로 펼쳐지고 있었다. 필리스토스가 디오뉘시오스를 돕기 위해 이아퓌기아에서 수많은 함선을 이끌고 온 것이다. 그러나 용병 대부분은 중장비 보병이었으므로 시민들은 용병 부대가 쓸모없어졌다고 생각했다. 뿐만 아니라 시민이 용병 부대를 오히려 보호해야 하는 지경에 왔다고 생각했다. 시민들은 죄다 바닷사람이었고 함대를 통해 힘을 발휘해 왔기 때문이다.

게다가 시민들은 해상 전투에서 필리스토스를 누르는 쾌거를 이루자 득의만만하여 필리스토스를 야만적이고 무자비하게 다루었다. 반면 에포로스의 말에 따르면 필리스토스는 함선을 빼앗기자 스스로 목숨을 끊었다. 그러나 전쟁의 시작부터 디온과 교류했던 티모니데스는 철학자 스페우십포스에게 보내는 편지에서 다른 주장을 한다. 함선이 좌초하자 필리스토스는 생포되었으며 쉬라쿠사이 사람들은 먼저 가슴받이를 벗기고 늙은 필리스토스의 맨몸을 향해 욕설과 비난을 퍼부었다고 한다. 그런 다음 목을 벤 뒤 몸은 남자 아이들에게 주었다. 소년들은 명령에 따라 시체를 질질 끌며 아크라디나를 통과했고 끝으로 채석장에 내팽개쳤다.

XXXVII.

필리스토스가 죽은 뒤 디오뉘시오스가 디온에게 제안을 해왔다. 아크로폴리스와 무기를 넘기겠으며 외국인 병사들도 주고 그들에게 지급할 다섯 달 치 급료도 주겠다고 했다. 대신 이탈리아로 무사히 넘어갈 특권을 요구했으며 거기 살 동안 귀아르타에서 세금을 거둘 수 있게 해달라고도 했다. 귀아르타는 쉬라쿠사이의 영토의 일부인, 크고 비옥한 땅덩어리로 바다에서 내륙 중앙까지 이어졌다.

그러나 디온은 이 조건을 받아들이지 않았고 쉬라쿠사이 시민과 직접 협상하라고 했다. 그러나 시민들은 디오뉘시오스를 생포할 요량으로 사절단을 쫓아버렸다. 그러자 디오뉘시오스는 요새를 장남 아폴로크라테스에게 넘기고 자신은 가장 아끼는 물건과 사람들을 배에 실은 뒤 원하는 방향으로 바람이 바뀔 때까지 기다렸다. 그리고 때가 되자 헤라클레이데스의 감시를 피해 출항했다.

이렇게 되자 시민들은 헤라클레이데스를 호되게 비난했고 헤라클레이데스는 시민 지도자 힙포로 하여금 토지 분배안을 내놓도록 했다. 자유는 평등을 바탕으로 하며 가진 것 없는 자들의 빈곤은 예속을 불러온다고 주장한 것이다. 힙포를 지지하는 동시에 파벌을 조성해 디온의 반대를 묵살한 헤라클레이데스는 쉬라쿠사이 사람들을 설득해 분배안에 찬성표를 던지도록 했다. 그 밖에도 외국인 병사에게 급료를 지급하지 말고 다른 지휘관들을 선출함으로써 디온의 엄격한 지배에서 벗어나자고 부추겼다.

참주제 아래서 오랫동안 앓아 왔던 시민들이 기운을 회복하기도 전에 벌떡 일어나 두 발로 선 셈이었다. 때를 모르고 홀로 서려던 시민들은 번번이 넘어지면서도 디온을 미워했다. 디온은 쉬라쿠사이가 더 엄격한 생활규칙을 따르며 절제해야 한다는 처방을 내리고 있었기 때문이다.

XXXVIII.

시민들이 새로운 지휘관을 선출하기 위하여 민회를 소집했을 때는 이미 한여름이었으므로 열닷새 동안 쉬지 않고 엄청난 천둥이 내리쳤고 하늘에서 불길한 징조가 나타났다. 미신에 사로잡힌 시민들은 지휘관을 선출하지 않고 해산했다. 날씨가 좋아지기를 기다린 뒤 민중 지도자들이 선거를 진행하려고 하자 이번에는 짐을 끌던 숫소가 문제를 일으켰다. 사람이 많은 곳에 익숙한 숫소였음에도 무슨 이유에서인지 수레를 모는 주인에게 성을 내더니 멍에를 끊고 달아난 것이다. 소는 극장으로 뛰어들었고 시민들은 순식간에 우왕좌왕하며 흩어졌다. 소는 이리저리 내달리며 온 사방을 혼란에 빠뜨렸고 이후 적이 점령하게 될 도시 대부분 역시 난리법석이 되었다.

그러나 쉬라쿠사이 사람들은 여기 조금도 신경 쓰지 않고 지휘관 스물다섯 명을 선출했으며 그 가운데 한 명은 헤라클레이데스였다. 그들은 또한 디온 몰래 용병 부대로 전갈을 보냈다. 시민과 동등한 권리를 보장해 줄 테니 디온을 버리고 시민 편으로 돌아서라고 유혹한 것이다.

그러나 외국인 병사들은 이 제안을 받아들이지 않았고 충성심과 의욕을 보이며 무기를 집어 들었다. 그런 다음 디온을 에워싸고 그를 성 밖으로 데리고 나가려고 했다. 이 과정에서 병사들은 폭력을 행사하지 않았으며 다만 사람들을 만날 때마다 그들의 배은망덕을 진심으로 비난했다. 시민들은 용병 부대가 크지 않고 그들에게 공격을 할 생각이 없다는 것을 알자 그들을 우습게 여겼다. 그리하여 수적으로 우세에 있던 시민들은 오히려 용병 부대를 향해 달려들었다. 그들이 성 밖으로 나가기 전

54

에 제압하고 모조리 무찌르고자 했던 것이다.

XXXIX.

그러자 디온은 동료 시민들에 맞서 싸우지 않으면 용병 부대와 함께 사라져야 할 자신의 운명을 깨달았다. 그리하여 쉬라쿠사이 시민들에게 두 팔을 뻗어 간절히 애원했다. 아크로폴리스를 가리키기도 했다. 그곳은 적으로 가득했고 그들은 아래에서 벌어지는 일을 지켜보고 있었다. 그러나 어떤 애원도 시민들의 공격을 막을 수 없었고 도시는 마치 바다에 떠다니는 배처럼 민중 지도자들의 선동에 좌지우지 되고 있었다.

따라서 디온은 외국인 병사들에게 지시하기를 공격은 않되 큰 소리로 고함을 치고 무기를 휘두르며 상대편을 향해 달려가라고 했다. 그러자 쉬라쿠사이 시민 가운데 단 한 사람도 제자리를 지키지 않았고 하나같이 재빨리 거리 사이로 도망쳤다. 추격하는 병사는 없었다. 디온이 즉각 용병 부대의 방향을 바꾸어 레온티노이로 이끌었기 때문이다.

그러나 쉬라쿠사이 지휘관들은 여인들의 웃음거리가 되자 불명예를 만회하기로 작정하고 시민들을 무장시켜 디온을 추격했다. 디온이 막 강을 건너려고 할 때 쉬라쿠사이의 기병대가 다가와 시비를 걸었다. 그러나 디온은 더 이상 따뜻하고 온화한 마음으로 시민들의 잘못을 용서할 생각이 없었다. 그래서 거칠게 용병 부대의 방향을 바꾸었고 전투 대형으로 세웠다. 이를 본 쉬라쿠사이 사람들은 전보다 더 수치스러운 후퇴를 해야 했고 소수의 병사를 잃고 도시로 돌아갔다.

XL.

레온티노이 사람들은 디온을 맞이하며 눈부신 경의를 표했다. 또한 디온이 거느리고 있던 외국인 병사들을 고용하고 시민과 동등한 권리도 주었다. 또한 쉬라쿠사이 사람들에게 사절단을 보내 외국인 병사들을 정당히 대우하라고 촉구했다. 그러나 쉬라쿠사이 사람들은 사절단을 보내 디온을 비난했다.

동맹 관계에 있는 도시들이 레온티노이에 모여 문제를 논의한 결과 잘못은 쉬라쿠사이 시민에게 있다는 결론이 났다. 그럼에도 자부심에 부풀어 오만해져 있었던 쉬라쿠사이 시민은 동맹의 결정에 따르지 않았다. 민중은 누구의 지배도 받고 있지 않았고 지휘관들은 민중에 대한 공포에 휩싸여 비굴해져 있었기 때문이다.

XLI.

이 일이 있고 쉬라쿠사이에는 디오뉘시오스의 함대가 당도했다. 네아폴리스 사람 늽시오스가 이끄는 함대로서 포위된 요새의 수비대를 위한 식량과 돈을 싣고 있었다. 이어진 해전에서 쉬라쿠사이 사람들은 예상대로 승리를 거두었고 디오뉘시오스의 함선 네 척을 붙잡았다. 그러자 우쭐해진 쉬라쿠사이 시민들은 기쁨에 벅찬 나머지 절제할 줄 모르고 술판을 벌이는가 하면 흥청망청 잔치를 즐겼다. 본래의 목적은 잊고 아크로폴리스를 사로잡았다고 착각한 것이다. 그러나 사실상 그들은 아크로폴리스뿐만 아니라 도시 전체를 빼앗긴 것이나 다름없었다.

늽시오스가 시민들의 철저한 방종을 지켜보고 있었기 때문이다. 군중은 새벽부터 자정까지 흥겨운 음악과 잔치에 빠져 있었다. 군의 지휘관들조차 이런 축제 분위기에 젖은 나머지 고주망태가 된 병사들을 굳이 멈추려고 하지 않았다.

뉩시오스는 이런 기회를 놓치지 않고 방벽을 공격했다. 방벽을 깡그리 무너뜨린 뒤에는 외국인 병사들을 성안에 풀어놓았다. 마주치는 사람에게 무엇이든 마음대로 해도 좋다고 명령한 뒤였다. 쉬라쿠사이 사람들이 적의 공격을 깨달은 것은 순식간이었으나 집결하여 반격을 시작한 것은 한참 후였다. 그마저도 힘겨웠다. 무엇부터 해야 할지 도무지 알 수 없었기 때문이다. 적은 도시 전체를 짓밟고 있었다. 남자들은 죽였고 성벽은 무너뜨렸으며 비명을 지르는 여인과 아이들을 아크로폴리스로 질질 끌고 갔다. 한편 완전히 낙담한 지휘관들은 도무지 병사들을 소집하여 적과 싸울 수가 없었다. 아군 병사들이 온 사방에서 적과 뒤죽박죽이 되어 있었기 때문이다.

XLII.

도시가 이렇게 곤경에 처하고 아크라디나마저 심각한 위기에 놓이자 시민들은 희망이 되어줄 유일한 사람이 누군지 잘 알고 있었다. 그러나 아무도 그의 이름을 말하지 않았다. 디온의 은혜를 갚기는커녕 어리석은 잘못을 범한 것이 수치스러웠기 때문이다. 그러나 다른 방도가 없었으므로 연합군 측 병사들과 기병대는 디온과 펠로폰네소스 출신 병사들을 레온티노이에서 불러와야 한다고 외쳤다.

그들이 이처럼 과감하게 주장하자 디온의 이름을 들은 쉬라쿠사이 시민들은 고함을 치며 기쁨의 눈물을 흘렸다. 그들은 디온이 그 자리에 나타나주기를 기도했으며 그의 모습을 무척이나 그리워했다. 또한 그가 위험 앞에서 보여준 열정과 패기를 떠올렸다. 그는 스스로 겁을 먹지 않았

을 뿐만 아니라 적과 마주선 부하 병사들로 하여금 과감하고 겁을 모르
게 만들었다.

따라서 시민들은 즉시 디온에게 사절단을 보냈다. 연합군 측에서는
아르코니데스와 텔레시데스, 기병대에서는 헬라니코스를 비롯한 네 사
람이 사절로 뽑혔다. 이들은 전속력으로 말을 몰아 해가 지기 직전 레온
티노이에 도달했다. 그리고 도착하는 즉시 디온의 발치에 몸을 던진 사
절단은 눈물을 줄줄 흘리며 쉬라쿠사이 사람들이 처한 재앙을 전했다.
이윽고 레온티노이 사람들이 다가왔고 여러 펠로폰네소스 출신 병사들
도 디온의 주위로 모여들었다. 사절단의 황급하고 간절한 태도로 보아
보통 일이 아니라고 생각했기 때문이다.

디온은 당장 손님들을 데리고 회의장으로 갔고 시민들도 의욕에 차서
군집했다. 아르코니데스와 헬라니코스는 동료들과 함께 시민들 앞에 서
서 얼마나 심각한 난리가 벌어졌는지 간략하게 설명했으며 외국인 병사
들에게 증오심을 접어두고 쉬라쿠사이 사람들을 도우러 와달라고 부탁
했다. 쉬라쿠사이 시민이 잘못을 저지른 것은 사실이지만 그들이 받고
있는 처벌은 피해를 입은 측조차 안타깝게 여길 정도로 심각했기 때문
이다.

XLIII.

사절단이 말을 마치자 극장 안에는 깊은 침묵이 흘렀다. 이윽고 디온
이 일어나 말을 하기 시작했지만 줄줄 흘러내리는 눈물이 말을 막았다.
그러자 외국인 병사들이 안타까워하며 그를 격려했다. 디온은 곧 슬픔
을 누르고 말을 이었다.

“펠로폰네소스에서 오신 전우 여러분, 동맹국 시민 여러분, 여러분은

스스로 앞날을 결정하십시오. 그러나 나로서는 쉬라쿠사이가 무너지고 있는 지금 내 앞날만을 생각할 수가 없습니다. 쉬라쿠사이를 구원할 수 없다면 고향의 불타는 잔해 속에서 저 또한 묻힐 곳을 찾겠습니다. 그러나 여러분이 그 모든 일을 겪고도, 누구보다 어리석고 누구보다 불행한 우리들을 돕고자 한다면 부디 쉬라쿠사이를 살려주십시오. 쉬라쿠사이는 여러분의 손으로 지은 도시이기도 합니다.• 그러나 쉬라쿠사이를 괘씸하게 여겨 내버려둔다고 해도 여러분이 과거에 나를 위해 보여주었던 용기와 열정에 대해 신들께서 보상을 내리기를 기도하겠습니다. 하지만 이것만은 기억해 주십시오. 나는 그대들이 부당한 대접을 받았을 때 그대들을 버리지 않았고 동료 시민들이 어려움에 처했을 때 그들을 버리지 않았습니다."

디온이 말을 끝내기도 전에 외국인 병사들은 고함을 치며 자리에서 일어났고 어서 쉬라쿠사이를 도우러 갈 수 있도록 지휘해 달라고 부탁했다. 그러자 쉬라쿠사이에서 온 사절단은 병사들을 뜨겁게 껴안았고 디온과 병사들에게 수차례 신의 축복을 기원했다. 소란이 가라앉자 디온은 병사들에게 숙소로 가서 출정을 준비하라고 명령했으며 저녁 식사를 한 뒤 무기를 들고 집회 장소에 모이도록 했다. 밤을 틈타 지원을 나갈 작정이었다.

XLIV.

한편 쉬라쿠사이에 있는 디오뉘시오스의 병사들은 해가 질 때까지 도시를 마구 짓밟았다. 그러나 밤이 되자 아크로폴리스로 돌아갔다. 전사

• 쉬라쿠사이는 펠로폰네소스 반도에 있는 코린토스 사람들이 이주해서 생긴 도시였다.

자도 없지 않았다. 이렇게 되자 쉬라쿠사이의 민중 지도자들은 용기가 되살아났다. 적이 더 이상 욕심을 부리지 않으리라 생각하고는 다시 한 번 디온을 외면하라고 시민들을 부추긴 것이다. 디온이 만약 용병 부대를 이끌고 나타난다면 들여보내주지도 말고, 그들의 용기가 우월하다는 것을 인정하지도 말고 스스로의 힘으로 도시를 구하고 자유를 찾자는 주장이었다.

따라서 여러 사람들이 새로이 디온에게 전령을 보냈다. 일부는 용병 부대의 전진을 막으려는 시민군 측 장군이었다. 그러나 몇몇 기병과 명망 있는 시민들은 발걸음을 서둘러야 한다고 전했다. 그리하여 디온은 발걸음을 늦추었다가 다시 전속력으로 전진했다가를 반복했다.

밤이 깊어지면서 디온의 반대파는 성문을 차지하고 디온의 입성을 막으려고 했다. 그런데 때마침 닙시오스가 다시 한 번, 규모가 더 큰 용병 부대를 요새에서 내보냈다. 이 부대는 전보다 더 맹렬하게 방벽을 향해 달려들었으며 벽을 부수고 성안을 초토화시켰다. 그들은 성인 남성뿐만 아니라 여성과 아이들까지 학살했다. 포로로 잡아 끌고 가는 경우는 적었고 대부분의 경우 무차별로 살해했다. 명분을 잃은 디오뉘시오스가 쉬라쿠사이 사람들을 격렬히 증오하고 있었기 때문이다. 그는 쉬라쿠사이를, 무너지는 참주정의 무덤으로 삼고 싶어 했다.

따라서 디오뉘시오스의 군대는 디온이 구원의 손길을 건네는 것을 미연에 방지하기 위하여 가장 신속한 파괴와 멸망을 가져올 수 있는 방법을 택했다. 손에 든 횃불과 불덩이를 이용해 눈에 보이는 모든 것에 불을 붙이는 한편 외진 곳으로는 여기저기 불화살을 쏘아 보낸 것이다. 쉬라쿠사이 사람들은 허겁지겁 도망치다 거리에서 붙잡혀 죽임을 당하기도 했다. 집 안에 숨은 사람들은 화재를 피해 밖으로 나올 수밖에 없었다. 어느새 수많은 건물이 불타오르고 있었고 무너지는 건물은 거리를 뛰어다니는 사람들을 덮치기도 했다.

XLV.

쉬라쿠사이 시민들이 만장일치로 디온에게 성문을 연 것은 다름 아니라 바로 이런 끔찍한 상황 때문이었다. 당시 디온은 적이 아크로폴리스에 틀어박혀 있다는 소식을 듣고는 더 이상 속력을 내지 않고 있었다. 그런데 시간이 흐르자 기병 여럿이 찾아와 디온에게 도시가 두 번째로 사로잡혔다는 소식을 전했다. 이어서 디온의 반대파에서도 서둘러 와달라는 간청을 해왔다.

게다가 상황이 절박해지면서 헤라클레이데스는 형제를, 테오도테스는 삼촌을 보내 디온에게 구원을 간청했다. 더 이상 아무도 적에게 저항하고 있지 않았고 테오도테스 자신도 부상을 입은 상황이었기 때문이다. 도시는 거의 깡그리 파괴되어 불타고 있었다. 이 놀라운 소식이 디온에게 닿았을 때 그는 여전히 성문에서 60스타디온 가량 떨어져 있었다. 그럼에도 디온은 용병 부대에게 쉬라쿠사이가 어떤 위험에 처했는지 전달하고 병사들을 격려하며 성으로 이끌었다. 디온의 군대는 어느새 뛰어서 행군하기 시작했다. 그 와중에도 전령이 잇따라 도착해 서두르라고 애원했다.

사기충천하여 놀라운 속도로 진격한 디온의 군대는 성문을 돌파하여 헤카톰페돈이라는 곳에 다다랐다. 여기서 디온은 즉각 경장비 보병 부대를 이용해 적을 공격했다. 쉬라쿠사이 사람들이 이 광경을 보고 용기를 얻기를 바라는 마음에서였다. 그는 또한 직접 중장비 보병을 지휘했다. 계속해서 대열에 합류하는 시민들의 지휘도 맡았다. 이어서 그는 군대를 여러 갈래로 나누어 종대로 정렬시키고 각 종대에 지휘관을 배치했다. 여러 위치에서 동시에 효과적으로 공격하기 위함이었다.

XLVI.

디온이 이와 같이 준비를 마치고 신들께 기도를 올린 후 군대를 이끌고 적을 향해 진군하자 쉬라쿠사이 사람들은 기쁨의 함성을 지르고 힘차게 응원 구호를 외쳤으며 신들께 기도하고 탄원했다. 나아가 디온을 구원자이자 신으로 칭했으며 외국인 병사는 형제이자 동료 시민이라고 불렀다. 또한 그 위급한 상황에서 자기 목숨만 구하려고 하는 사람은 없었으며 하나같이 어느 누구보다 디온을 걱정하고 염려했다. 디온은 거리를 뒤덮은 피와 화염, 시체 더미를 헤치고 위험과 마주하러 앞장서 나아가고 있었다.

적의 모습이 무시무시했던 것은 사실이다. 적은 사납게 변해 있었다. 무너진 방벽을 따라 대열을 갖추어 선 적병들 때문에 접근은 어렵고 힘겨웠다. 그러나 디온 측의 외국인 병사들을 더욱 괴롭히고 진격을 어렵게 만든 것은 바로 불의 위협이었다. 사방에 불꽃이 타오르고 있었으며 이 집 저 집으로 옮겨 붙고 있었다. 병사들은 무너진 건물 위로 솟아오르는 화염을 헤치고 나아가야 했으며 엄청난 크기의 파편이 낙하하는 거리를 목숨을 걸고 달려야 했다. 연기와 먼지 구름도 뚫고 나가야 했다. 그럼에도 병사들은 흩어지지 않고 대열을 유지했다.

그러나 막상 적과 맞붙었을 때 공간이 좁고 불규칙했으므로 양측 병사들 몇몇만이 근거리에서 전투를 벌일 수 있었다. 그럼에도 쉬라쿠사이 사람들은 열렬히 응원하며 병사들을 격려했고 결국 뉩시오스와 부하들은 제압당했다. 대부분의 적병은 멀지 않은 아크로폴리스로 도망쳐 목숨을 구했으나 밖에 남아 이리저리 흩어진 병사는 추격 끝에 죽음을 맞았다.

그러나 쉬라쿠사이 사람들은 그 위급한 상황에서 승리를 즐길 수가 없었다. 보통이 아닌 업적이었음에도 즐거워하며 축하할 수 없었다. 대신 시민들은 불타는 주택가로 주의를 돌렸고 밤새 고생한 뒤에야 겨우 불을 끌 수 있었다.

XLVII.

아침이 왔을 때 민중 지도자들은 성안에 남아 있지 않았다. 잘못을 깨닫고 도시를 떠난 것이다. 그러나 헤라클레이데스와 테오도테스는 각자의 결정에 따라 제 발로 디온에게 갔다. 이어서 잘못을 인정하고 간절히 부탁했다.

"우리가 장군을 형편없이 대접했을지언정 장군은 우리에게 훨씬 더 너그럽기를 바랍니다. 모든 면에서 우리보다 훌륭한 디온 장군께서 감사할 줄 모르는 우리들보다 분노를 더욱 잘 다스려야 함은 당연하지 않습니까? 우리가 그동안 의심해왔던 바로 그것, 다시 말해 장군의 용기는 우리의 용기보다 훨씬 뛰어나다는 것을 인정하겠습니다."

헤라클레이데스와 테오도테스가 이처럼 부탁했으나 디온의 동료들은 그토록 비열하고 시기심 많은 자들을 살려두지 말라고 설득했다. 대신 헤라클레이데스를 병사들에게 넘겨 그들 마음대로 처리하게 하라고 했다. 군중의 호의를 구걸하는 일이 다시는 일어나지 않도록 하기 위함이었다. 디온의 동료들은 이것이 참주의 폭정만큼 포악한 질병이라고 말했다.

그러나 디온은 친구들의 증오를 가라앉히려고 애쓰며 말하기를, 다른 장군들이 무기를 다루고 전쟁을 벌이는 훈련을 하는 동안 자신은 아카

데메이아에서 분노와 시기심과 온갖 경쟁심을 극복하는 능력을 오랫동
안 수련했다고 했다. 그런데 이 능력은 친구와 은인들에게 잘해줄 때보
다, 억울한 일을 당한 사람이 그 일을 저지른 사람에게 자비를 베풀고 너
그럽게 대할 때 더 잘 드러났다.

　게다가 디온은 자신이 헤라클레이데스보다 한 수 위라는 사실을 보여
주고 싶어 했다. 권력과 지혜보다 선의와 정의감에서 더욱 앞선다는 것
을 입증하고 싶었던 것이다. 더 선하고 정의로운 사람이 진정 뛰어난 사
람이라는 것이 디온의 생각이었다. 한편 승리의 공은 다른 사람과 나눌
필요는 없어도 행운의 신과 나누지 않을 수는 없었다.

　나아가 헤라클레이데스가 시기심으로 인해 의리를 버리고 비열해졌다
면 디온은 분노가 자신의 도덕성을 훼손하는 것을 막아야 했다. 내게 잘
못을 저지른 사람에게 보복을 하는 것은 내게 아무 짓도 하지 않은 사
람을 벌하는 것보다는 더 정의롭지만 본성상 두 행위는 모두 동일한 나
약함에서 기원하기 때문이다. 뿐만 아니라 비열한 성격은 보기 괴롭지만
아주 난폭하거나 바꾸기 어려운 성질은 아니다. 따라서 반복해서 호의
를 베풀면 억누를 수 있고 감사하는 마음에 의해 변화될 수 있다. 이것
이 디온의 논리였다.

XLVIII.

　이와 같은 주장을 펼치며 디온은 헤라클레이데스와 테오도테스를 풀
어주었다. 그리고는 포위 작전을 위한 벽을 세우는 데 신경을 돌렸다. 쉬
라쿠사이 시민들은 디온이 내린 명령에 따라 각각 말뚝을 잘라와 벽 주
위에 놓았다. 쉬라쿠사이 사람들이 휴식을 취하는 동안에는 외국인 병
사들이 밤새 일을 했다. 디온은 이렇게 아크로폴리스 주위로 벽을 세우

는 데 성공했고 날이 밝자 시민과 적군 모두가 하나같이, 눈 깜짝할 새에 작업이 이루어진 것에 감탄했다.

이어서 디온은 전사한 쉬라쿠사이 사람들을 묻었으며 몸값을 주고 2천 명 가까운 포로들을 찾아왔다. 그러고 나서 민회를 열었다. 여기서 헤라클레이데스는 디온에게 총사령관직을 주는 것을 제안했다. 해상과 육지 모두에서 절대 권력을 갖는 총사령관이었다. 귀족들은 이 제안에 찬성하고 임명을 서둘렀으나 선원과 일용직 노동자로 이루어진 군중이 소란을 피우며 반대했다. 헤라클레이데스가 해군 사령관직을 빼앗긴다는 사실이 불쾌했기 때문이다. 그들은 헤라클레이데스가 다른 데에는 쓸모가 없어도 디온보다 민중과 가까운 사람이라고 여겼으며 군중에 더 고분고분하다고 여겼다.

그러자 디온은 한발 물러나 헤라클레이데스에게 해군 사령관직을 돌려주었다. 그러나 민중이 토지와 주택의 재분배를 고집하자 디온은 반대했고 이 문제에 대해서 과거에 정해졌던 법령도 폐지함으로써 민중의 불만을 샀다.

이렇게 되자 헤라클레이데스는 또다시 음모를 꾸미기 시작했다. 그는 멧세네로 파견되자마자 함께 파견된 병사와 선원들을 교묘하게 부추겨 디온에게 분노하게 만들었다. 디온이 참주가 될 작정이라고 주장한 것이다. 그러는 동안에도 헤라클레이데스 자신은 스파르테 사람 파락스를 통하여 디오뉘시오스와 비밀 협약을 맺고 있었다. 이에 쉬라쿠사이의 상위 계급 시민들이 헤라클레이데스에게 의심의 눈길을 보냈고 군대에는 분열이 일어났다. 그러자 쉬라쿠사이에는 혼란과 식량 부족이 일어났다. 디온은 어쩔 줄을 몰랐으며 동료들은 헤라클레이데스처럼 비열하고 시기심 많은 적을 키워놓은 디온을 탓했다.

XLIX.

　당시 파락스는 아크라가스의 영토에 있는 네오폴리스에 진영을 치고 있었고 디온은 쉬라쿠사이 사람들을 이끌고 그곳으로 향했다. 디온은 둘 사이의 문제를 나중 기회에 해결하고 싶었지만 헤라클레이데스와 선원들이 계속 디온을 비난하는 통에 어쩔 수 없었다. 그들은 디온이 권력을 놓지 않기 위해 전쟁을 질질 끌고 있으며 그래서 결정적 전투를 하지 않고 있다고 주장했다.

　따라서 디온은 하기 싫은 전투를 해야 했고 그 결과 패주했다. 그러나 패배가 심하지 않았고 패배의 원인 또한 적이 아니라 내부 선동에 따른 무질서였으므로 디온은 다시 전투를 준비했고 설득과 격려를 통해 다시 병력을 가다듬었다.

　날이 저물고 디온에게 전갈이 도착했다. 헤라클레이데스가 함대를 이끌고 쉬라쿠사이로 항해하고 있다는 내용이었다. 헤라클레이데스는 도시를 점령한 뒤 디온과 군대를 들여보내지 않을 계획이었다. 따라서 디온은 즉각 가장 영향력 있고 열렬한 지지자들을 데리고 밤새 쉬라쿠사이로 달렸고 다음 날 아홉 시 성문에 도달했다. 7백 스타디온을 달린 뒤였다.

　애를 썼지만 결국 한발 늦은 헤라클레이데스와 함대는 다시 바다로 나갔다. 그리고 뚜렷한 계획이 없는 상태에서 스파르테 사람 가이쉴로스를 만났다. 가이쉴로스는 귈립포스가 했듯* 시켈리아 시민을 지휘하러 가고 있다고 주장했다. 따라서 헤라클레이데스는 기꺼이 이 스파르테 사람을 태웠다. 그는 가이쉴로스가 디온의 영향력에 맞서기 위한 부적이라

---

* 「니키아스」 편 XIX.

66

도 되는 양 그를 곁에 붙이고 다니며 동료들에게 소개시켜 주었다. 그리고는 비밀리에 쉬라쿠사이로 전령을 보내 스파르테 지휘관을 맞을 준비를 하라고 시민에게 명령했다.

그러나 디온은 쉬라쿠사이에 지휘관은 충분하다고 답했다. 스파르테 지휘관이 없어서는 안 되는 상황이 오더라도 자신이 그 지휘관이 되면 된다고 했다. 디온 자신도 스파르테의 시민권을 갖고 있었기 때문이다. 그러자 가이쉴로스는 더 이상 지휘관이 되겠다고 주장하지 않았고 배를 몰고 디온에게 가서 헤라클레이데스와 화해하도록 했다. 두 사람은 각각 맹세를 하고 준엄한 서약을 했다. 가이쉴로스는 이 서약을 뒷받침하기 위해, 만약 헤라클레이데스가 다시 해를 끼친다면 자신이 디온을 대신해 보복하겠다고 맹세했다.

L.

이 일이 있고 쉬라쿠사이 사람들은 함대를 해산했다. 쓸모는 없었던 반면 선원들을 유지하기 위해 큰 지출을 해야 했고 지휘관 사이에 분쟁을 야기했기 때문이다. 이어서 시민들은 벽으로 가두어 놓은 요새에 포위 공격을 시작했다. 아무도 갇힌 자들을 도우러 오지 않았다. 식량은 떨어져 갔고 외국인 병사들은 반란을 일으킬 태세였다. 디오뉘시오스의 아들 아폴로크라테스는 가망이 없다는 것을 알고 디온과 협약을 맺었다.

아폴로크라테스는 요새를 비롯하여 그곳에 있던 무기와 장비를 넘기는 대가로 어머니와 누이, 부하들을 함선 다섯 척에 태우고 아버지에게 갈 수 있었다. 디온은 아폴로크라테스가 무사히 떠날 수 있도록 허락했다. 쉬라쿠사이 시민은 단 한 명도 그 광경을 놓치지 않았다. 뿐만 아니라 없는 사람까지 불러냈다. 해방된 쉬라쿠사이 위로 태양이 떠오르는 날을 지켜보지 못한다면 한으로 남을 것이 분명했다.

사람들은 오늘날까지도 운명의 부침을 설명할 때 가장 설득력 있고 명확한 사례로 디오뉘시오스의 축출을 이야기한다. 그러니 그 자리에 있었던 사람들은 얼마나 기뻤을 것이며, 최소한의 자원으로 역대 최악의 폭정을 타도한 사람들로서 얼마나 자부심이 컸을 것인가!

LI.

아폴로크라테스가 배를 타고 떠난 뒤 디온이 아크로폴리스로 향하는데 여인들은 참지 못하고 디온을 마중하러 요새의 입구로 달려 나갔다. 아리스토마케는 디온의 아들을 데리고 가고 있었고 아레테는 눈물을 흘리며 뒤따르고 있었다. 한동안 다른 남자와 함께 살았던 아레테는 차마 디온을 남편이라고 부를 수 없었다. 디온은 먼저 누이 아리스토마케를 반기고 그 다음 어린 아들과 인사했다. 이어서 아리스토마케는 아레테를 이끌고 와 말했다.

"오라버니, 오라버니께서 유배되어 계신 동안 우리는 불행했습니다. 그러나 오라버니께서 돌아오셨고 승리하셨으니 우리는 더 이상 슬프지 않습니다. 그러나 이 여인은 다릅니다. 이 여인은 지아비가 살아 있는데도 다른 남자와 억지로 혼인해야 했고 그 모습을 지켜보는 저까지 불행해졌습니다. 운명이 오라버니를 우리의 주인으로 만든 지금 오라버니께서는 이 여인이 강요받았던 행위를 어떻게 심판하시겠습니까? 이 여인이 오라버니를 남편으로 불러야 하겠습니까, 외삼촌으로 불러야 하겠습니까?"

아리스토마케가 이처럼 말하자 디온은 울음을 터뜨리며 아내를 따뜻하게 껴안았다. 그러고는 아들의 손을 쥐어주고 자기 집으로 보냈다. 이처럼 디온은 요새를 쉬라쿠사이 사람들에게 맡긴 이후 계속해서 아내와 한 집에서 살았다.

LII.

모든 일을 매우 성공적으로 마무리 지은 디온은 마침내 찾아온 행복을 즐기기에 앞서 친구들에게 감사를, 동맹군에게 보상을 주는 것이 옳다고 여겼다. 특히 아테나이의 동지들과 외국인 병사들에게 친절과 존경의 표시를 하고 싶었다. 가진 것보다 더 많이 퍼주고 싶어 했다. 그러나 정작 자신은 가진 것만으로 절제하며 단순하게 살았다.

사람들은 이를 놀라운 눈으로 바라보았다. 디온이 거둔 성공은 시켈리아와 카르타고뿐만 아니라 헬라스 전체의 관심을 받고 있었고 당시 사람들은 살아 있는 인물들 가운데 디온이 누구보다 위대하다고 여기고 있었기 때문이다. 그러나 그 어느 지휘관보다 뛰어난 용기와 행운을 갖는 축복을 누리고 있었음에도 옷을 입을 때나 다른 사람들을 대할 때, 식사를 할 때 디온은 겸손하기 그지없었다. 어느 모로 보나 아카데메이아에서 플라톤과 식사를 하고 있는 것 같았지, 용병 부대의 외국인 지휘관, 병사들과 어울려 살고 있는 것 같지 않았다. 외국인 병사들은 나날이 만찬을 열고 그 밖의 다양한 유흥을 즐기며 그동안 겪었던 고난과 위험에 대한 위안으로 삼았기 때문이다.

실제로 플라톤은 편지에 쓰기를 세상 모든 사람들의 눈이 디온 한 사람을 향해 있다고 했다. 그러나 디온 자신의 눈은 한 도시의 한 장소에 고정되어 있는 듯했고 그 장소는 바로 아카데메이아였다. 디온의 생각에 따르면 아카데메이아에 있는 관객과 판관은 디온의 위대한 업적이나 배짱, 승리를 우러러보지 않았으며 오로지 그가 자기 행운을 신중하고 사려 깊게 사용하는지, 높은 지위에서 겸손한지에 관심이 있었다.

그럼에도 디온은 시민들을 대할 때 전과 다름없이 엄중했으며 거만한 태도를 잃지 않았다. 앞에서도 말했듯 플라톤은 디온에게 편지를 보내 고집이 '고독의 친구'라고 경고한 적이 있었다. 실로 디온은 태생적으로 상냥하지 않은 성격인 데다 지나친 방종과 사치에 물든 쉬라쿠사이 사람들을 말리는 데 적지 않은 관심이 있었다. 그러나 디온은 보다 너그러울 필요가 있었다.

LIII.

헤라클레이데스가 다시 한 번 적대행위를 시작했기 때문이다. 먼저, 디온이 헤라클레이데스를 의회에 초대했을 때 헤라클레이데스는 공직에서 물러난 사람으로서 다른 시민들과 함께 민회로 가겠다고 했다. 그런 다음 디온이 요새를 허물지 않는다고 공식적으로 그를 비난했다. 또한 시민들이 디오뉘시오스의 무덤을 파헤쳐 사체를 꺼내려고 했을 때 디온이 이를 막은 일을 문제 삼기도 했다. 코린토스로 사람을 보내 국정 운영을 함께 할 동료 및 조언자를 찾음으로 해서 동료 시민들을 경멸했다고 주장하기도 했다. 디온이 코린토스에 도움을 청한 것은 사실이지만 코린토스 사람들을 자기편으로 만들면 원하는 나라 체제를 좀 더 쉽게 확립할 수 있으리라는 생각에서였다.

디온은 쉬라쿠사이에서 순수한 민주정을 억제하고자 했다. 민주정을 나라 체제로 취급하지 않았고 플라톤의 말을 빌어 "온갖 나라 체제가 진열된 시장"으로 보았기 때문이다. 디온은 스파르테나 크레테를 어느 정도 본떠 민주정과 왕정의 혼합체를 확립하고자 했다. 귀족으로 이루어진 집단이 가장 중요한 사안들을 주재하고 집행하는 체제였다. 디온은 코린토스 사람들의 체제가 귀족정을 향해 기울어져 있었고 이로 인해 민회에서 처리되는 공적인 사안이 매우 적다는 점에 주목했다.

이어서 디온은 헤라클레이데스가 자신의 결정에 가장 심하게 반대할 것으로 여겼다. 헤라클레이데스는 성격이 불같고, 변덕스러우며 반항심이 강했으므로 디온은, 오래전부터 헤라클레이데스를 죽이고 싶어 했던 사람들의 말에 마침내 손을 들었다. 그리하여 그들은 헤라클레이데스의 집으로 숨어들어가 그를 살해했다.

쉬라쿠사이 사람들은 헤라클레이데스의 죽음에 몹시 분개했다. 그러나 디온은 눈부신 장례를 치러주었으며 군대를 거느리고 장례 행렬을 뒤따랐다. 뿐만 아니라 시민들을 잘 설득했다. 이에 시민들은 헤라클레이데스와 디온이 함께 나랏일을 돌보는 한 나라가 잠잠하기는 불가능했으리라는 사실을 비로소 깨닫게 되었다.

LIV.

한편 디온의 동료 중에는 아테나이 사람 칼립포스라는 자가 있었다. 플라톤의 말에 따르면 디온과 칼립포스가 친밀한 사이가 된 것은 함께 철학을 공부했기 때문이 아니라 함께 비밀 의식에 입문한 결과 생긴 동지애 덕분이었다. 칼립포스는 디온과 원정을 함께 했고 디온의 존경을 받았으므로 쉬라쿠사이로 입성할 때에도 디온의 다른 모든 동료들의 앞에서 디온과 함께 섰다. 머리에는 화관을 쓰고 있었다. 전투에서 여러 수훈을 세운 덕분이었다.

그러나 디온의 가장 중요하고 고귀한 친구들이 전투에서 죽임을 당하고 헤라클레이데스마저 죽은 상황에서 디온의 병사들마저 자신을 따르자 칼립포스는 자신이 얼마나 비열한 인간인지 드러냈다. 친구를 죽이고 권력을 가지려고 했던 것이다. 혹설에 따르면 그는 디온을 죽이는 대가로 적으로부터 20탈란톤을 받았으며 디온의 외국인 병사들에게 뇌물을 주어 반역에 가담하도록 했다. 극도로 악하고 교활한 방식으로 일을 꾸민 것이다.

먼저 칼립포스는 디온을 향한 병사들의 온갖 비난을 디온에게 보고함으로써 신뢰를 얻었다. 비난의 일부는 사실이었고 일부는 스스로 날조한 것이었다. 또한 디온의 허락을 받아 디온을 불신하는 자들과 비밀리에 회동을 갖고 자유롭게 대화하였다. 모든 불만분자들을 샅샅이 찾아낸다는 명목이었다. 이러한 방식으로 칼립포스는 불만에 싸인 사악한 시민들을 빠르게 발견하고 결집하는 데 성공했다. 반면 자신의 제안을 거절하는 사람이 있으면 디온에게 고자질했다. 디온은 불쾌해하거나 성을 내지 않았으며 칼립포스가 단순히 자신의 명령을 수행하는 중이라고 생각했다.

LV.

음모가 무르익는 가운데 디온은 크고 불길한 유령을 보았다. 어느 늦은 오후였다. 디온이 집안 복도에서 깊은 생각에 잠겨 있는데 늘어선 기둥 저편에서 갑자기 무슨 소리가 들렸다. 소리가 나는 곳을 바라보니 키가 커다란 여인이 눈에 들어왔다. 어둠이 깔리기 전이었다. 옷차림과 얼굴로 보아 비극 속에 등장하는 분노의 여신같이 생긴 여인이 빗자루 같은 것으로 집 안을 쓸고 있었다. 까무러치게 놀란 디온은 걱정이 된 나머지 친구들을 불러 목격한 것을 말하고는 그날 밤만은 집에 가지 말고 머물러 달라고 간청했다. 어찌할 바를 모르기도 했고 혼자 남겨진다면 또다시 귀신이 나타날 것 같았기 때문이다.

72

귀신은 또다시 나타나지 않았으나 며칠 후 디온의 아들에게 큰 일이 벌어졌다. 소년티를 갓 벗은 아들이 사소하고 유치한 불만에서 비롯된 분노와 감정을 억누르지 못하고 그만 지붕에서 몸을 던져 죽어 버린 것이다.

LVI.

디온이 이처럼 심하게 괴로워하는 동안 칼립포스는 더욱 적극적으로 음모를 실행했다. 쉬라쿠사이 사람들에게 소문을 퍼뜨린 것이다. 아들을 잃은 디온이 디오뉘시오스의 아들 아폴로크라테스를 데려와 후계자로 삼으려고 마음먹었다는 내용이었다. 아폴로크라테스가 아내의 조카이자 누이의 손자였기 때문이다. 곧이어 디온과 디온의 아내, 누이는 일이 돌아가는 상황을 눈치 챘다. 사방에서 음모에 대한 정보가 들어오기 시작했다.

그러나 디온은 헤라클레이데스의 최후에 충격을 받은 터였으며 헤라클레이데스가 살해당한 일을 떠올리기만 해도 골치가 아프고 우울했다. 그 일이 자신의 삶과 행적에 오점으로 남았다고 여겼기 때문이다. 따라서 반대파뿐만 아니라 주변인들까지 의심하며 살 바에야 차라리 여러 번 죽는 것이 낫고 자신을 없애고자 하는 자가 있다면 내버려두는 것이 낫다고 생각했다.

한편 여인들이 음모를 샅샅이 파헤치고 있으며 경계를 하고 있다는 것을 깨닫자 칼립포스는 여인들을 찾아가서 극구 부인했다. 그리고 눈물을 흘리며, 충성심을 증명하기 위해 원하는 무엇이든 하겠다고 말했다. 그래서 여인들은 칼립포스에게 중대한 맹세를 요구했다. 방법은 이렇다. 맹세를 할 당사자는 데메테르와 페르세포네의 성소로 내려가 신들에게 의례를 올린 뒤 여신의 자주색 옷을 걸치고 손에는 횃불을 든 다음 소리내어 맹세를 한다.

칼립포스는 이 모든 절차를 거치고 맹세도 했으나 결국 신들을 무참히 조롱하기에 이르렀다. 맹세를 지켜본 두 여신을 기리는 축제날, 즉 코레이아를 기다렸다가, 바로 그날 암살을 자행한 것이다.*

LVII.

음모를 실행에 옮기는 데 관여한 사람들은 적지 않았다. 당일 디온은 여흥을 즐기기 위한 안락의자가 놓인 방에 친구들과 함께 앉아 있었다. 음모에 가담한 자들 가운데 일부는 집을 포위하고 일부는 방문과 창문 바깥에 섰다. 자퀸토스 사람들로 이루어진 암살단은 무기를 들지 않고 외투도 없이 방 안으로 들어왔다. 이윽고 바깥에 선 자들이 문을 붙잡고 있는 사이 안에 있는 자들이 디온을 덮치더니 목을 조르고 깔아뭉개려고 했다.

이것이 생각대로 되지 않자 암살단은 칼을 달라고 외쳤으나 아무도 문을 열 엄두를 내지 못했다. 방 안에 디온의 동료들이 많았기 때문이다. 그러나 동료들은 각각 디온을 내팽개치고 제 목숨을 살릴 궁리만 하고 있었으므로 아무런 도움도 되지 못했다. 뒤늦게 쉬라쿠사이 사람 뤼콘이 창문을 통해 암살자 한 사람에게 단검을 건네주었고 이를 이용해 암살자들은 디온의 목을 그었다. 마치 제단에 바칠 제물을 준비하는 모습이었다. 암살자들은 이미 디온을 제압한 상태였고 디온은 칼날이 들어오기 전부터 벌벌 떨고 있었다.

음모에 가담한 사람들은 디온의 누이도 감옥에 처넣었다. 만삭의 아내도 마찬가지였다. 디온의 아내는 처참한 감옥 생활을 하다가 아들을 낳았고 두 여인은 간수의 동의를 받아 아이를 기르기 시작했다. 칼립포스가 이미 심각한 문제에 연루되어 있었기 때문에 가능한 일이기도 했다.

LVIII.

디온을 죽인 직후 칼립포스는 실로 큰 영예를 누렸고 쉬라쿠사이를 좌지우지했다. 그토록 엄청난 불경을 저질렀으니 아테나이를 신들 다음으로 두려워하는 태도를 보여야 마땅했음에도 아테나이로 서신을 보내기까지 했다. 위대한 아테나이가 길러내는 선인은 탁월하기 그지없는 반면 악인은 저열하고 더럽기 그지없다는 말은 조금도 틀린 말이 아니다. 아테나이 땅이 기막히게 달콤한 꿀과 극도로 치명적인 독미나리를 동시에 길러내는 것과 같은 이치다.

그토록 큰 불경을 저지르고도 권력과 지위를 잡은 자가 있다는 것은 신들과 운명이 수치스러워 할 일이었다. 그러나 수치는 오래가지 않았다. 칼립포스는 신속히 알맞은 죗값을 치렀다. 카타네를 빼앗으러 나서는 길에 쉬라쿠사이를 빼앗기고 만 것이다. 당시 칼립포스는 도시를 치즈 강판*과 맞바꾸었다고 말한 것으로 알려진다.

이어서 칼립포스는 멧세네를 공격해서 병사 대부분을 잃었는데 그 가운데에는 디온의 암살자들도 있었다. 이후 시켈리아의 그 어느 도시도 칼립포스를 받아주지 않았으며 그를 증오하고 쫓아버렸기 때문에 칼립포스는 레기온을 빼앗았다. 그러나 레기온에서는 궁핍했던 나머지 고용했던 병사들에게 급여도 제대로 주지 못했으므로 결국 렙티네스와 폴뤼페르콘의 손에 죽임을 당했다. 운명의 장난인지 칼립포스를 죽인 단검은

---

* 카타네가 시켈리아 방언으로 치즈 강판을 의미한 모양이다.

디온을 죽인 바로 그 단검이었다. 이 스파르테식 단검은 짧은 데다가 섬세하고 노련한 솜씨로 만들어진 덕에 쉽게 구별이 가능했다. 아무튼 칼립포스가 치른 죗값은 이러했다.

한편 감옥에서 풀려난 안드로마케와 아레테는 쉬라쿠사이 사람 히케테스의 보살핌을 받았다. 디온의 친구였던 히케테스는 두 여인에게 호감과 존경심을 갖고 있는 듯했다. 그러나 디온의 반대파에 설득당한 뒤 배를 한 척 준비한 히케테스는 두 여인을 펠로폰네소스로 보낼 것처럼 꾸몄다. 한편 선원들에게 이르기를 가는 도중 두 여인의 목을 자르고 바다로 던지라고 했다.

두 여인이 디온의 아들과 함께 산 채로 바다로 던져졌다는 말도 있다. 그러나 히케테스 또한 죄에 알맞은 벌을 받았다. 티몰레온에게 붙잡혀 사형에 처해진 것이다. 쉬라쿠사이 사람들은 디온의 원수를 갚기 위해 히케테스의 두 딸도 죽였다고 한다. 이에 대해서는 「티몰레온」 편에 상세히 적어두었다.

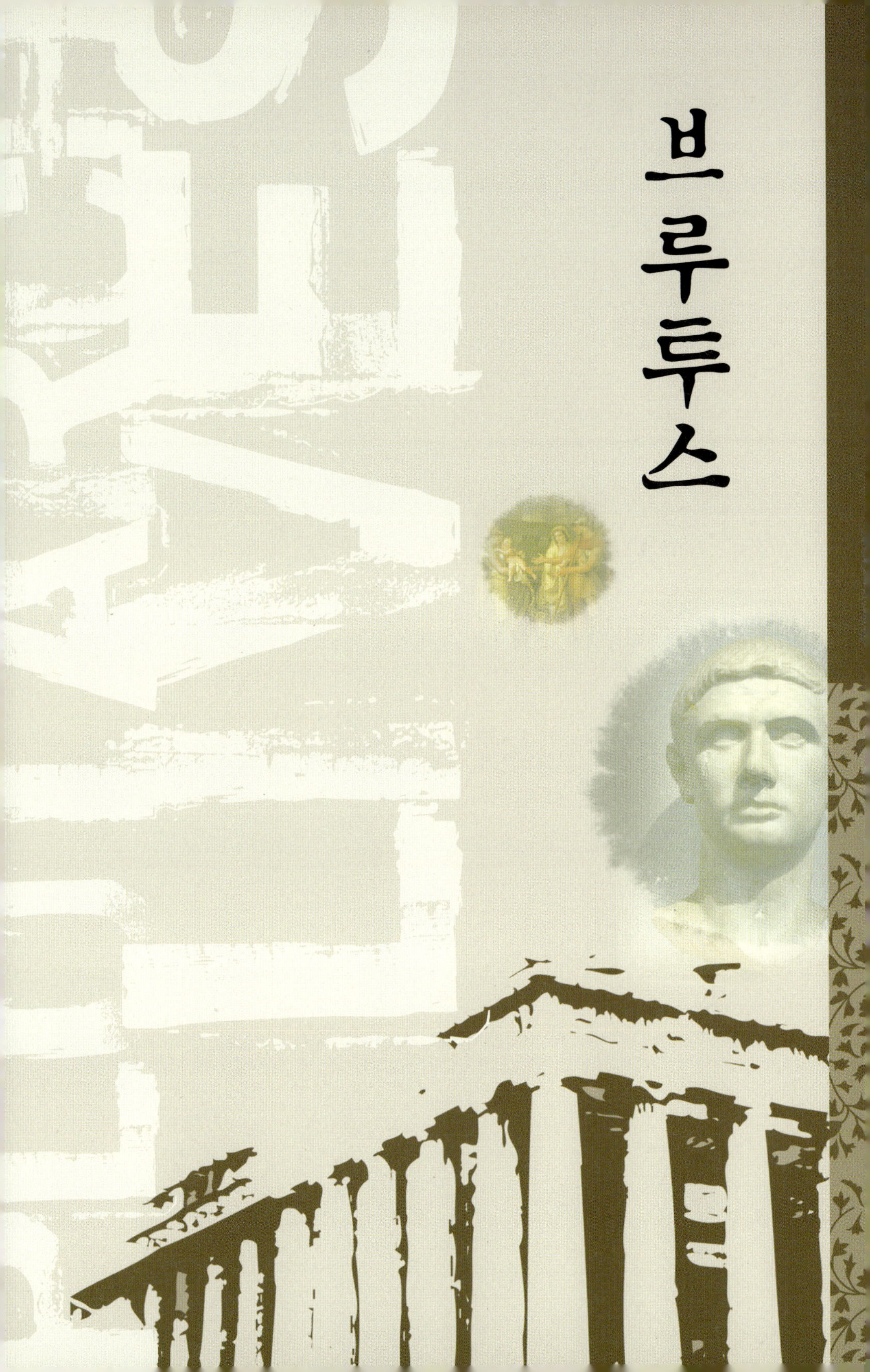

브루투스

I.

마르쿠스 브루투스는 유니우스 브루투스의 자손이다. 고대 로마인들은 카피톨리움에 세운 로마 왕들의 동상 사이에, 칼을 뽑아들고 있는 유니우스 브루투스의 동상을 세운 바 있다. 그가 타르퀴니우스 가문으로부터 왕위를 빼앗는 데 가장 확고한 역할을 했으므로 이를 기념하기 위해서였다. 그러나 유니우스 브루투스는 마치 담금질한 강철 검처럼 굽히는 법이 없는 본성을 갖고 있었고 그 본성은 학문으로도 부드럽게 할 수 없었으므로 폭군들에 대한 분노는 두 아들을 죽음에 이르게 만드는 끔찍한 행위로 이어졌다.

• 유니우스 브루투스.

•• 자크 루이 다비드가 그린 『브루투스에게 두 아들의 시신을 돌려주는 관리들』.

반면 내가 이제 이야기하고자 하는 브루투스는 철학을 연습하고 공부함으로써 본성을 다듬는가 하면 적극적인 모험을 통해 조용히 숨어 있는 본성을 자극했다. 그리하여 덕성을 발휘하기에 가장 적절한 상태에 이른 것으로 보인다. 그 결과, 카이사르 암살 음모에 참여했던 브루투스를 미워한 사람들마저도 이 음모와 관련된 고결했던 행위는 죄다 브루투스에게 돌리고 제법 불쾌한 행위들은 캇시우스의 탓으로 돌렸다. 캇시우스는 브루투스의 친척이자 친구였으나 성격이 브루투스만큼 정직하지 못했다.*

• 브루투스.

II.

브루투스의 어머니 세르빌리아는 철학자 카토의 누이였고 브루투스는 그 어느 로마 사람보다 외숙부 카토를 존경했다. 브루투스가 아주 모르거나 잘 모르는 헬라스 철학자는 없었으나 특히 플라톤 제자들의 가르침을 익히는 데 힘썼다.*

III.

성인이 되기도 전에 브루투스는 외숙부 카토와 함께 퀴프로스로 길을 떠났다. 카토는 프톨레마이오스와 싸우러 가는 중이었다. 그러나 도착하기도 전에 프톨레마이오스가 스스로 목숨을 끊었다. 한편 카토는 로도스에서 잠시 머물러야 했으므로 왕의 보물을 거두어 올 사람으로 카니디우스를 파견했다. 그러나 카니디우스가 보물에 손을 댈까 불안했던 나머지 브루투스에게 서신을 보내 전속력으로 퀴프로스로 항해하라고 일렀다. 당시 브루투스는 심각한 병을 앓고 나서 팜필리아에서 몸을 추스리는 중이었다.

브루투스는 마지못해 배를 띄우기는 했으나 마음은 내키지 않았다. 외숙부 카토에게 모욕을 당하고 버림받은 카니디우스를 안타깝게 여긴 것이 첫 번째 이유였다. 둘째로, 사무에 온통 신경을 집중하는 것은 자유 시민답지 못하고 자신처럼 학문에 중독된 젊은이에게 적합하지 않다고 생각했다. 그럼에도 브루투스는 열심히 일을 했고 카토의 칭송을 받았으며 왕의 토지를 현금으로 바꾼 뒤 재물 대부분을 가지고 로마로 배를 띄웠다.

• 브루투스의 외숙부 카토.

IV.

당시 로마는 여러 파벌로 분열되어 있었다. 폼페이우스와 카이사르는 무력에 호소하며 패권을 다투고 있었다. 사람들은 브루투스가 카이사르 편을 들 것으로 기대했다. 브루투스의 아버지가 폼페이우스의 부추김에 의해 죽임을 당했기 때문이다. 그러나 브루투스는 자신의 이익보다 공익을 앞에 놓아야 한다고 생각했으며 카이사르보다 폼페이우스의 전쟁 동기가 더 낫다고 판단하고 폼페이우스 편에 가담했다.

그러나 이 결정을 내리기 전에는 폼페이우스를 만나도 말조차 하지 않았다. 아버지를 살해한 사람과 말을 섞을 수는 없다고 생각했기 때문이다. 그러나 폼페이우스를 나라의 지도자로 생각한 뒤 브루투스는 폼페이우스의 명령을 따랐으며 사절의 임무를 띠고 세스티우스와 함께 킬리키아로 향했다. 세스티우스는 킬리키아의 지방관으로 임명된 자였다.

그러나 킬리키아에서 딱히 할 일이 없었고 폼페이우스와 카이사르가 마침 중요한 대결을 앞두고 있었으므로 브루투스는 위험을 함께 하기 위해 스스로 마케도니아로 움직였다. 전해지는 말에 따르면 브루투스가 다가오는 것을 목격한 폼페이우스는 말 못할 기쁨과 존경심에 사로잡혀 자리에서 일어났으며 모두가 보는 앞에서 부하를 꼭 껴안았다고 한다. 원정 기간 동안 브루투스는 폼페이우스와 함께 있을 때를 제외하고 책과 문학에 파묻혔다. 남는 시간뿐만 아니라 대전투가 벌어지기 직전에도 마찬가지였다.

때는 한여름이었고 열기는 대단했다. 습지에 진을 치기로 되어 있었기 때문이었다. 브루투스의 막사를 짊어진 자들은 좀처럼 속도를 내지 못했다. 브루투스는 몹시 피곤했고 정오가 다 되어서야 몸에 기름을 바르고 시장기를 해결했음에도 남들이 잠을 자거나 미래에 대한 불안한 생각에 사로잡혀 있는 동안 브루투스는 폴뤼비오스를 요약하느라 저녁까지 바빴다.

V.

카이사르 또한 브루투스의 안전을 걱정했다고 전해진다. 카이사르는 장교들에게 명령하기를 전투에서 브루투스를 만나면 죽이지 말고 살려 주라고 했다. 그리고 만약 브루투스가 순순히 항복한다면 포로로 삼되 저항한다면 내버려두고 어떤 폭력도 쓰지 말 것을 당부했다. 이는 카이사르가 브루투스의 어머니 세르빌리아를 생각해서 내린 명령이었다고 한다. 젊은 시절 카이사르는 자신을 열렬히 사랑한 세르빌리아와 친밀한 관계였던 것으로 보인다. 그래서 세르빌리아의 애정이 절정에 이른 시기

에 태어난 브루투스가 자신의 아들일 수 있다고 믿을 나름대로의 이유
가 있었다.*

VI.

파르살로스 전투에서 패한 폼페이우스가 바다로 도망치고 진영이 포
위되었을 당시 브루투스는 들키지 않고 물과 갈대가 가득한 늪지 쪽으
로 빠져나갔다. 그리고 밤새 움직인 결과 라릿사에 도착했다. 거기서 브
루투스는 카이사르에게 편지를 보냈고 카이사르는 브루투스가 안전하게
도망쳤다는 소식에 매우 기뻐하며 브루투스를 불러들였다. 그런 뒤 그를
용서했을 뿐만 아니라 높은 자리를 주고 동료로 삼았다.

폼페이우스가 어디로 도망치는지 아무도 알 수 없었고 모두가 몹시 혼
란스러워하고 있을 때 카이사르는 브루투스와 긴 산책을 하면서 브루투
스의 의견을 물어보았다. 브루투스가 몇 가지 의견을 내놓자 카이사르는
폼페이우스의 도주로에 관한 한 브루투스의 생각이 가장 타당하다고 생
각해서 서둘러 아이귑토스이집트로 갔다. 폼페이우스는 역시 브루투스의
생각대로 아이귑토스로 피신했지만 거기서 최후를 맞았다.*

• 카이사르와 폼페이우스는 권력을 놓고 내전을 벌였으나 폼페이우스가 먼저 최후를 맞았다. 그러나 폼페이우스의 잘린 머리를 본 카이사르는
결코 즐거워 보이지 않는다. 조반니 안토니오 펠레그리니가 그린 『알렉산드리아의 카이사르』.
•• 카이사르의 두상. 나폴리 국립 고고학 박물관 소장.

카이사르는 연설을 하는 브루투스의 모습을 처음 보았을 때 친구들에게 이렇게 말했다고 한다.

"이 젊은이가 원하는 것이 무엇인지 몰라도 아주 간절히 원하는 건 분명하군."

브루투스는 진중한 태도, 그리고 남의 청탁을 잘 들어주지 않는 성격을 가진 데다 정확한 논증과, 숭고한 원칙의 채택을 통해 목적을 달성했다. 따라서 브루투스의 설득은 언제나 강력하고 효과적이었다. 브루투스는 아무리 아첨해도 정의롭지 못한 탄원은 들어주지 않았다. 나아가 뻔뻔하고 끈덕진 요구를 견디어내지 못하는 성격, 즉 연약한 마음가짐을 경멸했다. 특히 위대한 사람이 이런 마음가짐을 가지는 것만큼 수치스러운 것이 없다고 여겼으며 부탁을 거절할 줄 모르는 것은 응석받이로 자랐기 때문이라고 말하곤 했다.

카이사르는 카토와 스키피오를 상대하기 위해 아프리카로 건너갈 때 갈리아 키살피나 지방을 브루투스에게 맡겼고 갈리아는 엄청난 행운을 누리게 되었다. 다른 지방은 지방관의 오만과 욕심 때문에 마치 패전국처럼 약탈을 당했으나 브루투스가 맡은 지방은 과거의 불행까지 잊게 만들 위로와 원조를 받았기 때문이다. 그러고도 브루투스는 모든 공을 카이사르에게 돌렸다. 따라서 카이사르가 돌아와 이탈리아를 가로지를 때 브루투스 치하의 도시들은 더할 나위 없이 보기가 좋았다. 윗사람의 명예를 드높이는 동시에 즐거운 동무가 되어준 브루투스 또한 카이사르를 기쁘게 했다.

VII.

이어서 법무관이 임명될 차례가 왔다. 가장 명예로운 법무관직, 즉 도시를 담당하는 프라이토르 우르바누스의 자리는 브루투스나 캇시우스에게 돌아갈 것으로 여겨졌다. 이미 다른 이유로 약간 틀어져 있던 두 사람은 바로 이 법무관직을 놓고 좀 더 멀어졌다고 전해진다. 그러나 두 사람은 사돈지간이었다. 캇시우스는 브루투스의 누이 유니아의 남편이었다. 전해지는 다른 말에 따르면 두 사람이 경쟁관계에 놓이게 된 것은 카이사르 탓이었다. 그가 두 사람을 각각 은밀히 부추기고 자극하여 기대를 고조시켰다는 것이다.

이 경쟁에서 브루투스는 깨끗한 명성과 덕성을 내세운 반면 캇시우스는 파르티아 전쟁에서 세운 여러 찬란하고 용맹했던 공적을 강조했다. 그러나 카이사르는 각 후보의 주장을 들은 뒤 동료들과 회의하면서 이렇게 말했다고 한다.

"캇시우스의 주장이 더 일리 있지만 최고 법무관직은 우선 브루투스에게 가야 합니다."

그리하여 캇시우스는 다른 법무관직을 얻었으나 잃은 자리에 분노한 만큼 얻은 자리에 감사하지는 않았다.

그 밖의 모든 경우에도 브루투스는 카이사르의 권력을 원하는 만큼 나누어 가질 수 있었다. 마음만 먹으면 카이사르의 동료들 가운데 최고의 위치에서 최고의 권력을 행사할 수 있었을 것이다. 그러나 캇시우스파가 브루투스를 다른 길로 이끌었다. 관직을 두고 겨루었던 두 사람이 어느새 화해를 한 것은 아니었으나 브루투스는 캇시우스의 동료들에게 귀를 기울이기 시작했다. 그들은 브루투스에게 이르기를 독재자 카이사르의 감언이설에 넘어가지 말고 오히려 그의 친절과 호의를 피하라고 했다. 그들의 말에 따르면 카이사르의 친절과 호의는 브루투스의 훌륭한 성품을 장려하기 위함이 아니라 활기와 도도한 기상을 뿌리 뽑기 위함이었다.

VIII.

카이사르도 전혀 의심이 없지는 않았으며 브루투스를 향한 비난에 마음이 움직이기도 했다. 그러나 브루투스의 숭고한 기상, 위대한 명성, 그리고 동료들을 두려워하면서도 그의 성품에 대한 신뢰는 잃지 않았다. 안토니우스와 돌라벨라가 혁명을 꾀하고 있다는 제보를 받았을 때 카이사르는 뚱뚱하고 머리 긴 친구들이 아니라 창백하고 마른 친구들이 더 걱정이라고 했다. 브루투스와 캇시우스를 의미했다.

또한 어떤 사람이 브루투스를 의심하며 조심하라고 타이르자 카이사르는 가슴에 손을 얹고 말했다.

"설마? 이 불쌍한 몸뚱이가 얼마나 간다고 그걸 못 기다려?"

자신이 가진 강력한 권력을 이어 받을 자격을 가진 사람은 브루투스밖에 없다는 의미가 내포된 말이었다. 실제로 브루투스가 카이사르의 2인자 역할을 조금만 더 했다면 성안에서 누구도 어찌하지 못할 권력을 가졌을 것이다. 카이사르의 권력이 줄어들고 공적으로 인한 명성이 시드는 것을 가만히 지켜보는 것으로 족했을 것이다. 그러나 성미가 난폭한 캇시우스는 공익적인 측면에서 독재를 혐오하기보다 사적인 이유에서 카이사르를 미워한 자로서, 브루투스를 자극하고 부추겼다.

전해지는 말에 따르면 브루투스는 통치에 반대했으나 캇시우스는 통치자에 반대했다. 캇시우스가 사자 몇 마리 때문에 카이사르를 비난했다는 말도 있다. 캇시우스는 조영관*에 부임하기 직전 사자를 여러 마리 제공했는데 카이사르가 이 사자를 빼앗아 간 것이다. 사자는 메가라에 있었는데 칼레누스가 이 도시를 빼앗았을 때 카이사르가 착복하였다.

---

* 조영관의 임무에는 대중을 위한 각종 볼거리를 제공하는 일이 포함되어 있었다.

메가라 사람들에게 사자들은 엄청난 재앙이었다고 전해진다. 도시가 사로잡힐 무렵 메가라 사람들은 빗장을 열고 사자들에 채워두었던 족쇄를 풀어주었다. 적이 다가오는 것을 방해하게 만들 목적이었다. 그런데 사자가 하필 시민들에게 달려들었고 우왕좌왕하는 시민들을 잡아먹은 것이다. 적에게도 이것은 처참한 광경이었다.

IX.

캇시우스가 카이사르를 해할 음모를 꾸민 가장 주된 이유가 사자였다는 말이 있지만 실은 그렇지 않다. 캇시우스는 처음부터 독재자라는 족속을 몹시 적대하고 언짢게 여기는 성미를 가지고 있었다. 어린 시절 술라의 아들 파우스투스와 함께 학교를 다닐 때에도 이 성미가 드러났다. 파우스투스가 큰소리치며 아버지의 절대 권력을 다른 아이들에게 자랑하자 캇시우스는 파우스투스에게 매타작을 안겼다. 파우스투스의 여러 보호자와 친척들은 이 문제를 법정으로 가져가려고 했으나 폼페이우스가 이를 막았다. 그러고는 두 아이를 한자리에 앉히고 무슨 일이 벌어졌는지 물었다. 그러자 캇시우스가 말했다.

"네가 무슨 말을 해서 날 화나게 했는지 다시 한 번 말해봐, 파우스투스. 그러면 내가 다시 널 작살내 줄 테니까."

캇시우스는 이런 사람이었다. 그러나 브루투스는 동료들의 논리에 설득당하여 음모에 가담한 것이다. 동료 시민들의 말과 글을 통한 권고와 부추김도 한몫했다. 예를 들면 왕권을 뒤엎은 선대 브루투스의 조각상에는 누군가 이렇게 적어놓았다.

"브루투스, 그대가 지금 여기 있다면!"
"브루투스, 그대가 살아 있다면!"

게다가 브루투스 자신의 법무관석에도 매일 글귀가 적혔다.

"브루투스, 잠들었는가?"

"자네가 정말 브루투스라면 이럴 리가."

시민들이 브루투스를 이처럼 선동한 것은 카이사르에게 아첨하는 작자들이 원인을 제공했기 때문이다. 그들은 카이사르를 위해, 시기심을 유발하는 여러 직위를 꾸며내는 것으로도 모자라 밤에 카이사르의 조각상에 왕관을 씌워놓기도 했다. 대중이 그를 독재관이 아닌 왕으로 칭하게 만들고 싶었기 때문이다. 그러나 정반대의 일이 벌어졌고 이는 카이사르 편에 자세히 적어두었다.

X.

아무튼 브루투스가 나서기를 원하는 사람들은 그 밖에도 많았다. 캇시우스가 친구들을 부추겨 카이사르에 대한 음모를 꾸미려고 할 때 친구들은 모두 브루투스가 앞장설 경우에만 가담하겠다고 입을 모았다. 음모를 성공으로 이끄는 데 필요한 것은 용기와 배짱이 아니라 브루투스 같은 인물의 명성이었기 때문이다. 브루투스가 나서서 제물을 축성祝聖해야 하고 가담하는 행위 자체로 희생의 정당성을 확보해야 한다는 주장이었다. 브루투스가 없다면 일을 실행에 옮길 때에도 좀 더 주저하게 될 것 같았고 일을 마친 뒤에도 더 많은 의심을 받을 것 같았다. 의로운 목적을 위해 도모한 일이었다면 브루투스가 거절했을 리 없다는 생각이 퍼질 것이 분명했다.

이를 곰곰히 따져 본 캇시우스는, 법무관직을 놓고 다투느라 서먹해진 뒤 처음으로 브루투스를 방문했다. 분위기가 화기애애해질 무렵 캇시우스는 브루투스가 3월 초하루에 열릴 원로원 회의에 참석할 예정인지 물었다.

"들려오는 소식에 따르면 바로 그날 카이사르의 동료들이 카이사르를 왕으로 추대하는 안을 내놓는다는데."

브루투스가 참석하지 않는다고 하자 캇시우스가 다시 물었다.

"출석 명령을 받는다면 어쩔 겁니까?"

그러자 브루투스가 대답했다.

"좌시하지 않는 것이, 조국을 지키고 자유를 위해 죽는 것이 제 몫이겠지요."

그러자 캇시우스가 기뻐하며 말했다.

"하지만 그대가 그렇게 죽는다면 어느 로마 사람이 좋아하겠습니까? 아직도 자신을 그렇게 모릅니까? 그대의 법무관석을 낙서로 뒤덮은 자들이 누구겠습니까? 피륙을 짜고 물건을 파는 하찮은 자들이겠습니까? 로마에서 가장 영향력이 큰 최고 시민들이라는 사실을 모르십니까? 그들이 다른 법무관으로부터 요구하는 것은 포상과 볼거리와 검투 경기입니다. 그러나 핏줄이 다른 브루투스 그대로부터 원하는 것은 독재정의 폐지입니다. 그대가 저들의 기대와 요구에 부합한다면 저들은 그대를 위해 무엇이든 할 의향이 있고 준비가 되어 있습니다."

이렇게 말한 뒤 캇시우스는 브루투스에게 포옹과 입맞춤을 했고 이로써 화해한 두 사람은 친구들을 만나러 갔다.

XI.

폼페이우스의 친구 중에 가이우스 리가리우스라는 자가 있었는데 이 사람은 폼페이우스의 친구라는 이유로 비난을 받았으나 카이사르의 사면을 받았다. 그럼에도 카이사르에게 감사하기는커녕 자신의 목숨을 위험에 처하게 만든 카이사르의 권력을 오히려 불쾌하게 여기는 카이사르의 반대파였다. 브루투스의 가장 절친한 친구 가운데 하나이기도 했다. 리가리우스가 병상에 누워 있을 때 브루투스가 찾아가서 말했다.

"리가리우스, 지금은 아플 때가 아니야."

그러자 리가리우스는 팔꿈치로 상체를 일으키며 브루투스의 손을 잡고는 말했다.

"브루투스, 자네가 자네한테 걸맞은 고귀한 목적을 갖고 왔다면 나는 멀쩡하네."

XII.

이어서 캇시우스 일행은 신뢰하는 주요 인사들의 의중을 몰래 떠보기로 했다. 주요 인사에는 측근들만 포함시킨 것이 아니다. 배짱이 있고 용감하며 죽음을 우습게 여기는 사람이라면 모두 포함시켰다. 따라서 키케로에게는 계획을 말하지 않았다. 물론 그는 신의가 뛰어나고, 호의를 불러일으키는 능력을 갖고 있다는 점에서 으뜸가는 인물이었다. 그러나 브루투스 일행은 키케로의 소심한 본성이, 세월과 노령이 가져온 신중한 태도와 결합할 것을 염려했다. 나아가 안전을 완벽 보장하기 위하여 모든 행동의 모든 세부 사항을 일일이 따져보는 키케로의 습관이, 속도를 무엇보다 중요시하는 위기의 상황에서 열정의 칼날을 무디게 할 것 같았다.

그밖에도 브루투스는 친구들 중에서 에피쿠로스 학파 스타틸리우스, 카토의 헌신적인 추종자 파보니우스도 제외했다. 철학적 토론이라는 우회적인 방법을 통해 두 사람을 시험해 본 결과 적합하지 않다고 판단했기 때문이다. 파보니우스는 불법적인 군주제보다 내전이 더 나쁘다고 대답했다. 스타틸리우스는 현명하고 상식 있는 사람이라면 나약하고 어리석은 사람들을 위해 혼란과 위험 속으로 몸을 내던지지 않는다고 말했다.

그러나 같은 자리에 있던 라베오의 경우 두 사람의 의견에 반대했다. 당시 브루투스는, 어렵고 결정하기 힘든 문제라며 의견을 내놓지 않았으나 차후에 라베오에게 계획을 알렸고 라베오는 기꺼이 함께하기로 했다.

이어서 또 다른 브루투스, 즉 브루투스 알비누스를 끌어들일 차례였다. 이자는 원대한 계획이 있는 사람도 아니고 심지어 용감한 사람도 아니었으나 로마에서 열릴 경기에 대비해 관리하고 있는 검투사들이 많다는 점에서 세력이 컸다. 게다가 카이사르의 신임을 받고 있었다. 캇시우스와 라베오가 처음 말을 꺼냈을 때 브루투스 알비누스는 아무 대답도 하지 않았다. 그러나 홀로 브루투스와 면담을 하고 그가 일행의 우두머리라는 것을 알고 난 뒤에는 협조하는 데 선뜻 동의했다.

나머지 사람들 대부분과 가장 중요한 인사들도 브루투스의 명성을 믿고 합류를 결정했다. 그들은 서로 맹세를 맺거나 신성한 약속을 하지는 않았으나 거사를 비밀에 부치고 매우 은밀히 함께 실행에 옮겼다. 따라서 신들이 신탁과 예언, 제물을 통해서 카이사르의 죽음을 예언했음에도 사람들은 아무도 믿지 않았다.*

XIV.

원로원 회의가 소집되고 카이사르가 참석할 것으로 여겨지자 브루투스 일행은 그 자리에서 암살을 시도하기로 결정했다. 여럿이 함께 모여도 의심을 받지 않을 수 있었기 때문이다. 뿐만 아니라 거사가 끝난 직후, 그 자리에 모여 있는 누구보다 훌륭하고 뛰어난 시민들이 자유라는 대의를 지지할 터였다.

뿐만 아니라 회의 장소도 마침 브루투스 일행에게 유리했다. 극장을 둘러싼 주랑 현관이 그 장소였다. 이곳에는 폼페이우스의 조각상이 서 있는 우묵한 방이 있었다. 주랑 현관과 극장을 지은 폼페이우스에 대한 감사 표시로 로마가 세운 조각상이었다. 원로원 의원들은 바로 이곳으로 소집되었고 때는 3월 중순이었다. 로마 사람들은 이때가 3월의 이두스(Idus), 즉 15일이었다고 한다 마치 어떤 하늘의 힘이 카이사르에 대한 폼페이우스의 복수를 돕는 것 같았다.

그날이 오자 브루투스는 단검을 차고 나갔고 이 사실은 그의 아내만이 알고 있었다. 한편 나머지 일행은 캇시우스의 아들을 포룸으로 데리고 나가기 위해 캇시우스의 집에 모였다. 캇시우스의 아들이 토가 비릴리스를 입는 날, 즉 성인이 되는 날이었다. 성인식을 마친 일행은 곧장 폼페이우스 극장의 주랑 현관으로 서둘러 움직여 카이사르를 기다렸다. 카이사르가 곧바로 원로원 회의에 참석할 것으로 여겼기 때문이다.

이어서 벌어질 일에 대해 아는 사람이 있었다면 무엇보다, 끔찍한 처사를 앞둔 브루투스 일행의 차분하고 무감각한 태도에 놀랐을 것이다. 일행 가운데 여럿은 법무관이었으므로 당일 직무를 수행하지 않을 수 없었다. 그들은 침착하게 앉아 아주 느긋하게 탄원을 들어주거나 분쟁을 중재했을 뿐만 아니라 모든 사건에 대하여 정확하고 공정한 판결을 내리기 위해 무척 애를 썼다.

그러던 와중 한 남자가 브루투스의 판결에 승복하지 않고 큰 소리로 증거를 내보이며 카이

• 거사를 앞둔 브루투스와 카시우스를 그린 삽화.

사르에게 호소하자 브루투스가, 지켜보던 군중에게 이렇게 말했다.

"나는 법에 따라 판결하고 있고, 이는 카이사르도 막지 못합니다. 앞으로도 막을 수 없을 것입니다."

XV.

그럼에도 브루투스 일행을 놀래키고 염려하게 만드는 여러 가지 일들이 벌어졌다. 무엇보다도 시간은 가는데 카이사르가 도착하지 않았다. 징조가 불길하니 집 밖으로 나가지 말라고 아내가 붙잡았기 때문이다. 점쟁이들도 카이사르를 막았다.

• 카이사르에게 3월 15일을 조심하라고 경고하는 점쟁이.

뿐만 아니라 누군가가, 음모에 가담하고 있던 카스카에게 다가와 손을 잡고 말했다.

"카스카, 감히 우리한테 비밀로 했겠다. 됐네, 브루투스가 다 털어놓았어."

카스카가 깜짝 놀라 말을 잇지 못하자 남자는 웃음을 터뜨리며 말을 이었다.

"갑자기 그 돈이 다 어디서 난 건가, 이 친구 참. 조영관 선거에 아무나 나가는가?"

카스카는 남자의 모호한 말에 허를 찔려 하마터면 비밀을 밝힐 뻔했던 것이다.

게다가 원로원 의원 포필리우스 라이나스도 브루투스와 캇시우스를 평소보다 따뜻하게 맞이하며 조용히 속삭였다.

"계획하고 계신 일이 잘되기를 여러분과 함께 빌겠습니다. 그리고 부디 서두르십시오. 벌써 소문이 퍼지고 있으니까요."

의원은 말을 마치자마자 자리를 떴고 두 사람은 계획이 들통 났다는

92

의심을 떨칠 수 없게 되었다.

엎친 데 덮친 격으로 브루투스의 집에서 보낸 심부름꾼이 브루투스의 아내가 죽었다는 소식을 가지고 왔다. 포르키아는 곧 다가올 일 때문에 불안해하고 있었고 괴로움의 무게를 견디지 못한 나머지 가만히 집 안에 있지 못했다. 작은 소리나 외침만 들려도, 정신을 놓은 박쿠스의 신도처럼 뛰쳐나가 포룸에서 돌아온 모든 심부름꾼을 붙잡고 브루투스의 안부를 물었으며 계속해서 다른 심부름꾼을 보냈다.

그러나 시간이 지체되자 마침내 포르키아의 기력은 떨어질 대로 떨어졌다. 몸은 힘없이 축 처졌으며 남편의 안위를 모르는 상황에서 정신을 차릴 수 없는 지경에 이르렀다. 침실로 미처 돌아갈 새도 없이 하인들에 둘러싸인 가운데 포르키아는 정신이 몹시 혼미해졌다. 어찌할 수 없는 무기력감이 엄습하여 얼굴색은 창백해졌고 말은 전혀 할 수 없게 되었다.

이 광경을 본 시녀들은 비명을 질러댔고 이웃들이 무리를 지어 대문 앞으로 몰려들었다. 이 때문에 포르키아가 죽었다는 소문이 순식간에 퍼진 것이다. 그러나 포르키아는 얼마 안 가 정신을 되찾았고 시녀들 손에 보살핌을 받았다. 브루투스는 이 놀라운 소식을 접하고 물론 혼란스러웠지만 사적인 문제에 연연해 공무를 소홀히 하지 않았다.

XVI.

이어서 카이사르가 가마를 타고 오고 있다는 소식이 들려왔다. 불길한 징조들로 인해 의기소침해 있었던 카이사르는 몸이 아프다는 것을 핑계로 중요한 사안에 대한 승인을 하지 않고 모조리 연기하기로 마음을 먹고 있었다.

한편 카이사르가 가마에서 내리는데 포필리우스 라이나스가 서둘러 다가갔다. 브루투스에게 성공을 기원했던 바로 그자였다. 포필리우스 라이나스는 카이사르에게 뭐라고 말을 했고 카이사르는 선 채로 들어주었다. 공모자들은 앞으로 이렇게 부르기로 한다 포필리우스 라이나스가 무슨 말을 하는지 잘 알 수 없었다. 그러나 왠지 카이사르에게 암살 계획을 폭로하고 있는 것 같았다. 공모자들은 계획이 무산될까 당황스러웠던 나머지 재빨리 눈짓을 교환하며 합의에 이르렀다. 더 기다리다 붙잡히느니 곧바로 계획을 실행에 옮기는 것이 낫다는 데 동의한 것이다. 캇시우스를 비롯한 몇몇 사람들이, 옷 속 단검의 손잡이를 움켜쥐고 막 칼을 뽑으려는 찰나였다. 바로 그때, 라이나스의 몸짓을 관찰하고 있던 브루투스는 라이나스가 누군가를 비난하는 것이 아니고 무언가를 간절히 부탁하고 있다는 것을 알아챘다.

그러나 주변에는 음모에 가담하지 않은 사람들도 많았으므로 브루투스는 침묵을 지켰다. 대신 환한 얼굴로 캇시우스와 동료들에게 용기를 주었다. 얼마 후 라이우스는 카이사르의 손에 입을 맞추고 물러났다. 이로써 라이우스가 자기 문제에 관해 자기 생각을 말했다는 것이 확실해졌다.

XVII.

원로원이 카이사르에 앞서 회의장으로 들어서자 공모자들은 카이사르의 자리 주변으로 마치 면담할 것이 있는 사람들처럼 섰다. 캇시우스는 폼페이우스 상을 향해 고개를 돌리고 폼페이우스가 알아듣기라도 한다는 듯 탄원을 했다.

이때 트레보니우스는 안토니우스에게 말을 걸어 문밖에 잡아두었다.

카이사르가 들어오자 원로원은 예의를 차려 자리에서 일어났다. 카이사르가 자리에 앉자마자 공모자들은 그를 에워쌌다. 그리고 유배 가 있는 형제를 대신해 탄원을 하러온 툴리우스 킴베르를 내세웠다. 이어서 공모자들은 킴베르와 함께 탄원하며 카이사르의 손을 붙잡고 가슴과 머리에 입을 맞추었다.

카이사르는 이들의 탄원을 가볍게 물리쳤지만 아무도 물러서지 않았다. 그러자 힘을 써서 벗어나려고 했다. 이때 툴리우스가 양손을 이용해 카이사르의 어깨에 걸쳐 있던 겉옷을 잡아챘다. 뒤편에 서 있던 카스카는 단검을 뽑아 처음으로 카이사르를 찔렀다. 위치는 어깨 주변이었으며 깊이 찌른 것은 아니다. 카이사르는 단검의 손잡이를 잡고 로마어로 크게 외쳤다고 한다.

"카스카, 이 무례한 놈! 이게 무슨 짓이냐?"

그러자 카스카는 헬라스 말로 형제의 이름을 부르며 도움을 요청했다. 이미 여러 차례 칼에 찔린 카이사르는 주변을 살피며, 공격해 오는 자들 사이로 빠져나오려고 애썼다. 바로 이때 단검을 쥐고 달려드는 브루투스가 보였다. 그 순간 카이사르는 부여잡고 있던 카스카의 손을 놓고 겉옷으로 얼굴을 가리고는 쏟아드는 단검에 몸을 맡겼다. 공모자들은 카이사르 주변으로 모여들어 단검을 휘두르기 바빴으므로 서로에게 상처를 입히기도 했다. 브루투스 역시 카이사르를 죽이는 도중 손에 상처를 입었고 공모자 모두가 피범벅이 되었다.

• 빈센쵸 카무치니가 그린 『카이사르의 죽음』. •• 찰스 모리스의 『역사 이야기 11권: 로마 편』에 수록된 삽화.

XVIII.

　카이사르가 이처럼 죽임을 당한 뒤 브루투스는 회의장 중앙으로 가서 연설을 하려고 했다. 거기서 격려의 말들로 원로원 의원들을 잡아두려고 했던 것이다. 그러나 공포와 혼란에 사로잡힌 의원들은 도망을 쳤다. 추격하는 사람도 없는데 입구는 부랴부랴 몸을 피하는 의원들로 꽉 막혔다. 공모자들은 다른 사람을 죽일 생각은 없었다. 모두에게 함께 자유를 누리자고 제안할 생각이었다.

　사실 암살을 계획할 때만 해도 공모자들은 카이사르뿐만 아니라 안토니우스도 해치울 생각이었다. 그가 법을 경멸하고 군주제를 선호했으며 군부와 친밀한 관계를 유지하며 권력을 확보했기 때문이었다. 특히 본성이 거만했고 야망을 갖고 있었으며 카이사르와 함께 집정관직을 수행하고 있었다.

　그러나 브루투스가 이 계획에 반대했다. 정의롭지 못한 계획이라는 것이 첫 번째 이유였다. 나아가 브루투스는 안토니우스가 마음을 바꾸리라는 기대를 갖고 있었다. 카이사르가 사라지기만 하면, 천성이 훌륭하고 야심에 차 있으며 명성을 사랑하는 안토니우스가 조국의 자유를 쟁취하는 데 힘쓸 것이 분명하다고 믿었다. 본보기만 있어 준다면 열성을 다해 한결 고귀한 길을 따를 것 같았다. 이리하여 브루투스가 안토니우스의 목숨을 구했다. 그러나 이후 찾아온 공포 속에서 안토니우스는 평민 차림을 하고 도망을 쳤다.

　브루투스와 동료들은 카피톨리움[•]으로 올라갔다. 피 묻은 손으로, 뽑아든 단검을 자랑하며 시민들에게 자유를 주장하라고 간청했다. 그러자

• 카피톨리누스 언덕에 자리한 신전이자 요새.

처음에는 공포의 비명만이 들려왔다. 게다가 사건이 벌어지자마자 우왕 좌왕 허둥대기 시작한 사람들 덕분에 소란은 점점 커져갔다. 그러나 더 이상 살인이나 재산의 약탈이 일어나지 않자 원로원 의원들과 여러 평민 들은 용기를 얻어 공모자들이 있는 카피톨리움으로 올라갔다.

카피톨리움에 모여든 군중 앞에서 브루투스는 민중의 마음을 사도록 특별히 계산된, 시국에 알맞은 연설을 선보였다. 관객이 브루투스의 연설 에 환호를 보내며 카피톨리움에서 내려오라고 외치자 공모자들은 기운 을 얻어 포룸으로 내려갔다. 브루투스를 제외한 공모자들은 서로 어울 려 카피톨리움을 내려갔다. 브루투스는 여러 명망 있는 시민들에 둘러 싸여 위풍당당 요새를 내려갔으며 연단에 섰다.

뒤죽박죽 섞인 군중은 언제든 소란을 일으킬 것 같았다. 그러나 브루 투스를 목격하자마자 경외심에 휩싸인 군중은 침묵 속에 점잖게 다음 일을 기다렸다. 브루투스가 연설을 하러 앞으로 나왔을 때에는 모두가 조용히 귀를 기울였다. 그렇다고 해서 벌어진 사태에 불만이 없는 것은 아니었다. 이것은 킨나가 카이사르를 비난하는 연설을 시작하자 명백해 졌다.

군중은 갑자기 광분하면서 킨나에게 극심한 욕설을 퍼부었고 공모자 들은 카피톨리움으로 복귀해야 했다. 카피톨리움으로 올라간 뒤 브루투 스는 함께 올라왔던 명망 있는 시민들을 돌려보냈다. 군중과 대치하는 상황이 될까 두려웠기 때문이다. 브루투스는 아무 죄를 짓지 않은 명망 있는 시민들이 함께 위험을 감수하는 것은 옳지 않다고 여겼다.

XIX.

그러나 다음 날 원로원은 텔루스의 사원에 모였고 안토니우스, 플란쿠스, 키케로는 용서와 화합을 주장하는 발언을 했다. 그 자리에서 투표로 결정된 바에 따르면 공모자들은 책임을 면제 받았을 뿐만 아니라 집정관은 공모자들에게 포상을 내리는 법안을 만들어 민중 앞에 내놓아야 했다. 투표가 끝나고 원로원은 해산했다.

이어서 안토니우스는 카피톨리움에 있는 공모자들에게 아들을 볼모로 주었고 브루투스와 동료들은 요새에서 내려왔다. 그리고 모두가 거리낌 없이 인사와 환영의 말을 나누었다. 안토니우스는 캇시우스를 집으로 초대했으며 레피두스는 브루투스를 초대했다. 그 밖의 공모자들도 안토니우스와 레피두스의 동료, 친구들의 초대를 받았다.

다음 날 아침 일찍 원로원이 다시 소집됐다. 의원들은 내전의 발발을 막은 안토니우스에게 감사의 말을 내리기로 결정했다. 이어서 그 자리에 있던 브루투스의 추종자들에게는 칭찬의 말을 내리기로 했다. 마지막으로 영토를 분배했다. 투표에 따라 브루투스는 크레테를, 캇시우스는 아프리카를, 트레보니우스는 아시아, 킴베르는 비튀니아를 갖게 되었고 또 다른 브루투스는 갈리아 키살피나를 갖게 되었다.

XX.

이어서 카이사르의 유언장과 장례 절차가 논의되었다. 안토니우스는 유언장을 공개 석상에서 읽어야 한다고 주장했고 시신을 모두가 보는 앞에서 장지까지 옮겨야 한다고 했다. 비밀리에 아무런 예의도 차리지 않고 옮긴다면 이것 또한 민중을 자극하는 일이라고 주장했다.

캇시우스는 물론 이 제안에 열렬히 반대했다. 그러나 브루투스는 한 발 물러나 동의했다. 이것이 브루투스의 두 번째 실수였다고 여겨진다. 첫 번째 실수는 안토니우스의 목숨을 살려둔 것이다. 그는 이로써 냉혹하고 강력한 적을 남겨두었다는 비난을 받았다. 이어서 안토니우스가 주장하는 방식대로 카이사르의 장례가 치러지는 것을 허락함으로써 안토니우스는 두 번째 치명적인 실수를 범한 것이다.

이유는 이렇다. 먼저, 카이사르의 유언이 공개되자 시민들은 카이사르에 대한 놀라운 온정과 그리움에 사로잡혔다. 카이사르가 모든 로마 시민에게 각각 75드라크메를 남겼다는 사실이 알려졌기 때문이다. 이뿐이 아니다. 오늘날 포르투나 여신의 신전이 있는 티베리스 강 건너 땅의 소유권도 시민에게 남긴다고 기록되어 있었다.

이어서 카이사르의 시신이 포룸으로 옮겨지고 안토니우스가 관습에 따라 추도사를 했다. 군중은 추도사에 감동하는 모습이었고 이를 본 안토니우스는 어조에 연민의 감정을 가득 담았다. 나아가 카이사르의 피범벅이 된 겉옷을 가져다가 모두가 볼 수 있게 펼쳤다. 그리고 카이사르가 상처를 입은 자리에 남은 수많은 구멍을 일일이 가리켰다.

장례 절차가 차분하게 치러질 리 없었다. 살인자들을 죽이라고 외치는 사람들도 있었다. 어떤 사람들은 민중지도자 클로디우스의 장례 때와 마찬가지로 이 가게 저 가게에서 탁자와 긴 의자들을 끌고 와 차곡차곡 쌓았다. 시신을 화장할 거대한 장작더미를 만든 것이다. 사람들은 이 위에 카이사르의 시신을 놓고 여러 사원과 피난처, 성소의 한가운데에서 불태웠다. 뿐만 아니라 불길이 타오르자 사람들은 사방에서 달려와 반쯤 타들어간 장작을 채갔다. 그리고 암살자들의 집에 불을 붙였다.

그러나 암살자들은 이미 단단히 숨어 들어간 덕분에 위험을 벗어날 수 있었다. 하지만 킨나라는 시인의 경우는 달랐다. 이 시인은 범죄에 가담하지도 않았을 뿐더러 카이사르와는 친구 사이였다. 장례 전날 밤 킨나는 꿈을 꾸었다. 꿈속에서 카이사르는 킨나를 저녁 식사에 초대했지만 킨나가 거절하자 간청하고 또 억지를 부렸다. 그러더니 마침내 킨나의 손을 잡아끌며 입구가 넓고 음침한 장소로 데리고 갔다. 킨나는 불안한 마음으로 마지못해 따라갔다.

이 꿈을 꾼 뒤 킨나는 밤새 고열을 앓았다. 그렇지만 아침이 오고 카이사르의 장례 절차가 시작되자 친구로서 도리를 지키지 않을 수 없었다. 킨나가 군중 속으로 들어갔을 때 군중은 이미 과격하게 돌변해 있었다. 하필 킨나를 본 사람들은 그가 시인 킨나라는 것을 모르고 군중 앞에서 카이사르를 욕했던 바로 그 킨나라고 생각해서 그를 갈가리 찢어 죽였다.

XXI.

다른 무엇보다 이 사건이 브루투스와 일행을 두렵게 만들었다. 안토니우스의 변심도 한몫했을 것이다. 그리하여 일행은 로마를 떠났다. 처음에는 안티움에서 시간을 보냈다. 민중의 분노가 절정을 치고 한풀 꺾이면 로마로 돌아갈 예정이었다. 오래 걸리지 않을 것 같았다. 민중은 변덕스럽고 충동적이었다. 원로원도 브루투스 편이었다. 원로원은 시인 킨나를 찢어 죽인 사람들을 처벌하지는 않았으나 공모자들의 집에 불을 붙인 사람들을 찾아 체포하고자 했다.

뿐만 아니라 안토니우스가 거의 절대적인 권력을 행사하기 시작하자 시민들도 불안해졌고 브루투스를 그리워했다. 시민들은 브루투스가 몸소 나타나 경기를 관장하리라 기대했다. 브루투스는 법무관으로서 시민들에게 볼거리를 제공해야 할 의무가 있었다.

그러나 카이사르로부터 땅과 도시를 받았던 퇴역 군인들이 브루투스의 목숨을 노리고 삼삼오오 로마로 들어가고 있다는 소식이 들려왔다. 브루투스는 로마로 돌아갈 용기가 없어졌다. 그러나 시민들은 브루투스가 없는 동안에도 온갖 볼거리를 즐겼고 모든 행사는 아낌없이 성대하게 준비되었다. 브루투스가 야생 동물을 상당히 많이 구입했기 때문이기도 하고, 단 한 마리도 남기거나 되팔지 말고 모두 소모하라는 명령을 내렸기 때문이기도 하다.*

XXII.

이러한 상황은 젊은 카이사르가 도착하면서 새로운 국면을 맞았다. 카이사르의 질녀의 아들이었으나 카이사르가 정식으로 입양을 했고 상속자로 남긴 옥타비우스였다. 옥타비우스는 카이사르가 죽임을 당했을 당시 아폴로니아에서 공부를 하고 있었고, 당장 파르티아를 공격하기로 결심을 굳힌 카이사르를 기다리는 중이었다.

옥타비우스는 카이사르의 소식을 듣자마자 로마로 와서 민중의 호의를 얻기 위한 첫 단계로서 카이사르의 이름을 따르고 유언장에 따라 시민들에게 카이사르의 유산을 분배했다. 이렇게 함으로써 안토니우스를 향하던 민중의 마음을 빼앗은 것이다. 뿐만 아니라 아낌없이 돈을 살포하여 카이사르 밑에서 복무했던 병사들을 상당수 다시 결집했다.

키케로가 안토니우스에 대한 증오심에 이끌려 옥타비우스 카이사르의 편에 서자 브루투스는 키케로를 몹시 비난했다. 그리고 편지를 써서, 키케로가 독재를 반대하는 것이 아니라 자신을 미워하는 사람의 독재를 두려워할 뿐이라고 적었다. 나아가, 키케로가 편지와 연설을 통해 옥타비우스를 훌륭한 사람이라고 칭찬하자 브루투스는 키케로가 노예 생활을 좀 더 편안하게 하기 위해 수작을 부리고 있다고 주장했다.

이어서 이렇게 적었다. "반면 우리 조상들은 자비로운 독재자조차 가만히 두고 보지 않았습니다." 브루투스 자신은 전쟁과 평화 사이에서 마음을 굳힌 것은 아니었으나 노예가 되지 않겠다는 한 가지 결심만은 확실했다. 반면 키케로는 위험천만한 내전은 두려워하면서 수치스럽고 불명예스러운 평화는 겁내지 않았다. 그리고 안토니우스의 독재를 막은 대가로 옥타비우스를 독재자로 세울 특권을 요구하고 있었다. 이것이 키케로에 대한 브루투스의 생각이었다.

XXIII.

이 모든 비난은 브루투스가 키케로에게 보낸 초기의 서신들 속에 들어 있었다. 그러나 어느새 옥타비우스를 중심으로 하나의 당파가, 안토니우스를 중심으로 또 다른 당파가 생겨나고 있었으며 병사들은 마치 경매에 부쳐진 듯 최고가를 부르는 사람 쪽으로 몰려갔다.

그 상황에 철저히 좌절한 브루투스는 이탈리아를 떠나기로 결심했고 육로로 루카니아를 지나 바다에 접한 엘레아로 갔다. 그쯤에서 로마로 돌아가야 했던 포르키아는 불편한 마음을 감추려고 했지만 우연히 그림 하나를 보고 그때까지 의젓했던 태도를 놓아버렸다. 헬라스를 주제로 한 이 그림 속에서 안드로마케는 헥토르에게 작별 인사를 하고 있었다. 남편에게 시선을 고정한 채 남편의 품에 있는 어린 아기를 건네받는 안드로마케의 모습을 본 포르키아는 자신이 마주한 불행을 떠올리고 울음을 터뜨리고 말았다. 그 후로도 포르키아는 하루에 몇 번씩 그림을 찾아와 그 앞에서 눈물을 흘렸다.*

• 로센코가 그린 『헥토르와 안드로마케』.
•• 티슈바인이 그린 『안드로마케와 이별하는 헥토르』.

XXIV.

엘레아에서 브루투스는 배를 타고 아테나이로 갔다. 아테나이 사람들은 브루투스를 열렬히 환영하고 공식적으로 칭송했다. 브루투스는 크세노스*였던, 아카데메이아 학파 테옴네스토스와 소요학파 크라팁푸스의 강의를 듣고 함께 철학을 논하였고 온 시간을 학문에 바치며 소일했다. 그러나 실은 아무도 의심하지 않는 사이 브루투스는 전쟁을 준비하고 있었다.

헤로스트라토스를 마케도니아로 보낸 것도 그 때문이었다. 거기 주둔해 있는 군 지휘관들을 자기편으로 끌어들이려는 계획이었다. 나아가 브루투스는 아테나이에서 공부하고 있던 모든 젊은 로마 사람들을 결집하

• 치안이 광범위하게 확보되지 않았던 고대에서는 먼 길을 떠나 우연히 내 집으로 온 낯선 사람을 따뜻하게 맞이하여 보살펴주는 풍습이 있었다. 한번 집에 머물면 대대로 친구 관계를 이어갔는데 이렇게 낯선 땅에서 만든 친구를 크세노스라고 한다.

여 자기편으로 만들었다. 키케로의 아들도 여기 포함되어 있었다. 브루투스는 키케로의 아들을 드높여 칭송하곤 했다. 자나 깨나 꿈을 꿀 때나 고귀한 기상을 잃지 않았으며 독재를 지독히 혐오했다고 감탄했다.

이후 브루투스는 더욱 공공연하게 활동하기 시작했다. 로마 수송선이 접근하고 있다는 소식을 듣고 카뤼스토스로 향하기도 했다. 보물을 가득 싣고 아시아를 출발한 이 수송선의 책임자는 훌륭하고 명망 있는 사람이었다. 브루투스는 책임자와 이야기를 나누고 뱃짐을 넘기도록 설득한 뒤 보기 드물게 화려한 연회를 마련했다. 생일을 맞은 기념이었다. 포도주가 나오고 모두가 "브루투스에게 승리를", "로마인에게 자유를" 약속하자 브루투스는 흥을 돋우고자 더 큰 술잔을 가져오도록 했다. 그리고 술잔을 받아들었을 때 뚜렷한 이유 없이 다음 구절을 읊었다.

"허나 나는 사악한 운명과 레토의 아들의 손에 죽는구나."*

뿐만 아니라 역사가들이 전하는 바에 따르면 브루투스가 필립포이필리피에서 마지막 전투를 벌이러 나갈 때 병사들에게 전달한 암호는 아폴론이었다. 역사가들은 브루투스가 술잔을 들고 시구를 읊었을 때 이미 자신에게 닥칠 재앙을 예견하고 있었다고 생각한다.

XXV.

이어서 안티스티우스는 이탈리아로 직접 이송 중이던 돈 가운데 50만 드라크메를 브루투스에게 주었고 텟살리아를 떠돌고 있던 폼페이우스의 병사들도 전부 브루투스의 표장 아래로 기꺼이 모여들었다. 또한 킨나는 아시아에 있는 돌라벨라에게 데리고 가던 기병 5백 명을 브루투스

• 『일리아드』 16권 849행. 파트로클로스가 헥토르에게 하는 말. 레토의 아들은 아폴론.

에게 주었다. 이어서 브루투스는 데메트리아스로 갔다. 여기에는 안토니우스에게 수송될 예정이었던 무기가 상당량 보관되어 있었다. 카이사르가 파르티아 전쟁에 쓰기 위해 주문 제작해 둔 무기였다. 브루투스는 이 무기를 차지했다.

법무관 호르텐시우스마저 브루투스에게 마케도니아를 넘겼고 주변 지역의 모든 군주와 유력자들이 브루투스의 편에 서서 힘을 합쳤다. 이어서 안토니우스의 형제 가이우스가 이탈리아를 떠났다는 소식이 들려왔다. 에피담노스와 아폴로니아에 있는 바티니우스의 병력과 합류하기 위해 곧장 행군하고 있다는 소식이었다.

따라서 브루투스는 가이우스가 도착하기를 기다렸다가 그 병력을 사로잡을 생각에 서둘러 군대를 움직였다. 그러나 눈보라를 맞으며 험준한 지역을 통과하다 보면 식량을 실은 행렬은 저만치 뒤처져 있기 십상이었다. 따라서 에피담노스에 거의 다 도착했을 때 피로와 추위는 브루투스에게 "불리미아"라는 병을 안겼다.*

XXVI.

브루투스가 정신을 차리지 못하고 다른 병사들 역시 식량은커녕 그 비슷한 것도 보지 못한 상황이었으므로 브루투스를 보좌하던 병사들은 적에게 의지할 수밖에 없었다. 그래서 그들은 성문으로 가서 보초를 서고 있는 병사들에게 빵을 달라고 부탁했다. 브루투스가 어려움에 빠져 있다는 말을 듣자 적병들은 먹을 것과 마실 것을 가지고 직접 브루투스에게 갔다. 이어서 도시 전체가 항복을 해왔다. 브루투스는 병사들을 자비롭게 대했을 뿐만 아니라 병사들을 위해 다른 모든 시민들도 인도적으로 대우했다.

한편 아폴로니아 근처에 다다른 가이우스 안토니우스는 근방에 있는 병사들을 소집했다. 그러나 모두 브루투스에게 넘어간 뒤였다. 가이우스는 아폴로니아의 시민들마저 브루투스 쪽으로 마음이 기울어져 있는 것을 느꼈다. 따라서 이 지역을 뒤로 하고 부트로톤으로 향했다. 그러다가 행군 중에 3개 코호르스**를 잃었다. 브루투스에게 참패한 것이다. 나아가 뷜리스 근방에서 적이 앞서 차지했던 위치를 빼앗으려고 전투를 벌이다 키케로에게 패배를 당했다. 브루투스는 젊은 키케로를 지휘관에 앉혀 이미 여러 차례 승리를 얻은 바 있었다.

그러나 늪지에서 사방팔방으로 흩어진 가이우스의 군대와 만났을 때 브루투스는 병사들에게 공격 명령을 내리는 대신 말을 타고 다니며 적병을 살려주라고 명령했다. 그들이 곧 자기편으로 넘어오리라고 믿었기 때문이다. 실제로 그렇게 되었다. 병사들과 지휘관은 모두 항복했고 브루투스는 어느새 규모가 상당한 병력을 거느리게 되었다.

• 식욕이 몹시 커지는 병.
•• 코호르스는 약 420명으로 이루어진 단위 병력을 의미한다.

106

브루투스는 이후로도 꽤 오랫동안 가이우스의 명예를 지켜주었고 계급을 표시하는 휘장을 빼앗지 않았다. 키케로를 비롯한 수많은 사람들이 로마에서 편지를 보내와 그를 죽여야 한다고 주장했지만 듣지 않았다. 그러나 가이우스가 브루투스의 부관들과 비밀리에 연락을 하고 반란을 일으키자 브루투스는 가이우스를 배에 태운 뒤 감시했다.

가이우스에게 넘어갔던 병사들은 아폴로니아로 물러나 브루투스에게 와달라고 부탁했다. 브루투스는 그들의 부탁이 로마의 관습에 어긋난다고 거절했다. 잘못을 저지른 병사들이 상관을 찾아와 용서를 빌어야 마땅했다. 결국 부하들이 찾아와 용서를 구했고 브루투스는 용서를 해주었다.

XXVII.

브루투스가 막 아시아로 건너가려는데 로마 정세에 변화가 생겼다는 소식이 들려왔다. 원로원이 힘을 실어준 덕에 안토니우스를 이탈리아 땅에서 몰아낸 옥타비우스 카이사르가 이제는 두려움의 대상이 되었다는 내용이었다. 옥타비아누스는 법을 어기고 집정관직을 요구하는가 하면 군대를 쓸모없이 크게 키우고 있었다.

심기가 불편해진 원로원이 눈길을 나라 밖 브루투스에게 돌리고 투표를 통해 여러 개 지방의 통치권을 브루투스에게 확보해주자 옥타비우스는 겁을 먹었다. 그래서 안토니우스에게 사람을 보내 한편이 되자고 제안했다. 이어서 도시 곳곳에 병력을 배치하고 집정관직을 확보했다. 회고록에서 말하듯 이때 옥타비우스는 스무 살 먹은 애송이에 불과했다.

곧이어 브루투스와 그 일행을 살인죄로 기소했다. 재판 없이 도시의 최고 관리를 죽인 혐의였다. 옥타비아누스는 루키우스 코르니피키우스를 브루투스의 기소자로 임명하고 마르쿠스 아그립파를 캇시우스의 기소자로 임명했다. 물론 피고인은 출석할 수 없었고 배심원들은 강요에 따라 표를 던졌다. 연단에 올라선 전령이 관례대로 브루투스의 출석 명령을 고지하자 군중이 야유를 보냈다는 이야기도 전해진다. 반면 계급이 높은 시민들은 말없이 고개를 숙였다고 한다. 푸블리우스 실리키우스는 울음을 터뜨렸으며 이 때문에 이후 살생부에 올랐다고 한다.

이후 세 사람, 즉 옥타비우스, 안토니우스, 그리고 레피두스는 서로 화해를 한 뒤 지방 통치권을 나눠가졌으며 살생부에 이름을 올리는 방식으로 2백 명을 사형에 처했다. 그중에는 키케로도 있었다.

XXVIII.

따라서 이 소식이 마케도니아로 전해지자 브루투스는 호르텐시우스에게 편지를 보내 가이우스 안토니우스를 죽이라고 하지 않을 수 없었다. 친구 키케로와 친척 브루투스 알비누스의 죽음을 앙갚음해야 했다. 훗날 형 안토니우스가 필립포이 전투에서 호르텐시우스를 죽일 때 동생의 무덤 위에서 베어 죽인 것은 이 때문이다.

그러나 브루투스는 키케로가 죽었다는 사실이 슬프기보다 죽은 이유가 부끄럽다고 말하면서 로마에 있는 동료들을 탓한다. 브루투스의 생각에 따르면 동료들이 예속 상태에 빠진 것은 독재자들 때문이 아니라 그들 자신 때문이었다. 그들은 귀로 듣기만 해도 참을 수 없는 사태들을 눈으로 보고도 가만히 놔두었다.

곧이어 브루투스는 병력을 이끌고 아시아로 건너갔다. 병력은 어느새 눈부신 규모를 갖추고 있었다. 부하들이 비튀니아와 퀴지코스에서 함대를 장비하는 동안 브루투스 자신은 육로로 이동하며 여러 도시를 돌보

왔고 각국의 유력자들을 접견했다.

나아가 쉬리아에 있는 캇시우스에게 사람을 보내 아이귑토스 원정을 취소하도록 했다. 이유는 이러했다. 브루투스와 캇시우스는 사사로운 이익을 가져다줄 지배권의 확장이 아니라 바로 조국의 해방을 위해 떠돌며, 독재를 끝마칠 병력을 모집하는 중이었다. 따라서 목적을 반드시 염두에 두어야 했고 이탈리아에서 멀리 떨어지지 말아야 했다. 오히려 서둘러 이탈리아로 향해 동료 시민들에게 도움을 줄 때였다.

캇시우스는 브루투스의 말을 따랐고 브루투스는 돌아오는 캇시우스를 마중 나갔다. 둘은 스뮈르나에서 만났다. 페이라이에우스에서 헤어진 이후 첫 만남이었다. 헤어질 당시 한 사람은 쉬리아, 한 사람은 마케도니아로 향했기 때문이다. 두 사람은 서로가 거느리게 된 병력을 보고 커다란 기쁨과 용기를 얻었다. 이탈리아를 떠날 때 두 사람은 돈도 무기도 없었고 노 달린 배 한 척, 병사 한 명, 도시 하나 없었다. 둘 다 딱하기 그지없는 유랑자였다. 그러나 어느새 함대, 보병대와 기병대, 자금을 확보한 두 사람은 로마의 패권을 다투는 싸움에서 만만치 않은 상대가 되어 있었다.

XXIX.

한편 캇시우스는 브루투스를 동등하게 생각하고 싶었으나 브루투스는 언제나 한발 앞서 캇시우스를 찾아가곤 했다. 캇시우스가 나이가 더 많았고 브루투스보다 기력이 덜했기 때문이다. 캇시우스는 능력 있는 군인이라는 명성을 얻고 있었으나 화가 나면 모질었고 주로 겁을 주는 방식으로 권위를 확보했다. 반면 친한 사람들과 있을 때는 잘 웃었고 곧잘 농담을 주고받았다.

그러나 브루투스의 경우 성품이 뛰어났기 때문에 군중은 그를 사랑했고 친구들은 동경했으며, 귀족들은 존경했고 심지어 적들도 그를 미워하지 않았다. 브루투스는 놀라우리만치 온화했고 마음이 넓었으며 모든 분노, 쾌락에 대한 욕구, 탐욕으로부터 자유로웠다. 나아가 브루투스가 명성과 호의를 얻을 수 있었던 가장 큰 이유는 사람들이 그의 원칙을 신뢰했기 때문이다.

폼페이우스 마그누스가 카이사르를 끌어내렸다고 해도 법에 따라 군대를 해산시키지는 않았을 것이다. 이것이 대부분의 사람들의 생각이었다. 사람들은 하나같이 폼페이우스가 권력을 유지하면서 집정관제나 독재관제 같은, 보다 덜 불쾌한 체제를 택하여 민중을 달랠 것이라고 생각했다. 사람들은 캇시우스에 대해서도 마찬가지 생각을 가졌다. 불같고 격정적인 성미를 가지고 있었고, 소유욕에 이끌려 종종 정의로 향하는 길을 벗어나곤 하는 캇시우스였다. 그래서 그가 위험을 무릅쓰고 전쟁을 벌이고 유랑을 하는 것도 조국의 자유가 아니라 권력의 장악을 위해서라고 사람들은 생각했다.

폼페이우스나 캇시우스보다 먼저 살았던 사람들도, 예를 들어 킨나, 마리우스와 카르보 같은 사람들도 조국을, 싸움에서 이긴 사람에게 주어지는 전리품이나 포상으로 여겼고, 독재 체제를 수립하기 위해 전쟁을 일으켰다고 고백하다시피 했다.

그러나 브루투스의 경우 반대파마저도 그가 원칙을 따를 것이라고 믿었다. 심지어 안토니우스는 여러 사람들이 듣는 앞에서 말했다. 브루투스는 카이사르의 암살이라는 과업이 훌륭하고 명예롭다고 생각해서 참여한 유일한 공모자였다. 다른 사람들은 단지 카이사르를 시기하고 증오했기 때문에 뭉친 것이다.

브루투스가 군대보다 목적의 정당성에 더 의지하고 있었다는 것은 그의 편지에서도 드러난다. 위험천만한 고비에 이미 가까워졌을 때였다. 브루투스는 앗티쿠스에게 보내는 편지에서 말하기를 전망이 그 어느 때보다 밝다고 했다. 승리하면 로마인에게 자유를 줄 수 있고 죽으면 예속 상태에서 해방될 수 있기 때문이었다. 모든 전망이 대체로 안정적이고 확실한 가운데 한 가지 불확실한 것은 자유인으로 사느냐 아니면 죽느냐뿐이었다.

브루투스는 또한 마르쿠스 안토니우스가 자기 잘못에 마땅한 벌을 받고 있다고 생각했다. 브루투스와 캇시우스, 카토와 나란히 설 수 있는 능력이 있는 사람으로서 옥타비우스에게 넘어가 한낱 부속물 취급을 받고 있었기 때문이다. 게다가 옥타비우스와 나란히 패배하지 않으면 얼마가지 않아 그와 싸워야 하는 처지에 놓여 있었다. 이 점에 관해서 브루투스는 미래를 확실히 예견한 듯하다.

XXX.

스뮈르나에 있을 당시 브루투스는 캇시우스에게 그가 모아둔 상당한 재물 가운데 일부를 달라고 부탁했다. 브루투스가 가지고 있던 재물은 지중해 전체를 통제할 함대를 구축하느라 써버리고 없었기 때문이다. 그러자 캇시우스의 동료들은 만류하며 브루투스에게 한 푼도 주지 말라고 했다. 캇시우스가 아끼고 아껴서, 다른 사람들의 증오를 감수하며 모은 재물을 브루투스가 가져가 민중의 호의를 얻고 병사들을 만족시키는 데 쓰는 것은 옳지 않다는 논리였다. 그럼에도 캇시우스는 전체의 3분의 1을 브루투스에게 주었고 둘은 각자 할 일을 하러 가기 위해 헤어졌다.

캇시우스는 로도스를 빼앗았으나 거기서 지나치게 혹독하게 일을 처리했다. 입성할 때 그를 "주인이시며 왕이신 분"으로 호칭하는 자들에게 "나는 너희 주인이며 왕이 아니라 너희 주인이며 왕을 꾸짖고 처치하러 온 사람"이라고 대답한 일도 있다.

한편 브루투스는 뤼키아 사람들로부터 돈과 병사들을 요구했다. 그러자 민중지도자 나우크라테스는 도시들을 부추겨 반란을 일으키도록 했고 지역민들은 위치가 유리한 언덕을 선점하여 브루투스가 지나가는 것을 막았다. 그래서 브루투스는 먼저 아침식사 시간을 틈타 기병대를 보냈고 기병대는 적병 6백을 무찔렀다. 이어서 브루투스는 적의 요새와 마을을 빼앗았으나 몸값을 요구하지 않고 포로들을 놓아주었는데 자비로운 행동을 본 뤼키아 사람들이 자진해서 넘어오기를 바랐기 때문이다. 그러나 뤼키아 사람들은 고집을 꺾지 않았고 상처를 입은 만큼 더 분노했으며 브루투스의 자비와 은혜를 경멸했다.

결국 브루투스는 전투에 최고로 능한 자들을 크산토스로 보내 이 도시를 포위했다. 적은 도시를 지나는 강물 속을 헤엄쳐 탈주하려고 했으나 물속 깊이 드리운 그물에 걸려 버렸다. 이 그물의 위쪽 가장자리에는 종이 달려 있어서 적이 그물에 걸리자마자 신호를 보냈다.

뿐만 아니라 밤을 틈타 성 밖으로 나온 크산토스 사람들은 로마군의 공성병기에 불을 지르려고 했으나 로마군에게 발각되는 바람에 성벽을 향해 후퇴해야 했다. 바로 이때 기운찬 바람이 불길을 성으로 보냈고 성벽과 붙어 있던 여러 집에도 불길이 옮겨 붙었다. 브루투스는 도시의 안전이 염려된 나머지 병사들에게 화재 진압을 도우라고 명령했다.

XXXI.

이런 와중에 뤼키아 사람들이 갑자기 광기를 향한 끔찍하고 설명할 수 없는 충동에 사로잡혔다. 굳이 설명하자면 죽음에 대한 열망에 휩싸인 것 같았다. 아무튼 나이를 불문하고 모든 자유민과 노예들이 처자식까지 동원해, 불길을 잡으려던 적병들을 향해 성벽 위에서 화살을 쏘아대기 시작했다. 심지어 갈대와 장작 등 불타기 쉬운 모든 것들을 구해와 불길을 도시 전체로 옮겨 붙였다. 온갖 재료를 불길에 집어넣으니 화염이 더욱 크고 맹렬하게 타올랐다.

빠르게 퍼져나간 불길이 도시 전체를 에워싸고 격렬하게 타오르자 브루투스는 눈앞에 펼쳐진 상황에 괴롭지 않을 수 없었다. 그래서 말을 타고 성 밖을 돌며 돕기 바빴고 두 팔을 뻗어 크산토스 사람들에게 제발 도시를 살리라고 간청했다. 그러나 아무도 브루투스의 말을 듣지 않았고 남녀 할 것 없이 자멸을 가져오느라 바빴다. 심지어 어린아이들까지도 고함이나 비명을 지르며 불속으로 뛰어들거나 성벽에서 뛰어내리는가 하면 아버지의 칼날에 머리를 들이대고 목을 드러내며 베어 죽여 달라고 빌었다.

도시가 이처럼 파괴되고 난 뒤 한 여인이 발견되었는데 올가미에 매달려 달랑거리고 있는 이 여인의 목에는 죽은 아이가 붙어 있었으며 여인은 타오르는 횃불로 자기 집에 불을 붙이려고 하고 있었다. 이 광경이 어찌나 처참했으면 브루투스는 차마 보지 못했으며 이야기만 듣고도 눈물을 쏟았다. 브루투스는 뤼키아 사람의 목숨을 구한 병사에게는 포상을 내리겠다고 선언했다.

그러나 목숨을 구해주려는 로마 병사의 손길을 피하지 않은 사람은 150명에 지나지 않았다고 한다. 그리하여 크산토스 사람들은 마치 운명이 정해놓은 파멸의 주기를 이행하려는 듯 선조들의 재앙을 재현하는 대담함을 보였다. 선조들 또한 페르시아 전쟁 당시 도시를 불태우고 자멸한 역사가 있었다.

XXXII.

이어서 브루투스는 파타라 역시 격렬히 저항하는 것을 보고 공격을 망설였다. 그들이 같은 광기에 사로잡혀 있을지도 모른다는 생각에서였다. 그러나 마침 파타라의 여인들을 포로로 잡고 있었으므로 몸값을 요구하지 않고 이들을 풀어주었다. 여인들은 명망 있는 시민들의 아내 혹은 딸들이었다. 그들은 브루투스를 칭송하고 브루투스의 뛰어난 온건함과 정의로움을 칭찬함으로써 주요 시민들로 하여금 항복하고 도시를 넘기게 만들었다.

그러자 다른 모든 뤼키아 사람들이 찾아와 브루투스에게 의탁했고 브루투스의 선의와 친절이 바라던 바를 넘어선다는 것을 알았다. 비슷한 시기 캇시우스는 로도스 사람들로 하여금 소유한 모든 금은을 바치도록 강제함으로써 약 8백 탈란톤*을 축적했으며 도시 전체에 추가로 5백 탈란톤을 벌금으로 매겼다. 브루투스는 뤼키아 사람들로부터 150탈란톤을 요구했을 뿐 다른 해는 입히지 않은 채 병력을 이끌고 이오니아로 갔

---

* 1탈란톤은 무게가 약 26kg에 해당하는 큰돈이다.

다.*

XXXIV.

곧이어 브루투스는 캇시우스를 사르데이스로 불렀고 캇시우스가 근처에 오자 동료들과 함께 캇시우스를 만나러 갔다. 이어서 전군이 총 정렬하여 두 사람을 임페라토르로 칭하고 경례했다.*

XXXV.

다음 날, 법무관을 지낸 적이 있고 브루투스의 신의를 얻고 있던 로마 사람 루키우스 펠라가 사르데이스 사람들로부터, 공금을 횡령했다는 비난을 받았다. 브루투스는 루키우스에게 벌을 내리고 명예도 박탈했다. 그러자 캇시우스는 참을 수 없이 불쾌해졌다. 며칠 전 캇시우스의 두 동료가 같은 잘못을 저질러 기소된 적이 있었다. 캇시우스는 사적인 자리에서 두 사람을 꾸짖었으나 공적으로는 무죄를 선언했고 계속해서 임용했다. 따라서 캇시우스는 너그러운 정책이 요구되는 시점에 지나치게 법과 정의만을 강조한다며 브루투스를 질타했다.

그러나 브루투스는 캇시우스에게 3월 15일을 기억하라고 했다. 카이사르를 암살한 날이었다. 카이사르가 암살을 당한 것은 남들로부터 빼앗았기 때문이 아니라 남들이 빼앗는 것을 두고 보고만 있었기 때문이었다. 브루투스는 카이사르의 부하들이 불의를 저지르는 것을 지켜보면 보았지 자기편이 저지른 불의를 덮어둘 수는 없다고 했다.

"왜냐하면 앞의 경우 겁쟁이라는 비난을 듣고 말았을 것입니다. 하지만 이토록 고생을 하고 이토록 위험을 무릅쓴 지금 정의롭지 못하다는 말을 들을 수는 없습니다."

브루투스의 원칙이 이와 같았다.

XXXVI.

브루투스 일행이 아시아에서 배를 띄우려고 할 때 브루투스에게 중요한 전조가 보였다고 전해진다. 브루투스는 본래 잠이 별로 없었고 훈련과 자기 절제를 통해 잠을 줄였으며 낮에는 절대로 눕지 않았다. 밤에는 모두가 잠들어 일을 처리할 수 없거나 함께 대화를 나눌 사람이 없을 때에만 자려고 누웠다. 그러나 전쟁이 시작되고 생사가 걸린 싸움의 지휘를 손에 쥐게 된 후에는 언제나 앞일을 내다보려고 애쓰느라 초조해서 더욱 잠이 오지 않았다. 그래서 저녁 식사를 마친 뒤 잠깐 졸았다가 남은 밤은 급한 일을 처리하면서 보냈다. 그러나 시급한 일을 전부 처리하고도 시간이 남으면 삼경*까지 책을 읽었고 이때가 되면 백인대장과 호민관들이 브루투스를 만나러 오곤 했다.

브루투스가 병력을 이끌고 아시아를 떠나기 직전이었다. 아주 늦은 밤 브루투스의 막사는 희미하게 불을 밝히고 있었고 온 진영은 침묵에 휩싸여 있었다. 브루투스는 깊은 생각과 명상에 빠져 있다가 누가 막사 안으로 들어오는 소리를 들었다. 입구를 향해 눈길을 돌린 브루투스의 눈에는 기이하고 무시무시한 유령의 모습이 들어왔다. 기괴하고 공포스러운 형체가 말없이 브루투스의 곁에 서 있었던 것이다.

가까스로 용기를 낸 브루투스는 유령에게 물었다.

"누구냐. 신이냐, 사람이냐, 그리고 원하는 게 뭐냐?"

• 우리나라와 달리 로마는 밤을 다섯이 아닌 넷으로 나누어 보초를 섰다. 삼경은 대략 자정에서 새벽 세 시까지를 의미했다.

그러자 유령이 대답했다.

"나는 그대의 악령이다. 우리는 필립 포이에서 다시 만나리라."

그러자 브루투스는 지지 않고 대답했다.

"그럼 거기서 만나세."

XXXVII.

형체가 사라졌을 때 브루투스는 시종들을 불렀다. 그러나 소리를 듣거나 유령을 봤다고 하는 사람은 아무도 없었다. 브루투스는 남은 밤을 지새웠다. 그러나 날이 밝자마자 캇시우스를 불러 유령에 대해 말했다. 에피쿠로스 학파의 일원이었던 캇시우스는 브루투스와 이와 같은 주제에 대해 논의하는 것에 익숙했다.

• 『브루투스와 카이사르의 유령』. 리처드 웨스트올의 그림을 바탕으로 한 에드워드 스크리벤스의 동판화.

"우리 학파의 주장은 이렇다네. 우리는 만물을 보고 느낄 수 없네. 감각에 의한 지각은 유연하고 우리를 속이기도 하네. 게다가 생각은 지각된 대상을 온갖 다양한 형태로 바꾸고 변형시키네. 뚜렷한 실체가 없는 대상이라도 말이지. 인상은 밀랍에 새겨지듯 감각에 새겨지고 사람의 영혼에는 형태가 유연한 재료, 그리고 형태를 바꿀 수 있는 힘이 공존하므로 영혼은 원하는 대로 자유롭게 그 인상을 조형하거나 꾸밀 수 있지."

캇시우스는 브루투스를 진정시키려고 노력했다.

이어서 병사들이 배에 오르려는데 독수리 두 마리가 맨 앞에 있는 표장에 앉았다. 독수리는 표장에 실려 가면서 필립포이까지 가는 동안 병사들에게 먹이를 받아먹는 등 병사들과 시간을 보냈다. 그러다 전투 하루 전날 멀리 날아갔다.

XXXVIII.

브루투스가 행군 중에 지나간 대부분의 도시들은 이미 브루투스에게 복종하고 있었다. 복종을 약속하지 않은 도시나 국가가 있다면 뒤늦게라도 빠짐없이 브루투스의 편으로 넘어왔다. 브루투스는 이런 식으로 타소스 해역까지 행진했다.

그곳에, 정확히는 쉼볼론 근처 "좁은 지대"에는 노르바누스의 군대가 진영을 치고 있었다. 노르바누스를 포위한 브루투스는 노르바누스가 병력을 철수하고 위치를 바꾸게 만들었다. 옥타비아누스가 병에 걸려 지체하는 덕분에 노르바누스의 병력을 사로잡을 수도 있는 상황이었다. 그러나 안토니우스가 놀라우리만치 재빠른 속도로 노르바누스를 도우러 왔고 브루투스는 도무지 믿기지가 않았다. 반면 옥타비우스는 열흘 후에 도착해서 브루투스의 진영이 보이는 곳에 진을 쳤고 안토니우스는 캇시우스와 마주보았다.

두 군대 사이에 있는 들판을 로마 사람들은 캄피 필리피라고 부르는데 로마 군대가 그토록 큰 규모로 서로 마주한 적은 그때가 처음이었다. 브루투스의 군대는 옥타비우스의 군대에 비해 무척 작았으나 무기를 눈부시게 장식한 결과 놀라운 광경을 자아냈다. 갑옷과 무기 대부분이 금은으로 뒤덮여 있었던 것이다.

브루투스는 언제나 부하들에게 삼가하고 절제하는 생활 방식에 익숙해질 것을 요구하였으나 갑옷과 무기를 장식할 금은에 한해서는 아낌없이 제공했다. 재물을 손에 쥐고 몸에 지니면 남보다 야심찬 병사들은 더욱 기운을 얻을 것 같았다. 나아가 탐욕이 많은 병사들은 보물이나 다름없는 갑옷과 무기를 빼앗기지 않으려고 더욱 용맹해질 터였다.

XXXIX.

이어서 옥타비우스와 안토니우스는 진영 내에서 정화 의식을 치르기 시작했다. 그리고 모든 병사들에게 각각 5드라크메를 지급하여 제물로 바칠 수 있게 했다. 그러나 브루투스와 캇시우스는 적의 궁핍한 상태, 혹은 인색한 태도를 조롱하면서 먼저 관습대로 탁 트인 열린 들판에서 정화 의식을 치르고 부대에 희생 제물을 상당수 지급했으며 병사들에게는 각각 50드라크메를 제공했다. 따라서 병사들의 호의와 사기가 높았다는 점에서 브루투스 측은 우위에 있었다.

그러나 정화 의식 중에 캇시우스에게 불길한 징조가 나타났다고 전해진다.* 따라서 캇시우스는 당장 전투를 벌여 승패를 가르는 데 회의적이었으며 전쟁을 길게 끄는 것이 좋다고 여겼다. 무기와 병사의 수는 적어도 금전적으로 유리했기 때문이다. 그러나 브루투스는 전부터 가장 신속한 방법으로 결론을 짓고 싶어 안달이었다. 조국에 자유를 가져다줄 것이 아니면 군대를 유지하는 데 들어가는 엄청난 비용과 징발의 부담을 백성들로부터 덜어주고 싶었다.

나아가 브루투스는, 초반에 벌어진 여러 번의 다툼에서 승리와 성공을 맛본 기병대의 사기가 상승해 있는 것을 보았다. 게다가 적지 않은 병사들이 적에 투항하고 있었으며 다른 병사들도 뒤따를지 모른다는 의심이 널리 퍼져있었으므로 군사 회의에 참여하고 있었던 캇시우스의 동료들 가운데 여럿이 브루투스의 편을 들었다.

한편 브루투스의 동료 아틸리우스는 브루투스의 바람을 거스르고 적어도 겨울이 지날 때까지 기다리자고 했다. 브루투스는 1년을 기다린다고 해서 나아지는 것이 무엇이냐고 물었다.

"다른 것은 몰라도 1년은 더 살지 않겠는가."

아틸리우스의 대답이었다. 캇시우스는 이 대답이 몹시 불쾌했고 다른 사람들도 꽤나 짜증스러웠기 때문에 결국 다음 날 전투를 벌이기로 결정이 났다.

XL.

저녁 식사 때 브루투스는 희망에 부풀어 있었다. 저녁을 먹은 뒤에는 철학에 관한 대화를 나눈 뒤 휴식을 취하러 갔다. 그러나 멧살라의 말에 따르면 캇시우스는 측근 몇몇과 저녁 식사를 하는 내내 평소와 달리 말이 없고 생각에 잠겨 있었다.*

날이 밝자마자, 전투가 벌어질 것을 알리는 붉은 투니카속옷가 브루투스와 캇시우스의 진영 앞에 걸렸다. 두 사람은 서로의 진영 사이에서 만났다. 캇시우스가 말했다.

"우리 둘 다 승리하세. 그래서 죽는 날까지 함께 부족함 없이 살도록 하세. 그러나 살다보면 가장 중요한 일들이 가장 불확실한 법이네. 게다가 전투가 우리의 바람대로 되지 않는다면 서로 다시는 못 볼지 모르니 대답해주게. 도피와 죽음에 대한 자네 생각은 어떤가?"

브루투스는 대답했다.

"젊고 세상을 모를 때 저는 무엇에 이끌렸는지 몰라도 한 철학자에 대해 경솔하게 말한 적이 있습니다. 스스로 목숨을 끊었다고 카토를 비난했었지요. 무슨 일이 있더라도 이겨내는 대신 자기 속의 악령에 굴복하

120

여 도망치는 것은 불경하고 남자답지 못한 일이라고 믿었습니다. 그러나 지금 이 상황에서 나는 다른 생각을 갖고 있습니다. 만약 신께서 이 전투의 결과를 우리 쪽으로 유리하게 결정하지 않으신다면 나는 또다시 새로운 희망을 시험하고 우리의 준비 태세를 시험하고 싶지 않습니다. 차라리 행운의 여신을 칭송하며 죽음을 택할 것입니다. 3월 15일 나는 조국을 위해 목숨을 바쳤습니다. 그 이후로 자유와 영광의 새로운 인생을 산 것은 행운의 여신의 덕택입니다.”

이 말에 캇시우스는 미소를 지으며 브루투스를 포옹했다.

“그런 마음가짐으로 싸우도록 하세. 승리하거나, 승리하지 못한다 해도 승자를 두려워하지 말도록 하세.”

뒤이어 두 사람은 동료들이 보는 앞에서 전투 순서를 논의했다. 브루투스는 우측 날개를 맡게 해달라고 캇시우스에게 부탁했다. 나이로 보나 경력으로 보나 캇시우스에게 더 적합한 자리였다. 그러나 캇시우스는 브루투스의 부탁을 들어주었을 뿐 아니라 멧살라에게 명하여 최고로 뛰어난 병사들을 이끌고 우측에 자리 잡으라고 했다. 브루투스는 곧장, 군마를 화려하게 장식한 기병들을 이끌고 나갔으며 이어서 마찬가지로 신속하게 보병들을 정렬시켰다.

XLI.

안토니우스의 병사들은, 진영이 위치한 습지에서 들판까지 참호를 파는 일에 열중하고 있었다. 캇시우스 진영을 바다에서 끊어놓으려는 생각이었다. 옥타비아누스는 말없이 일이 진행되는 것을 지켜보고 있었다. 몸이 멀쩡하지 않아 직접 지켜볼 수는 없었으나 병사들이 대신 지켜봐 주고 있었다. 그들은 적이 전투를 벌이리라고는 꿈도 꾸지 못했다. 시비

를 걸어온다고 해도 참호를 향해 가벼운 화살을 쏘아대고 고함을 지르
면서 작업 중인 병사들을 방해하리라고 생각했다. 이처럼 상대편에 아
무 신경도 쓰지 않고 있었기 때문에 참호에서, 당황한 병사들이 비명을
지르는 소리가 들려오자 깜짝 놀랄 수밖에 없었다.

이때 브루투스 측에서는 암호가 적힌 표 여러 개가 부관들에게 전달
되고 있었다. 브루투스 자신은 말을 타고 병사들 곁을 지나면서 격려의
말을 하고 있었다. 이런 와중에, 전달되는 암호를 제대로 들은 병사는 거
의 없었다. 대부분의 병사들은 암호를 기다리지도 않고 다함께 고함을
지르며 우르르 적을 덮쳤다.

이렇게 질서가 무너지자 각 군단은 대오를 맞추지 못하고 서로 분리되
었다. 먼저 멧살라의 군단이, 이어서 옆 군단까지 연달아 옥타비우스 측
의 좌측 날개를 지나쳐버리게 되었다. 그들은 좌측 날개의 가장자리에
선 병사들과 아주 잠깐 맞붙었을 뿐 큰 피해를 입히지 못한 채 적의 대
오를 지나 옥타비우스의 진영으로 밀고 들어가게 되었다.

옥타비우스는 회고록에서 쓰고 있듯 동료 마르쿠스 아르토리우스를
찾아온 환영 덕택에 가까스로 진영에서 실려 나갔다. 환영이 "옥타비우
스는 침상에서 일어나 진영을 떠나야 한다"고 명령했기 때문이다. 다른
사람들은 옥타비우스가 죽음을 당했다고 생각했다. 옥타비우스가 실렸
던 들것에 적의 길고 짧은 창이 수없이 꽂혀 있었기 때문이다. 한편 진영
내에서 포로로 잡힌 적병들은 죽임을 당했고 용병으로 온 라케다이몬
사람 2천 명도 함께 난도질을 당했다.

XLII.

반면 측면으로 새어나가지 않고, 옥타비우스의 병력과 맞서 싸운 브루

투스의 군단은 혼란에 빠진 적을 쉽게 패주시켰고 적의 군단 세 개를 산산조각 냈다. 그런 다음 도망치는 적을 뒤쫓아 적의 진영으로 밀고 들어갔다. 승세를 탄 데다 브루투스도 함께였으므로 의기양양했다.

그러나 바로 이 시점에서, 궁지에 몰린 측은 이기고 있는 측에서 간과한 기회를 포착했다. 브루투스가 지휘하는 오른편 날개가 추격을 위해 빠져나간 사이 분리되고 노출된 전선을 적이 덮친 것이다. 중앙은 지지 않고 치열하게 싸웠다. 그러나 왼편 날개는 상황 파악을 못하고 우왕좌왕하다가 싸움에 지고 진영 안까지 쫓겨 들어갔다. 적은 캇시우스의 진영을 약탈했다. 그러나 안토니우스도 옥타비우스도 약탈에 가담하고 있지 않았다. 안토니우스는 공격 초반에 방향을 돌려 습지로 들어갔다고 전해지고 옥타비우스는 진영을 버린 이후 온데간데없었다. 심지어 수많은 병사들이 자기가 옥타비우스를 죽였다고 보고했으며 그 증거로 브루투스에게 피 묻은 칼을 보여주고 젊은 옥타비우스의 생김새를 묘사했다.

곧이어 중앙은 적을 깡그리 무찔렀다. 브루투스는 완벽한 승리를 거둔 반면 캇시우스는 완벽한 패배를 당한 것으로 보였다. 두 사람이 궁극적으로 실패한 이유는 단 하나였다. 캇시우스가 승리했다고 착각한 브루투스는 캇시우스를 도우러 가지 않았고 브루투스가 죽었다고 생각한 캇시우스는 브루투스의 도움을 기다리지 않았다. 멧살라는 브루투스가 승리했다는 증거로 그가 독수리 표장 세 개를 비롯한 상대편의 표장 여러 개를 획득한 반면 적에게 단 하나도 내어주지 않은 점을 들었다.

옥타비우스의 진영을 짓밟고 승리를 얻어 돌아가던 브루투스는 캇시우스의 막사가 다른 모든 막사들 위로 우뚝 솟아 있지 않은 것을 의아하게 여겼다. 다른 막사들도 제 위치에 있지 않았다. 적이 쳐들어왔을 때 대부분이 짓밟혔기 때문이다. 그러나 브루투스의 동료들 가운데 시력이 남보다 뛰어난 사람들의 말에 따르면 캇시우스의 진영에 투구 여럿이 빛나고 있었고 은으로 만든 가슴받이를 찬 사람들이 돌아다니고 있었다. 병사들의 수로 보나 갑옷으로 보나 진영에 남겨진 수비대 같지 않았다. 그러나 캇시우스의 여러 군단이 전부 패했다면 전사자의 수가 더 많아야 했다. 브루투스는 이때부터 좋지 않은 상황을 파악하기 시작했다. 그래서 사로잡은 적의 진영에 보초를 세우고, 추격하던 병사들을 멈춘 뒤 캇시우스를 도우러 가기 위해 병력을 한데 모았다.

XLIII.

한편 캇시우스의 상황은 이러했다. 캇시우스는 브루투스의 병사들이 초반에 선제공격을 시도한 것을 보고 마음이 편치 않았다. 암호를 전달받기도 전에 명령을 무시하고 벌인 일이었기 때문이다. 뿐만 아니라 싸움에서 이긴 뒤 적을 포위할 생각은 않고 허겁지겁 전리품을 챙겼으므로 캇시우스는 불쾌함을 감출 수 없었다.

반면 신속하게 결단력을 발휘하기보다 망설이며 우물쭈물한 캇시우스는 적의 우측 날개에 포위당하는 지경에 이르렀다. 그러자 캇시우스의 기병대는 곧장 해안으로 줄행랑을 쳤고 보병대마저 후퇴를 시작했다. 캇시우스는 사기를 돋우려 애썼다. 표장을 들고 꽁무니를 빼는 병사를 붙잡아 표장을 빼앗고 이를 땅에 꽂았다. 그러나 호위대마저 흩어지려고 하는 상황이었다.

결국 캇시우스는 어쩔 수 없이 들판이 내려다보이는 언덕으로 측근 몇 명과 후퇴해야 했다. 시력이 나빴던 캇시우스는 진영이 약탈을 당하는 광경이 거의 보이지 않았다. 한편 주변에 서 있던 기병들은 브루투스가 보낸, 규모가 상당한 기병대가 당도하는 것을 보았다. 캇시우스는 그 병력이 자신을 추격 중이라고 생각했다. 확인하기 위해 함께 있던 동료 티티니우스에게 정찰 임무를 주어 보냈다.

얼마 안 가 브루투스의 기병대를 향해 한 남자가 다가갔다. 남자가 캇시우스의 신임을 받는 티티니우스라는 것을 깨달은 캇시우스의 측근들은 환호를 지르며 말에서 내려와 티티니우스를 따뜻하게 포옹했다. 나머지 병사들도 말 위에서 환호를 지르고 무기를 부딪치며 주변을 맴돌았다. 너무 기뻤던 나머지 치명적인 오해를 불러일으킨 것이다.

이를 본 캇시우스는 티티니우스가 적에게 붙잡혔다고 생각해버리고 말았다.

"내 목숨을 아낀 대가로 친구가 적에게 붙잡히는 것을 보고 말았구나."

이렇게 중얼거리면서 캇시우스는 해방 노예 핀다로스를 억지로 잡아 끌고 빈 막사로 들어갔다. 크랏수스의 결말을 지켜보았던 캇시우스였다. 그래서 위급한 상황에 대비해 핀다로스를 언제나 데리고 다녔다. 파르티아에서도 무사히 빠져나온 캇시우스는 때가 되자 겉옷으로 얼굴을 덮은 뒤 목을 드러내고 칼에 맡겼다. 캇시우스의 머리는 몸에서 완전히 분리된 채 발견되었다.

그러나 손에 피를 묻힌 핀다로스는 눈에 띄지 않았다. 따라서 그가 마음대로 주인을 죽였다고 생각하는 사람들도 있다. 기병대의 정체가 명백히 밝혀진 뒤 기병대가 선사한 화관을 머리에 쓴 티티니우스는 캇시우스에게 보고를 하러 올라왔다. 그러나 괴로워하며 눈물 흘리는 동료들의 처절한 울음소리를 듣고 그는 장군의 딱한 운명을 알게 되었고 자신의 실수를 깨달았다. 그리고 좀 더 서두르지 않았던 자신을 탓하며 스스로 목숨을 끊었다.

XLIV.

캇시우스의 패배 소식을 들은 브루투스는 캇시우스를 향해 말을 몰았으나 진영에 거의 다 당도해서야 그가 죽었다는 소식을 들었다. 브루투스는 캇시우스의 시신 위에서 슬퍼하며 캇시우스를 "최후의 로마인"이라고 칭했다. 그처럼 고귀한 영혼이 로마에서 또다시 태어날 수 없다는 뜻이었다. 곧이어 장례를 위해 시신을 꾸미고 타소스로 보냈다. 장례 절차가 진영을 어지럽히지 않도록 하기 위해서였다.

진영에 남은 브루투스는 캇시우스의 병사들을 소집하여 위로했다. 캇시우스의 병사들은 생필품까지 빼앗기고 빈털터리였다. 잃어버린 만큼 되돌려주고 싶었던 브루투스는 병사 한 명에게 2천 드라크메를 약속했다. 병사들은 브루투스의 말에 힘을 얻었고 액수에 놀랐다. 그래서 브루투스를, 지휘관 네 사람 가운데 전투에서 패배하지 않은 유일한 지휘관이라고 칭송하며 환호와 함께 배웅했다.

몇 개 군단만을 이끌고 상대편을 모조리 물리쳤으니 브루투스는 충분한 근거를 갖고 승리를 자신한 셈이다. 만약 전 군단이 싸웠다면, 병사 대부분이 적을 지나쳐 적의 물건을 노리지 않았다면 아마도 완전한 승리가 가능했을 것이다.

XLV.

브루투스 측에서는 8천 명이 전사했다. 이 중에는 브루투스가 브리게스라고 부른 시종들도 포함되어 있었다. 그러나 멧살라의 주장에 따르면 적의 전사자는 두 배가 많았다. 따라서 적이 더욱 실의에 빠져 있는 가운데 캇시우스의 시종 데메트리우스가 저녁 시간에 안토니우스를 찾아와 시신으로부터 빼앗은 겉옷과 칼을 바쳤다. 안토니우스 측 병력은 사기가 치솟았고 날이 밝자마자 전투 대열로 섰다.

그러나 브루투스가 지휘를 맡은 두 진영은 모두 위험한 상황에 처해 있었다. 브루투스 자신의 진영은 포로들로 가득 차 있어서 보초에 상당한 인력을 투입해야 했으며 캇시우스 진영 병사들은 바뀐 지휘관을 탐탁지 않게 생각했다. 게다가 패배를 경험했기 때문에 승리한 병사들에 대한 미움과 질투를 품고 있었다. 따라서 브루투스는 전열을 갖추되 싸움에는 응하지 않기로 결정했다.*

XLVI.

이후 브루투스는 병사들에게 약속한 대로 포상을 내리고, 병사들이 암호를 기다리지 않은 점과 명령을 받기도 전에 우르르 적을 향해 달려든 점을 가볍게 꾸중했다. 그리고 앞으로 잘 싸워준다면 텟살로니케와 라케다이몬 두 도시에서 전리품을 약탈할 수 있도록 허락하겠다고 약속했다. 이 일은 브루투스의 생애를 통틀어 도무지 변명할 길 없는, 비난받아 마땅한 유일한 결정이었다. 물론 안토니우스와 옥타비우스는 이후 포상을 위해 더 잔혹한 행위를 일삼았고 추종자들에게 남의 땅과 도시들을 나누어주기 위해 이탈리아 땅 거의 전역으로부터 원주민들을 몰아냈다. 그러나 그 두 사람에게 승리와 정복은 전쟁의 목적이자 당연한 결과였다. 반면 브루투스는 대중 사이에서 훌륭한 사람으로 명성이 자자했으므로 브루투스가 명예와 정의 이외의 것을 위해 남을 정복하거나 내 안전을 확보한다는 것은 용납이 되지 않았다. 브루투스를 무력 사태로 억지로 끌고 들어가곤 했던 캇시우스가 죽은 마당이라 더욱 그러했다.

그러나 뱃사람들의 경우 키가 부서지면 그 자리에 다른 나무 조각을 맞추어 끼운다. 최고의 방법은 아니더라도 최선의 임기응변으로 위기를 넘기는 것이다. 브루투스 역시 심한 곤경에 처한 거대 병력을 움직여야 했고 도움을 청할 능력 있는 장군이 없었다. 그래서 임기응변으로 부하들이 원하는 대로 행동하고 말해야 했다. 브루투스는 캇시우스의 부하들을 더 훌륭한 병사로 만들 수 있다면 무엇이든 하기로 결정했다. 캇시우스의 부하들은 실로 다루기 곤란했기 때문이다. 상관이 죽고 없었으므로 진영 안에서는 과감하고 제멋대로였으나 패배를 겪은 까닭에 적과 마주하는 것은 두려워했다.

XLVII.

그렇다고 옥타비우스와 안토니우스의 상황이 딱히 나은 것은 아니었다. 식량이 모자랐고 지대가 낮은 곳에 진영을 친 까닭에 힘겨운 겨울을 앞두고 있었다. 늪지대의 가장자리에 모여 붙어 있었기 때문에 전투 후에 내린 가을비는 막사를 진흙과 물로 채웠으며 이것은 추운 날씨에 곧장 얼어붙었다. 게다가 이 괴로운 와중에 바다로부터 불행한 소식이 날아들었다.

옥타비우스의 명령을 받들어 이탈리아에서 보내온 거대 병력이 브루투스의 함대에 의해 격파되었다는 소식이었다. 적을 피해 달아난 몇몇 살아남은 자들은 배고픔으로 인해 배의 돛과 밧줄로 연명해야 했다. 이 소식을 들은 옥타비우스 측은 브루투스가 자신에게 찾아온 엄청난 행운을 깨닫기 전에 전투를 결판내야 한다고 생각했다. 해상 전투가 벌어진 날은 브루투스가 육지에서 승리를 얻은 바로 그날이었다.

한편 브루투스는 전투가 벌어진 뒤 스무하루가 지날 때까지 승리를 보고 받지 못했다. 해군 지휘관들의 잘못이라기보다 순전히 우연이었다.

128

만약 보고 받았다면 두 번째 전투를 감행하지 않았을 것이다. 오랜 시간을 버틸 식량이 있었고 유리한 위치를 차지하고 있었기 때문이다. 브루투스의 진영은 겨울 같은 날씨에 시달리지 않았고 적과 마주한 방향은 침투가 불가능하다시피 했다. 부하 병사들이 육지에서 승리한 데 더불어 해군이 바다를 안정적으로 장악하고 있다는 사실을 알았다면 브루투스는 희망에 부풀고 사기가 충천했을 것이다.

그러나 로마의 정치 체제가 더 이상 민주정에 머무를 수 없고 군주제로 바뀌어야 하는 운명이었을까? 하늘은 로마의 주인이 될 단 한 사람을 가로막고 있는 유일한 사람을 제거하고자 했고 브루투스에게 그 커다란 행운을 알리지 않았다.

브루투스는 간발의 차로 소식을 접하지 못했다. 두 번째 전투가 벌어지기 하루 전이었다. 오후 늦은 시각 클로디우스라는 적병이 브루투스 측으로 넘어왔다. 그는 옥타비우스가 함대의 패배 소식을 들었으며 결판을 내고 싶은 마음이 간절한 상태라고 전했다. 그러나 아무도 투항한 병사의 말을 믿지 않았고 그 병사는 브루투스와 면담조차 못하고 철저히 무시당했다. 사람들은 이 병사가 근거 없는 이야기를 들었다고 생각하거나 호의를 얻기 위해 거짓 소식을 전한다고 생각했다.

XLVIII.

그날 밤 브루투스가 다시 한 번 유령을 보았다고 전해진다. 전과 같은 모습이었으나 한마디 없이 사라졌다고 한다.*

XLIX.

　다음 날 적이 마주보이는 곳에 병력을 정렬시킨 브루투스는 한동안 시간을 끌었다고 한다. 병력을 점검하는 동안 수상한 병사들을 발견했기 때문이다. 그들이 반역을 꾀하고 있다는 비난도 귀에 들어왔다. 또한 기병대가 전투 의욕이 없었고 늘 보병대보다 한발 늦었다.

　그때 갑자기, 훌륭한 병사였으며 용기를 보여준 대가로 눈부신 포상을 받았던 카물라투스가 대열을 이탈해 적에게 투항했다. 이 광경을 목격한 브루투스는 몹시 괴로웠다. 한편으로는 분했고 한편으로는 더 심각한 반역 행위나 투항이 두려웠기 때문에 오후 세 시경 즉각 적을 공격했다.

　브루투스가 직접 지휘하는 병사들은 적을 무찌르며 전진했고 후퇴하는 적의 좌측 날개를 바짝 추격했다. 그가 이끄는 기병대 또한 보병들과 함께 신속하게 전진하여 우왕좌왕하는 적을 덮쳤다. 그러나 반대편 날개는 수적으로 열세였으므로 적의 포위를 막기 위해서 일부러 길게 늘어져 있었다. 그 때문에 가운데가 약해져 있었다. 중앙부는 결국 공격을 버티지 못하고 먼저 도망쳤으며 날개를 가르고 침투한 적은 곧장 브루투스를 포위했다.

　브루투스 자신은 군인이자 지휘관으로서 가능한 모든 용기를 보여주었고 끔찍한 위기의 순간에도 승리를 위해 판단력과 자신만의 능력을 발휘하며 싸웠다. 그러나 첫 번째 전투에서 다행으로 여겨졌던 일이 다음 전투에서 치명적인 손해를 안겼다. 첫 번째 전투에서 패한 적의 병사들은 죽고 없었지만 똑같이 패한 캇시우스의 병사들은 몇몇 전사자를 제외하고 대부분 살아 있었다. 그런데 패배를 겪고 겁이 많아진 캇시우스의 병사들이 브루투스의 다른 병사들 사이에 좌절감과 혼란을 퍼뜨린 것이다.

이 와중에 카토의 아들 마르쿠스는 누구보다 용감하고 고귀한 젊은이들 사이에 서서 싸우면서, 불리한 상황이 찾아왔음에도 항복하거나 도망치지 않았다. "나는 마르쿠스 카토의 아들 마르쿠스 카토"라고 외치며 칼을 휘두르다가 자신이 죽인 수많은 적병들 위로 쓰러져 죽었다. 나머지 용맹한 병사들도 브루투스를 방어하기 위해 목숨을 걸고 싸우다 쓰러졌다.[*]

LI.

한편 브루투스는 숲속을 가로질러 흐르는 가파른 계곡물을 건넌 뒤, 어둠이 내린 탓에 더 이상 전진하지 않았다. 대신 거대한 바위 뒤편 움푹 파인 장소에 몇몇 부관과 동료들과 앉았다. 그런 다음 먼저 별이 총총한 하늘을 바라보며 시를 두 구절 읊었다. 볼룸니우스가 그중 한 구절을 기록했다.

"제우스 신이시여, 이 불행의 작자作者가 누구인지 잊지 마십시오!"

볼룸니우스는 다른 한 구절은 잊었다고 한다. 잠시 후 브루투스는 자신을 지키기 위해 죽은 모든 동료들의 이름을 하나씩 불렀다. 플라비우스와 라베오의 이름을 언급할 때 브루투스는 가장 무겁게 신음했다. 라베오는 브루투스의 레가투스였고 플라비우스는 최고 기술자였다.

이때 갈증을 느낀 병사 하나가 브루투스 또한 물을 먹고 싶어 하는 것을 보고 투구에 계곡물을 받으러 갔다. 바로 그때 서로 다른 방향에서 수상한 소리가 들려왔다. 그러자 볼룸니우스가 방패지기 다르다누스를

• 원래 사절이라는 뜻이지만 이 시절 레가투스는 최고지휘관을 가까이서 보좌하며 군단을 지휘하는 역할이 컸다.

데리고 수색을 하러 갔다. 잠시 후 돌아온 두 사람은 마실 물을 찾았고 브루투스는 볼룸니우스를 보고 활짝 웃으며 말했다.

"이미 다 마셨네. 하지만 자네를 위해서라면 더 떠오라고 하지."

이어서 같은 병사가 다시 물을 뜨러 갔다가 적에게 사로잡힐 뻔했다. 가까스로 몸은 피했지만 부상을 입은 것이다.

한편 브루투스는 전투에서 전사한 부하들이 많지 않으리라고 추측했다. 스타틸리우스는 적진을 뚫고나가 이 방법밖에 없었다 아군 진영을 살펴본 뒤 모든 것이 무사하면 불타는 횃불을 올리기로 약속했다. 스타틸리우스는 아군 진영에 다다르는 데 성공하여 불타는 횃불을 올렸으나 오랜 시간이 지나도 돌아오지 않았고 브루투스는 말했다.

"스타틸리우스가 살아 있다면 돌아올 것이네."

브루투스는 스타틸리우스가 돌아오는 길에 우연히 적을 만나 죽임을 당했다는 사실을 모르고 있었다.

LII.

밤이 깊어지자 브루투스는 앉은 자리에서 하인 클레이투스를 향해 돌아앉아 말을 시켰다. 클레이투스가 울면서 아무 대답도 하지 못하자 방패지기 다르다누스를 앉혀놓고 사적인 대화를 나누었다. 마지막으로 볼룸니우스와 헬라스 말로 대화하며 학생 시절의 추억을 떠올렸다. 그리고 볼룸니우스에게 자신을 도와 칼을 잡아 달라고 부탁했다. 스스로 치명적인 일격을 가할 생각이었다. 볼룸니우스가 거절하자 다른 사람들에게도 똑같은 부탁을 했다. 이어서 더 이상 지체하지 말고 도피해야 한다는 누군가의 말에 브루투스가 일어서서 말했다.

"물론 도피해야 하네. 발이 아니라 손을 이용해서."

그런 다음 한 사람 한 사람 손을 잡아주며 쾌활한 표정으로 말하기를 단 한 명의 동료도 신의를 저버리지 않았다는 점이 대단히 기쁘며 행운의 여신을 원망한다면 그것은 나라의 앞날이 염려되기 때문이라고 했다. 이어서 브루투스는 말했다. "지금 이 순간에도 나는 저들보다 내가 더욱 큰 부러움의 대상이라고 생각한다. 하루 전, 이틀 전에도 같은 생각을 했다. 덕망 있는 사람이라는 명성을 남기고 갈 수 있기 때문이다. 저들은 아무리 많은 무력과 재물을 동원해도 그렇게 할 수 없다. 정의롭고 선한 사람을 죽인 악하고 부당한 사람을 세상이 지도자로 인정할 리 없다."

이어서 다른 모든 사람들에게 목숨을 지키라고 진심으로 당부한 브루투스는 친구 두세 명만을 데리고 조금 떨어진 곳으로 갔다. 함께 수사학을 공부한 뒤 절친한 동무가 된 스트라토도 그 중 하나였다. 브루투스는 스트라토를 곁에 둔 채 양손으로 칼의 손잡이를 잡고 칼날 위로 몸을 던져 죽었다.

다른 이야기에 따르면 브루투스의 간절한 부탁을 받은 스

• 스스로 목숨을 끊는 브루투스를 그린 삽화. 찰스. F. 혼의 『위대한 국가들: 로마편』. 플루타르코스가 전하는 두 가지 방법과 또 다른 방법으로 목숨을 끊는 브루투스의 모습을 그리고 있다.

트라토가 눈길을 돌린 채 칼을 붙잡아 주었고 브루투스가 그 위로 세차게 몸을 던졌다고 한다. 칼날은 가슴을 관통하다시피 하고 브루투스는 즉사했다고 한다.

LIII.

*죽어 있는 브루투스를 발견한 안토니우스는 자신이 소유한 가장 값비싼 겉옷으로 그를 감싸도록 명령했다. 이후 그 겉옷이 도난당했다는 소식을 듣고 훔친 자를 처형했다. 브루투스의 유해는 고향에 있는 어머니 세르빌리아에게 보냈다.

철학자 니콜라우스와 발레리우스 막시무스가 전하는 말에 따르면 브루투스의 아내 포르키아는 죽고 싶은 마음뿐이었으나 친구들이 모두 만류하며 철저히 감시했다고 한다. 그래서 포르키아는 불에서 뜨거운 석탄을 꺼내 삼킨 뒤 입을 꼭 닫았고 그렇게 스스로 목숨을 끊었다.

그러나 포르키아의 운명을 슬퍼하면서 동료들을 질책하는 브루투스의 편지도 존재한다. 친구들이 포르키아를 돌보지 않았고 그래서 병에 걸린 포르키아가 삶보다 죽음을 선택했다는 내용이다. 따라서 이 편지가 진짜라면 니콜라우스가 포르키아의 사망 시점을 착각한 것으로 보인다. 포르키아의 병, 남편에 대한 사랑, 목숨을 끊은 정황이 모두 편지 속에 언급되어 있다.

PLUTARCH
LIVES

I.

두 사람 모두 여러 훌륭한 특징을 가지고 있었으며 특히 매우 하찮은 곳에서 시작하여 누구보다 높은 데 올랐다는 공통점을 갖고 있었다. 그런데 이 점에 관해서는 디온이 더 칭찬받을 만하다. 디온은 명성을 두고 겨룰 사람이 없었지만 브루투스에게는 캇시우스가 있었다. 캇시우스의 덕성이나 명성은 브루투스와 같은 수준의 신뢰를 불러일으키지는 못했으나 그는 용기와 능력, 수완을 동원해 전쟁에서 브루투스 못지않은 많은 기여를 했다. 사실 캇시우스로 인해 모든 일이 시작되었다고 말하는 사람도 있다. 브루투스가 소극적일 때 캇시우스가 카이사르 암살 음모를 앞장서 이끌었다는 주장이다.

반면 디온은 자기 자신만의 노력으로 무기와 함선, 병력뿐만 아니라 일을 함께할 친구들과 조력자들까지 확보한 것으로 보인다. 그러나 디온은 브루투스와 달리 전쟁을 치르는 동안 부와 권력을 얻지 않았다. 오히려 전쟁을 위해 자신의 재산을 내놨다. 귀양살이를 지탱해주던 자원을 조국의 자유를 위해서 사용한 것이다.

뿐만 아니라 로마에서 쫓겨난 브루투스와 캇시우스가 쥐 죽은 듯 있는 것은 오히려 안전하지 못했다. 사형을 선고받고 추격을 당하고 있었으므로 전쟁을 택하지 않을 수 없었다. 무기를 들고 위험을 무릅쓴 것은 조국을 위해서라기보다 자신의 안전을 위해서였다. 반면 디온은 그를 추방한 참주보다 더 큰 신망을 얻으며 더 즐겁게 귀양살이를 하고 있었음에도 시켈리아를 살리기 위해서 엄청난 위험을 감수했다.

II.

뿐만 아니라 쉬라쿠사이에서 디오뉘시오스를 몰아내는 일과 로마에서 카이사르를 없애는 일은 비교가 되지 않는다. 디오뉘시오스는 스스로 공언한 참주였고 시켈리아를 무수한 악으로 가득 채웠다. 반면 카이사르의 통치는 지속되는 동안 상대편 사람들에게 적잖은 어려움을 안긴 것은 사실이나, 결국 제압을 당하고 독재를 받아들인 사람들은 카이사르의 독재가 이름과 생김새만 독재일 뿐 잔인하고 압제적인 행위를 실제로는 용인하지 않는다는 점을 깨달았다. 오히려 나라의 병폐가 군주제를 요구하고 있다는 점, 하늘이 카이사르라는 매우 온화한 의사를 내려주었다는 점을 깨달았다. 따라서 로마 사람들은 곧장 카이사르에 대한 그리움을 느꼈으며 그 결과 카이사르의 암살자들을 거칠고 무자비하게 다루었다. 반면 디온은 디오뉘시오스가 쉬라쿠사이를 탈출하도록 내버려두었고 선대 참주의 무덤을 파헤치는 것을 막은 까닭에 동료 시민들의 심한 비난을 받았다.

III.

이제 두 사람의 군사적 성과를 살펴보자면 디온은 두루 완벽한 장군이었다. 직접 계획을 짰을 때는 최고의 결과를 얻었고 다른 사람으로 인해 실패했을 때에는 상황을 복구하고 개선했다. 반면 브루투스는 중요한 최후의 전투를 시작할 때부터 현명하지 못했고 패배하자 목적을 달성할 다른 방법을 찾지 못한 채 포기하고 희망을 버렸다. 폼페이우스처럼 당당히 불행에 맞선 것도 아니다. 심지어 육지에서는 여전히 부하 병사들을 믿어볼 수 있었고 함대는 온 바다를 호령하고 있는 상황이었다.

나아가 브루투스를 향한 가장 심각한 비난은 이것이다. 브루투스와 브루투스가 살리고자 했던 동료 포로들은 모두 카이사르의 자비 덕택에 목숨을 부지한 사람들이었다. 게다가 카이사르는 브루투스를 친구로 여기며 다른 사람들을 제치고 브루투스를 존중해 주었는데 브루투스는 은인을 제 손으로 내리쳤다.

디온을 향해서는 아무도 이런 비난을 하지 못한다. 디오뉘시오스의 신하이자 동료였을 당시 디온은 정당한 방법으로 질서를 바로잡으려 했고 나라의 보존을 도왔다. 그러나 추방을 당하고 남편으로서의 권리를 빼앗겼으며 재산마저 몰수당했을 때 비로소 합법적이고 정의로운 전쟁을 공개적으로 선언했다. 그러나 이 논리는 단박에 디온에게 불리하게 작용하게 된다.

두 사람을 칭송해야 마땅한 것은 두 사람 모두 참주를 적대시하고 그들의 저열함을 증오했기 때문이다. 브루투스의 경우 사심 없이 진정성을 갖고 그렇게 했다. 카이사르에 대해 사적인 감정이 없는데도 공동의 자유를 위해 목숨을 건 것이다. 반면에 디온은 부당한 대접을 받지 않았다면 전쟁을 일으키지 않았을 것이다. 이것은 플라톤의 서신이 명백히 밝히고 있는 사실이다. 디온은 반란을 일으킨 것이 아니고 참주정에서 추방을 당했으며 그 때문에 디오뉘시오스를 끌어내린 것이다.

뿐만 아니라 브루투스가 적이었던 폼페이우스와 친구가 되고, 카이사르와 적이 된 것은 공익을 위해서였다. 정의라는 잣대 하나만으로 원한과 우정을 모두 결정한 것이다. 반면 디온은 디오뉘시오스의 신임을 받고 있을 때에는 호의를 얻기 위해 그에게 상당한 지지를 보냈고 디오뉘시오스가 신임을 거두자 자신의 분노를 충족시키기 위해 전쟁을 일으켰다.

심지어 동료들도 몇몇은 디온을 믿지 않았다. 그가 디오뉘시오스를 제거하고 나서 통치권을 가져간 다음 독재를 좀 더 부드러운 이름으로 바꾸어 동료 시민들을 현혹할 것으로 생각했기 때문이다. 그러나 브루투스의 경우 반대파 사람들마저, 카이사르 암살의 공모자들 가운데 유일하게 브루투스만이 처음부터 끝까지 일관된 목적을 갖고 있었다고 말하곤 했다. 브루투스의 목적은 단지 옛날부터 지켜온 통치 형태를 로마인들에게 되돌려주는 것이었다.

IV.

그러나 다른 사항을 고려해 보자면 디오뉘시오스를 상대로 한 싸움은 카이사르를 상대로 한 싸움과 전혀 달랐다. 술과 도박, 여인에 심취해 있던 디오뉘시오스는 주변 사람들 모두가 경멸하는 대상이었을 것이다. 그러나 카이사르는 그 이름만으로도 파르티아와 인디아 왕의 잠을 앗아간 인물이었다. 카이사르 체제의 전복을 계획하면서 그런 인물의 능력과 권력, 복을 두려워하지 않기란 불가능한 일이다. 비범한 정신, 아무리 두려워도 숭고한 목적을 포기하지 않는 정신을 가지지 않고서야 불가능하다.

따라서 디온은 시켈리아에 나타나는 순간 수천 명의 아군을 얻어 함께 디오뉘시오스를 공격할 수 있었던 반면 카이사르의 명성은 카이사르가 죽은 뒤에도 그의 동료들을 떠받쳐 주었다. 그래서 힘없는 소년이 그의 이름을 빌리자마자 가장 중요한 로마인으로 둔갑할 수 있었다. 실제로 옥타비우스는 카이사르라는 이름을 안토니우스의 권력과 증오에 상대할 부적으로 삼았다.

그러나 디온이 지난한 싸움 끝에 참주를 끌어내린 반면 브루투스는 무장도 하지 않고 호위대도 없는 카이사르를 죽였다는 반론이 있을 수 있다. 그것은 이렇게 설명할 수 있다. 카이사르처럼 엄청난 권력에 에워싸인 사람이 무기도 없고 호위도 받지 않고 있는 상황을 만든 것 자체가 고도의 능력과 지략의 결과물이다. 브루투스는 갑자기 공격하거나 홀로, 혹은 소수의 공모자와 함께 카이사르를 덮쳐 죽인 것이 아니다. 브루투스의 계획은 오랫동안 다듬어져 왔고 많은 사람들이 공격을 도왔으며 단 한 사람도 브루투스를 배신하지 않았다. 그것은 브루투스가 최고의 사람들을 선택했기 때문일 수도 있고 브루투스의 선택과 신뢰를 받았다는 사실이 사람들을 최고로 만들었기 때문일 수도 있다.

그러나 디온은 현명한 선택을 하지 못해 형편없는 자들을 믿었든, 선택한 자들을 대접하는 과정에서 그들을 좋은 사람에서 형편없는 자로 만들었든 분별 있는 사람이라면 해서는 안 되는 실수를 했다. 실제로 플라톤은 디온이 자신을 파멸로 몰고 갈 동료들을 선택했다고 비난한다.

V.

나아가 디온의 죽음을 앙갚음하기 위해 나선 사람은 없었다. 그러나 브루투스의 경우 적이었던 안토니우스가 눈부신 장례를 치러주었고 적이었던 옥타비우스가 그의 명예를 지켜주기 위해 애를 썼다. 그 예로 갈리아 키살피나의 메디올라눔에 세워졌던 동상을 들 수 있다. 옥타비아누스는 지나가다가 이 동상을 눈여겨보았다. 브루투스와 많이 닮아 있었고 예술성도 뛰어났다. 얼마 후 많은 사람들이 듣는 곳에서 옥타비우스는 관리들을 불러 말했다. 메디올라눔이 협정을 위반했으며 적을 은 닉하고 있다고 주장한 것이다. 그러자 당연히 관리들은 부인했으며 옥타 비우스의 말뜻을 이해하지 못해 어리둥절한 얼굴로 서로를 바라보았다. 그러자 옥타비우스가 동상을 향해 눈살을 찌푸리며 말했다.

"여기 있는 서 있는 이자가 적이 아니라는 말인가?"

이에 관리들은 더욱 당황하여 아무 말도 하지 못했다. 그러자 옥타비 우스가 미소를 지으며 동상을 제자리에 놔둘 것을 명령하고 갈리아 사 람들을 칭찬했다. 힘든 순간에도 의리를 지킨 까닭이다.

PLUTARCH
LIVES

티
몰
레
온

나는 남들을 위해 이 작품을 쓰기 시작했으나 자신을 위해 집필을 이어가고 있으며 즐거움을 느끼고 있다는 것을 깨닫는다. 역사를 거울로 삼고 그 안에 그려진 미덕에 따라 내 인생을 모양 잡고 꾸미고자 애쓴다. 역사의 주인공을 손님으로 맞아 환대하면, 그 손님이 "얼마나 훤칠하고 생김새가 좋은지,"* 그 사람의 인생에서 주목해야 할 가장 중요하고 아름다운 일이 무엇인지 골라내다 보면 그 사람과 함께 지내고 사귀는 것과 크게 다를 게 없다. "이보다 더 엄청난 기쁨을 어디서 얻겠"으며 정신적인 발전을 위해 이보다 더 유용한 것이 어디 있겠는가?

데모크리토스는 길한 영상이 우리를 찾아오기를 기도해야 한다고 말한다. 주변을 에워싼 공기에서 악하고 나쁜 것이 아닌 우리의 본성에 어울리고 좋은 것만 나오기를 바라야 한다고 말한다. 이처럼 철학에 사실이 아닌 주장, 끝없는 미신의 영역으로 이어지는 주장을 개입시키고 있다.

그러나 내 경우 역사를 공부하고 집필 과정에서 역사를 익히 알게 된

• 『일리아드』 24권 630행.

덕분에, 어쩔 수 없이 만나게 되는 사람들이 내게 강요하는 속되고 부당하고 천한 생각을 쫓을 수 있고 멀리할 수 있다. 나의 영혼 안에 누구보다 고귀하고 존경받을 만한 인물들의 기록을 간직하고 있기 때문이다. 나는 필요할 때마다 침착하고 냉정하게, 가장 아름다운 모범이 되어주는 사람들로 생각을 돌린다. 코린토스 사람 티몰레온과 아이밀리우스 파울루스도 그런 사람들에 속한다. 이 두 사람의 생애를 이제 독자들 앞에 펼치려고 한다. 두 사람은 모두 훌륭한 원칙을 채택했다는 점, 뿐만 아니라 일을 수행할 때 행운을 누렸다는 점에서 비슷했다. 그래서 독자들은 두 사람의 가장 뛰어난 성과들이 그저 운이었는지 각자의 지혜로 인한 것이었는지 결단을 내리기 힘들 것이다.*

I.

    티몰레온이 원정대를 이끌고 시켈리아로 들어가기 전 쉬라쿠사이의 상황은 다음과 같았다. 디온이 참주 디오뉘시오스를 몰아낸 뒤 배신을 당하고 죽자 디온을 도와 쉬라쿠사이를 해방시킨 사람들은 분열되었다. 따라서 쉬라쿠사이에서는 계속해서 이 참주가 저 참주로 바뀌었고 수많은 병폐로 인해 도시는 거의 버려지다시피 했다. 한편 시켈리아 섬의 나머지 지역 가운데 일부는 전쟁의 결과로 사람이 살지 않는 폐허였고 대부분의 도시들에는 다양한 이방 민족과 일이 없어 놀고 있는 병사들이 살았다. 이들은 줄줄이 바뀌는 독재 권력을 기꺼이 받아들였다.

    참다못해 디오뉘시오스는 귀양살이 10년 만에 용병을 모아 당시 쉬라쿠사이의 주인이었던 뉘사이오스를 몰아낸 뒤 다시 권력을 쥐고 새로이

---

* 이 부분은 원래 「아이밀리우스 파울루스」 편 I의 내용이나, 페린의 영역본에서는 이 위치로 옮겨왔다.

참주가 되었다. 역대 최고의 참주정을 다스리다가 소수의 병력에 의해 느닷없이 쫓겨난 디오뉘시오스였다. 그런데 초라하게 유배 생활을 하던 그가 또 느닷없이, 자신을 쫓아낸 사람들의 주인이 된 것이다.

결국 성에 남아 있던 쉬라쿠사이 사람들은 하염없이 몰상식하고, 계속된 불행으로 영혼이 몹시 사나워진 폭군의 노예가 되었다. 다만 그 가운데 가장 뛰어나고 훌륭한 시민들은 레온티노이의 지배자 히케테스에 의지하였고 그의 보호를 받았으며 그를 전쟁을 이끌어줄 지휘관으로 임명했다. 그가 알려진 다른 참주들에 비해 훌륭했기 때문은 아니다. 다만 다른 피난처가 없었고 마침 히케테스는 쉬라쿠사이 태생인 데다 디오뉘시오스의 군대에 맞설 만한 병력을 갖고 있었다.

II.

이 와중에도 카르타고카르케돈 사람들이 거대한 병력을 이끌고 시켈리아로 와서 기회를 살피고 있었다. 겁먹은 시켈리아의 헬라스 사람들은 헬라스로 사절을 보내 코린토스 사람들의 도움을 요청하고자 했다. 먼 친척이라는 사실 때문에 코린토스 사람들을 신뢰했고 코린토스로부터 이미 많은 도움을 받은 터였기 때문이다. 뿐만 아니라 코린토스가 늘 자유를 사랑하고 독재를 싫어하는 모습을 보여주었고 패권이나 세력 확대가 아닌 헬라스 사람들의 자유를 위해 크고 많은 전쟁을 치른 이유도 컸다.

그러나 히케테스는 쉬라쿠사이의 자유가 아닌 자기 자신을 위해 참주가 된 자였으므로 이미 카르타고 사람들과 비밀 회동을 갖고 있었다. 그러나 공개적으로는 쉬라쿠사이 사람들의 계획을 칭송했으며 펠로폰네소스에 사절단을 보내는 데 힘을 보탰다. 펠로폰네소스에서 연합군이 오기를 바랐기 때문이 아니다. 이렇게 해야만 헬라스 내부 상황을 핑계로 코린토스 사람들이 지원을 거부할 경우실제로 그럴 가능성이 다분했다 통제권을 카르타고 사람들의 손에 넣는 일이 좀 더 쉬워질 터였다. 히케테스는 침략자를 동맹군이자 조력자로 삼아 디오뉘시오스와, 혹은 쉬라쿠사이 사람들과 맞설 계획이었다. 이 계획은 얼마 안 가 밝혀졌다.

III.

사절단이 도착하자 코린토스 사람들은 필요한 도움을 주기로 시원하게 합의했다. 코린토스는 자국에서 이주해 간 사람들이 살고 있는 도시들을 언제나 마음에 두고 있었고 쉬라쿠사이는 그중에서도 특별했다. 마침 헬라스도 아주 잠잠해서 코린토스 사람들은 아무런 걱정 없이 평화와 여유의 세월을 보내고 있었다.

원정대를 이끌 지휘관을 찾던 코린토스 관리들은 지휘관직을 맡고자 하는 사람들의 이름을 적고 투표를 통해 선출하기로 했다. 그러자 평민 한 사람이 일어나 티모데모스의 아들 티몰레온을 추천했다. 그러나 티몰레온은 공직에 나서지 않은 지 오래였고 다시 나오고 싶다는 희망이나 의지도 없었다. 마치 어떤 신적인 힘이 한 평

• 티몰레온. 16세기 출간된 위인전기 모음(Promptuarii Iconum Insigniorum)에 수록된 삽화.

•• 행운의 여신 튀케의 조각상. 바티칸 박물관 소장.

민의 머릿속에 티몰레온을 추천해야겠다는 생각을 심은 것 같았다. 티
몰레온이 지휘관이 되도록 도운 것은 자비로운 행운의 여신이었다. 은혜
로운 이 여신은 이후에도 티몰레온의 모든 행적을 함께하고 덕성을 돋보
이게 해주었다.

티몰레온은 도시 안에서 명성이 자자했던 티모데모스와 데마리스테
의 아들이었다. 조국을 사랑하고 성품도 매우 온화했으나 폭군과 비열한
자들은 혐오했다. 군인 티몰레온은 본성이 골고루 잘 발달한 까닭에 젊
은 시절 활약할 때부터 매우 영리한 모습을 보였으며 나이가 든 후에도
용기가 줄지 않았다. 그러나 형 티모파네스는 전혀 달랐다. 고집스러웠
으며 절대 권력에 대한 파괴적인 갈망으로 가득 차 있었다. 무익한 친구
들과 외국인 용병들을 곁에 둔 결과였다. 또한 군 복무 당시 맹렬하고 위
험을 두려워하지 않는다는 평판을 얻었다. 그리하여 시민들 가운데 추
종 세력이 생겼을 뿐만 아니라 유능한 군인으로 여겨져 높은 지위에 올
랐다. 그러나 이렇게 된 데에는 티몰레온의 도움이 컸다. 형의 실수를 감
추거나 사소하게 보이게 만드는 동시에 타고난 장점은 미화하고 부각했
기 때문이다.

148

IV.

코린토스가 아르고스와 클레오나이 사람들을 상대로 싸울 때였다. 티몰레온은 중무장 보병들 가운데 배치되어 있었고 이때 기병대 지휘관 티모파네스가 극도의 위험에 처하게 되었다. 상처를 입은 말이 주인을 적진으로 던진 것이다. 티모파네스의 동료들 가운데 당황하여 도망치지 않은 일부는 몹시 힘겹게 적과 맞서고 있었다. 따라서 이를 목격한 티몰레온은 즉각 형을 도우러 달려갔고 땅에 쓰러진 형을 방패로 가려주었다. 이어서 티몰레온의 몸과 갑옷 위로 수많은 창과 주먹이 날아들었으나 그는 마침내 적을 물리치고 형을 구했다.

이 일이 있고 코린토스 사람들은 동맹국의 배신으로 또다시 나라를 잃을까 두려웠다. 따라서 용병 4백 명으로 이루어진 부대를 유지하기로 하고 그 지휘를 티모파네스에게 맡겼다. 그러나 명예와 정의는 티끌만큼도 모르던 티모파네스는 즉각 나라를 제 손에 넣는 일에 착수했다. 뛰어난 시민 다수를 재판도 거치지 않고 사형에 처한 뒤 스스로 참주가 된 것이다.

이를 본 티몰레온은 몹시 괴로웠고 형의 저열한 본성을 제 불행처럼 여기며 형을 설득하려고 했다. 부적절하고 광기에 찬 야심을 거두고 동료 시민들에게 저지른 잘못을 어떻게든 만회해 보라고 권유한 것이다.

그러나 형은 비웃으며 거절했다. 티몰레온은 며칠 후 티모파네스의 처남 아이스퀼로스와 예언자 친구를 데리고 형을 찾아갔다. 이 예언자의 이름은 테오폼포스에 따르면 사튀로스였으나 에포로스와 티마이오스는 오르타고라스였다고 한다. 세 사람은 다시 한 번 티모파네스에게 제발 정신을 차리고 생각을 바꾸라고 했다. 그러자 티모파네스는 처음에는 세 사람을 조롱하더니 곧 분별력을 잃고 과격해졌다. 그러자 티몰레온은 형으로부터 떨어져 얼굴을 묻고 눈물을 흘렸으며 나머지 두 사람은 칼을 뽑아 신속하게 티모파네스를 처치했다.

V.

이 일이 널리 알려지자 코린토스의 명망 있는 시민들은 티몰레온을 칭송했다. 티몰레온은 비열한 자를 두고 보지 못하는 위대한 정신을 갖고 있었다. 뿐만 아니라 가족을 아끼는 상냥한 사람이었음에도 가족 앞에 조국을 두고 편의보다 명예와 정의를 추구했다. 형이 나라를 위해 용감하게 싸우고 있을 때에는 형의 목숨을 구했으나 조국에 불리한 음모를 세우고 조국을 노예로 삼았을 때 티몰레온은 형을 죽였다. 칭송을 받아 마땅했다.

그러나 시민들 중에는 민주정 안에서 사는 법을 모르고 권력에 복종하는 데 익숙했던 사람들이 있었다. 그들은 참주의 죽음을 기뻐하는 척하면서도 티몰레온이 불순하고 혐오스러운 행위를 저질렀다고 몰고 갔다. 티몰레온은 결국 크게 낙담했다. 뿐만 아니라 티몰레온의 어머니는 화가 머리끝까지 치밀어 아들에게 무시무시하고 끔찍한 비난과 저주를 쏟아내고 있었다. 티몰레온은 이 소식을 듣고 어머니께 입장을 설명하러 갔다. 그러나 어머니는 아들의 얼굴조차 볼 수 없다며 문을 열어주지 않았다.

티몰레온은 슬픔에 사로잡혔다. 정신도 오락가락하기 시작했고 결국 굶어 죽어야겠다고 결심했다. 그러나 친구들이 가만 놔둘 리 없었다. 백방으로 애원하고 말리는 친구들 때문에 티몰레온은 세상과 떨어져 혼자 살기로 결정했다. 그래서 모든 공직에서 사퇴하고 오랫동안 성안으로 들어오지조차 않으며 한없이 괴로운 마음으로 황량하기 그지없는 땅들을 전전하며 세월을 보냈다.

VI.

역시 사람이 살아가면서 어떤 목적을 달성하려면 이성과 철학으로부터 결의와 역량을 확보해야 한다. 그러지 못하면 가벼운 칭찬이나 비난에 의해 동요하고 쉽게 휩쓸려 본래의 계산으로부터 멀어질 수밖에 없다. 하고자 하는 일에 대하여 만족스러우려면 행동이 고결하고 정의로울 뿐 아니라 그 행동을 낳는 신념이 영구적이며 변치 않아야 한다. 그러면 행동에 옮긴 뒤에 뚜렷했던 선(善)의 모습이 희미해지더라도 괜히 나약해지고 낙담하는 일이 없다.*

VII.

그러나 이미 저질러진 일에 대한 슬픔은, 죽은 형에 대한 동정심 때문이건 어머니에 대한 효심 때문이건 티몰레온의 정신을 산산조각으로 깨부수고 휘저었다. 그래서 티몰레온은 눈에 띄는 일이나 공익에 도움이 되는 일에 손을 대지 않은 채 장장 스무 해를 보낸 것이다.

티몰레온이 원정대의 지휘관으로 추천을 받고 시민들이 이를 승인하자 당시 명예와 영향력이 도시에서 최고였던 텔레클레이데스는 자리에서 일어나 티몰레온을 부추겼다. 고결하고 용감한 사람답게 행동하라는 요청이었다.

"그대가 잘 싸워주면 우리는 그대를 폭군의 살인자로 생각할 테요, 싸워주지 못한다면 형제의 살인자로 생각할 터이니 말이오."

이리하여 티몰레온이 원정을 준비하고 병사들을 모으는 동안 히케테스의 서신이 코린토스에 도착했다. 히케테스가 등을 돌린 사실이 밝혀진 것이다. 히케테스는 사절단을 내보낸 직후 카르타고 사람들과 협력하여 쉬라쿠사이에서 디오뉘시오스를 몰아내고 참주 자리를 차지하려고 했다. 뿐만 아니라 히케테스는, 쉬라쿠사이를 차지하기 전에 코린토스에서 원정대와 지휘관이 올 경우 행동할 기회를 놓칠까봐 염려했다. 그래서 코린토스로 편지를 보낸 것이다. 위험한 시켈리아로 원정을 오는 수고와 비용을 감당할 필요가 없다는 내용이었다. 뿐만 아니라 코린토스에서 지원을 지체하는 바람에 참주를 끌어내리기 위해 카르타고와 어쩔 수 없이 동맹을 맺었는데 이 카르타고가 코린토스의 원정대를 원하지 않으며 커다란 함대를 동원하여 경계를 서고 있다는 내용도 담겨 있었다.

편지의 내용이 발표되자 이전까지 원정에 미적지근했던 사람들마저 히케테스에 대한 분노로 달아올랐다. 따라서 사람들은 온 힘을 합쳐 티몰레온에게 필요한 물자를 제공하고 원정 준비를 거들었다.

VIII.

• 엘레우시스에서 발견된 페르세포네와
데메테르의 돋을새김. 로마 복제품.

함대가 준비되고 병사들에게 필요한 모든 것이 지급되었을 때 페르세포네의 사제들이 꿈을 꾸었다. 페르세포네와 어머니 데메테르가 여행을 준비하는 꿈이었다. 이 꿈속에서 두 여신은 티몰레온과 함께 시켈리아로 항해할 것이라고 말했다. 따라서 코린토스 사람들은 신에게 바치는 함선을 준비해서 두 여신의 이름을 붙였다.*

- 프레드릭 레이톤이 그린 『페르세포네의 귀환』. 헤르메스가 페르세포네와 어머니 데메테르의 만남을 돕고 있다. 고대 사람들은 두 여신을 흔히 함께 섬겼다.
- 시켈리아로 항해를 시작하는 티몰레온. W. H. 웨스턴의 『소년 소녀를 위한 플루타르코스 영웅전』에 수록된 삽화.

IX.

열린 바다를 서둘러 가로지른 티몰레온 일행은 이탈리아 반도에 이르자 해안을 따라 돌았다. 그러나 시켈리아에서 들려온 소식에 티몰레온은 어리둥절했고 병사들은 사기가 꺾였다. 전투에서 디오뉘시오스를 이긴 히케테스가 쉬라쿠사이의 바깥쪽 부분을 대부분 점령하고 디오뉘시오스를 아크로폴리스가 위치한 섬 안에 가두었다는 소식이었다. 히케테스 자신은 이곳에서 참주를 포위 공격하는 동안 카르타고 군을 시켜 티몰레온이 시켈리아에 상륙하지 못하도록 했다. 티몰레온을 몰아낸 뒤 여유롭게 시켈리아 섬의 나머지 부분을 나눌 작정이었다.

카르타고 군은 레기온으로 함선 스무 척을 보냈다. 선상에는 히케테스의 사절단도 타고 있었다. 사절단이 내놓은 여러 제안은 히케테스의 계획에 잘 부합했다. 흑심을 가리는 겉만 그럴싸하고 현혹적인 제안이었다. 사절단은 함선과 병사들을 코린토스로 돌려보내라고 요구했다. 요구를 받아들이면 티몰레온은 히케테스의 조언자이자 조력자로서 승리의 열매를 함께 즐길 수 있었다. 그러나 전쟁이 거의 다 끝난 시점에서 억지로 상륙을 시도한다면 카르타고 군이 그 앞을 가로막고 싸울 것이라고 했다.

레기온에 상륙하여 사절단을 만난 코린토스 군은 멀지 않은 곳에 카르타고 함대가 닻을 내리고 있는 모습을 보고 모욕감에 치를 떨었다. 그리고 하나같이 히케테스에 대한 분노로 차올랐으며 시켈리아에 거주하는 헬라스 민족에 대한 염려를 떨칠 수 없었다. 헬라스 민족은 보나마나 포획물이자 전리품으로서 배신자 히케테스와 조력자 카르타고의 소유로 돌아갈 터였기 때문이다. 그러나 두 배가 넘는 규모로 버티고 있는 카르타고 군을 물리치는 동시에 쉬라쿠사이를 점령하고 있는 히케테스의 병력까지 상대하기란 불가능해 보였다.

X.

히케테스의 사절단과 카르타고 지휘관들을 만난 뒤 티몰레온은 저항해도 소용없을 테니 요구를 따르겠노라고 침착하게 말했다. 그러나 배를 돌리기 전에 그들의 제안과 자신의 대답을 레기온 사람들 앞에서 공식적으로 발표했으면 좋겠다고 말했다. 레기온은 헬라스 도시였고 양측 모두와 우호 관계에 있었다.

이것은 티몰레온 자신의 안전을 확보하는 일이기도 했고 쉬라쿠사이 사람들을 위한 일이기도 했다. 일국의 사람들을 협의 내용의 증인으로 삼을 경우 히케테스 측이 쉬라쿠사이 사람들에 게 약속한 사항들을 더 확실히 지키게 만들 수 있었다. 그런데 티몰레온의 제안은 사실 해협을 안전하게 건너가기 위한 속임수였고 레기온의 지도자들도 한통속이었다. 레기온 사람들은 시켈리아에 거주하는 헬라스 사람들의 운명이 코린토스의 손안에 들어가기를 바랐다. 헬라스 밖에서 온 카르타고 민족을 이웃으로 두기는 두려웠다.

따라서 레기온의 지도자들은 민회를 소집하고 시민들이 다른 일을 하느라 바쁘지 않도록 성문을 닫아버렸다. 그런 뒤 앞으로 나와 군중을 향해 긴 연설을 시작했다. 지도자들은 서로 동일한 주제에 대해 이야기하면서도 뚜렷한 결론에 이르지 않았다. 겉으로 보기에는 별 까닭 없이 시간을 끄는 것 같았다. 그동안 코린토스 함대는 바다로 나갔으나 민회에 참석한 카르타고 사람들은 아무런 의심도 하지 않았다. 티몰레온이 민회에 참석하고 있었고 이제나저제나 일어나서 연설을 시작할 것 같았기 때문이다.

그러는 사이 비밀리에 전갈이 도착했다. 다른 함선은 다 바다로 나갔고 티몰레온의 함선만이 남아 주인을 기다리고 있다는 소식이었다. 그러자 티몰레온은 연단 주변에 있는 레기온 사람들의 묵인하에 몰래 군중 사이를 빠져나갔고 해안으로 내려가 초고속으로 항해를 시작했다.

코린토스 함대가 상륙한 곳은 시켈리아의 타우로메니온으로 과거에 코린토스 사람들에게 진심 어린 초대를 해온 도시였다. 함대가 도착하자 도시의 주인이자 지배자 안드로마코스가 따뜻하게 손님을 맞이했다. 역사가 티마이오스의 아버지 안드로마코스는 당시 시켈리아의 지도자 가운데 가장 강력한 위치에 있으면서도 시민들을 법과 정의의 길로 인도했을 뿐 아니라 참주들을 언제나 싫어하고 적대했다. 따라서 티몰레온이 자기 도시를 지휘 본부로 삼는 것을 허락했고 시켈리아의 해방을 위한 코린토스의 싸움에 타우로메니온 시민들도 동참할 수 있도록 했다.

XI.

　레기온에 모인 카르타고 사람들은 민회가 해산된 뒤 티몰레온이 배를 띄웠다는 사실을 깨닫자 몹시 분노했다. 반면 카르타고 사람들이 당황하는 모습을 본 레기온 사람들은 매우 고소해 했다. 속임수에 능하기로 유명한 포이니케 사람들이 오히려 속임수에 넘어가서 억울해 하고 있었기 때문이다.

　어쩔 수 없이 카르타고는 군함에 사절을 태워 타우로메니온으로 보냈고 이 사절은 안드로마코스와 긴 대화를 가졌다. 사절은 거만하고 야만적인 방식으로 안드로마코스를 위협했다. 코린토스 군을 신속히 추방하지 않는다면 도시를 완전히 뒤엎는다는 협박과 함께 먼저 손바닥을 보여주고 그 다음 손을 뒤집어 손등을 내보인 것이다.

　그러자 안드로마코스는 코웃음을 치며 다른 말없이 손을 내밀었다. 그러고는 카르타고 사절이 한 대로 먼저 손바닥을 보여주었다가 그 다음 손을 뒤집어 손등을 보여주었다. 그리고 배가 뒤집히는 꼴을 보고 싶지 않다면 당장 배를 돌려 떠나가라고 명령했다.

　한편 히케테스는 티몰레온이 해협을 건넜다는 소식을 듣고 겁을 집어먹었다. 그리고 카르타고에 함선을 잔뜩 요청했다. 쉬라쿠사이 사람들은 구원을 아예 포기한 상황이었다. 항구는 카르타고가 지배하고 있었고 도시는 히케테스의 손에 들어가 있었으며 요새는 디오뉘시오스가 차지하고 있었기 때문이다. 한편 타우로메니온이라는 작은 도시에서 시켈리아의 가장자리를 겨우 부여잡은 티몰레온이 가진 거라고는 미약한 희망과 소규모 병력뿐이었다. 병사 1천 명과 빠듯한 식량을 제외하고 아무것도 없었다.

　시켈리아의 도시들이 티몰레온을 신뢰할 이유도 딱히 없었다. 이미 고

생이 이만저만이 아니었고 군대를 가진 모든 지휘관들에게 환멸을 느끼고 있었기 때문이다. 아테나이 사람 칼립포스와 라케다이몬 사람 파락스의 배반이 주된 원인이었다. 두 사람은 모두 참주들을 물리치고 시켈리아를 해방하러 왔다고 선언했지만 그들로 인해 시켈리아 사람들은 참주들이 지배하던 불행한 시절을 오히려 황금기처럼 생각했고 살아서 독립을 본 사람보다 예속 상태에서 사라진 사람들이 더 운이 좋았다고 느꼈다.

XII.

따라서 코린토스의 지휘관 역시 그 이전 사람들보다 나을 이유가 없다고 느꼈고 똑같은 궤변과 미끼를 이용할 것이라고 짐작했다. 먼저 밝은 미래와 듣기 좋은 약속을 제시함으로써 마음을 누그러뜨린 다음 옛 주인 대신 새 주인을 앉힐 것이라고 생각했던 것이다. 그리하여 시켈리아의 모든 도시들은 힘을 합치자는 코린토스 군의 부탁을 의심하고 거절했다. 그러나 아드라논 사람들은 달랐다.

아드라논은 아드라노스에게 헌정된 작은 도시였다. 아드라노스는 시켈리아 전역에서 매우 귀하게 여기는 신이다. 그런데 이 도시 사람들이 서로 분열하여 한 파벌은 히케테스와 카르타고를, 다른 파벌은 티몰레온을 불러들였다. 양측 장군은 각자 서둘러 아드라논으로 향하다가 놀라운 운명의 장난으로 인해 동시에 도착하게 된다. 그러나 히케테스는 병사 5천을 이끌고 온 반면 티몰레온의 병력은 다 합해서 1천 2백이 넘지 않았다.

병사 1천 2백을 이끌고 타우로메니온을 출발한 티몰레온은 340스타디온 떨어진 아드라논으로 향했다. 첫날은 멀리 이동하지 않고 밤새 노숙을 했다. 그러나 다음 날은 속도를 냈다. 험준한 지역을 지나니 벌써 날이 저물고 있었다. 그때 히케테스가 아드라논에 막 도착하여 진영을 치고 있다는 소식이 전해졌다. 따라서 티몰레온 휘하의 장군과 지휘관들은 선봉을 멈추었다. 먹을 것과 쉴 시간을 주어 전투에 대비하려는 생각이었다. 그러나 어느새 따라붙은 티몰레온은 그러지 말 것을 간청했다. 적은 오랜 행군 끝에 막사를 치고 저녁을 준비하느라 우왕좌왕하고 있을 것이 틀림없었다. 그때를 틈타 신속하게 다가가 공격해야 한다는 것이 티몰레온의 생각이었다.

티몰레온은 뚜렷한 주장을 내세우며 방패를 들었고 선봉에 서서 승리가 확실하다는 듯 병사들을 이끌었다. 이어서 병사들도 티몰레온이 솔선수범하는 모습을 보고 용기를 얻어 그를 따랐다. 적이 있는 곳까지 30스타디온 밖에 남지 않은 상황이었다. 티몰레온의 군대는 이 거리를 빠르게 좁힌 뒤 적을 덮쳤고 혼란에 빠진 적은 티몰레온 측이 다가오는 것을 보자마자 도망을 쳤다.

죽은 적병은 3백이 조금 넘었고 그 두 배가 생포되었다. 적의 진영도 사로잡혔다. 뿐만 아니라 아드라논 사람들이 성문을 활짝 열고 나와 티몰레온 편에 서서 말했다. 전투가 시작할 무렵 신전의 신성한 문이 저절로 활짝 열렸다는 것이다. 신이 든 창은 뾰쪽한 창끝까지 바르르 떨리고 있었으며 신의 얼굴에서는 땀이 철철 흘렀다고 한다.

XIII.

신전에서 목격된 불가사의한 일들은 티몰레온의 승리 말고도 많은 것을 예견했다. 히케테스를 상대로 한 전투에서 얻은 승리는 그것을 뒤따른 여러 다른 성과의 상서로운 시작일 뿐이었다. 먼저 시켈리아의 여러 도시에서 티몰레온에게 사절을 보내 뜻을 함께했다.

특히 카타네의 참주 마메르코스가 힘을 보태기로 했다. 전쟁에 능하고 부유한 사람이었다. 더 중요한 사건은 다음에 일어났다. 디오뉘시오스가 티몰레온과 코린토스 인들에게 사람을 보낸 것이다. 디오뉘시오스는 어느새 항복하지 않으면 안 되는 절박한 상황에 이르러 있었다. 따라서 모욕적인 패배를 당한 히케테스를 우습게보고 티몰레온을 우러러 보게 된 나머지, 자기 자신과 요새를 코린토스에게 넘기겠다고 제안했다.

티몰레온은 이 뜻밖의 행운을 받아들이기로 하고 코린토스 출신 에우클레이데스와 텔레마코스에게 병사 4백을 주어 요새로 들여보냈다. 모두가 공공연히, 한꺼번에 들어갈 수 있었던 것은 아니다. 적이 항구를 폐쇄하고 있어서 불가능했다. 그러나 작은 단위로 흩어져 잠입하는 것은 가능했다. 잠입한 병사들은 참주의 요새와 성을 빼앗았고 장비와 다양한 군수 물자도 챙겼다. 수많은 군마와 온갖 병기, 엄청난 화살과 탄환, 7만 병사가 입을 수 있는 갑옷이 요새 속에 아주 오랫동안 보관되어 왔던 것이다. 병사 2백 명도 있었다.

디오뉘시오스는 병력과 군수품을 티몰레온에게 넘긴 뒤 자신은 동료 소수와 함께 보물을 챙겨 히케테스 몰래 배를 띄웠다. 이어서 티몰레온의 진영으로 이송된 디오뉘시오스는 처음으로 평범한 사람처럼 간소한 차림을 했다. 그리고 보물 소량과 함께 배 한 척에 실려 코린토스로 옮겨졌다.[*]

XVI.

디오뉘시오스의 불행이 놀라운 만큼 티몰레온의 행운에도 믿기 어려운 구석이 있다. 시켈리아에 상륙한 지 50일 만에 쉬라쿠사이의 요새가 그의 손으로 들어왔고 디오뉘시오스는 펠로폰네소스로 이송되었다. 뜻밖의 성과에 고무된 코린토스 사람들은 추가로 중장비 보병 2천과 기병 2백을 보냈다.

병력은 투리오이까지 도달했으나 거기서 더 멀리 나아가는 것은 어려워 보였다. 바다에는 카르타고 함선이 바글바글했으므로 투리오이에 조용히 머물며 기회를 엿볼 수밖에 없었다. 따라서 코린토스 군은 남는 시간을 무엇보다 고귀한 일에 썼다. 투리오이 사람들이 브렛티아 사람들과 싸우러 원정을 떠난 사이 코린토스 사람들은 도시의 책임을 맡아 자기 도시와 다름없이 정직하고 성실하게 지킨 것이다.

그러나 히케테스는 쉬라쿠사이의 요새에 대한 포위를 늦추지 않았고 거기 있는 코린토스 군의 식량줄을 차단했다. 또한 아드라논으로 외국인 두 명을 보내 티몰레온의 암살을 시도했다. 티몰레온은 평상시에도 호위대에 둘러싸여 있지 않았고 특히 아드라논에 머물 당시에는 신에 대한 믿음으로 인하여 아드라논 사람들과 사귀는 데 아무런 불안이나 의심이 없었다.

암살자들은 티몰레온이 마침 제물을 바치려 한다는 것을 알아내고 겉옷 아래 단검을 숨긴 채 성역 안으로 들어갔다. 그리고 제단 곁에 선 사람들 사이에 섞여 천천히 암살 목표를 향해 다가갔다. 그런데 일을 실행에 옮기자고 서로 신호를 보내려는 찰나 어디선가 누군가 나타나 암살자 한 사람의 머리를 칼로 내리쳐 쓰러뜨렸다. 당연히 칼을 내리친 사람도 쓰러진 사람의 동료도 제자리를 지키지 않았다. 내리친 사람은 칼을 든 채로 높은 바위를 향해 달려갔다. 그리고 그 위로 뛰어 올랐다. 암살자는 제단을 붙잡고 모든 것을 밝힐 테니 면책권을 달라고 티몰레온에게 애원했다. 티몰레온이 승낙하자 그는 동료와 함께 티몰레온 암살을 사주 받은 일을 모두 증언했다.

그동안 사람들은 바위 위로 도망쳤던 남자를 데리고 내려왔다. 남자는 자기는 아무 잘못도 하지 않았다고 외쳤다. 다만 얼마 전 레온티노이에서 살해된 아버지의 원수를 갚은 것이라고 했다. 곁에 있던 사람들도 남자의 말이 사실이라고 증언하며 행운의 여신의 솜씨에 감탄했다. 이 일을 저 일로 이어지게 만들고, 동떨어진 사건들을 한데 모으는가 하면, 서로 아무 상관없는 듯한 일을 서로 엮어서 시작이 끝이 되고 끝이 시작이 되게 만드는 솜씨는 실로 놀라웠다.

아버지의 원수를 갚은 남자에게 코린토스 사람들은 10므나를 포상했다. 정의로운 증오를, 티몰레온을 수호하는 신을 위해 사용한 까닭이었다. 마음속에 오랫동안 간직해 온 분노를 좀 더 일찍 표출하지 않고 사적인 이유로 간직해 두었다가 행운의 여신의 인도를 받아 장군을 구하는 데 이용한 대가였다.

사건을 통해 티몰레온의 행운은 목격한 사람들은 미래에 대한 희망에 부풀었다. 코린토스 사람들은 티몰레온이 세상 사람들로부터 존경받고 보호 받을 것으로 기대했다. 티몰레온은 억울한 시켈리아의 원수를 갚기 위해 신이 보낸 신성한 인물이었다.

XVII.

그러나 암살 시도가 실패로 돌아가고 많은 사람들이 티몰레온을 지지하여 모여드는 것을 본 히케테스는 자신을 탓했다. 이용 가능한 카르타고 병력이 적지 않은 데도 수치스럽다는 듯 작은 규모로 비밀리에 파견해온 탓이었다. 엄연한 동맹군을 도둑질하듯 살그머니 들여온 탓이었다. 따라서 히케테스는 카르타고의 장군 마고와 마고가 거느린 병력 전체를 불러들였다.

마고는 함선 150척으로 이루어진 만만찮은 함대를 이끌고 들어와 항구를 점령했고 여기서 하선한 보병 6만은 쉬라쿠사이 내에 진영을 쳤다. 따라서 사람들은 그토록 오랫동안 회자되고 예상되어 왔던, 이방 민족에 의한 시켈리아의 점령이 드디어 이루어진 것으로 생각했다.

그동안 시켈리아에서는 셀 수 없는 전쟁이 벌어졌으나 쉬라쿠사이를 카르타고에 빼앗긴 적은 단 한 번도 없었다. 그런데 히케테스가 카르타고를 불러들여 도시를 넘겨준 것이다. 사람들은 쉬라쿠사이가 카르타고의 진영이 되어버린 것을 보았다. 요새를 점령하고 있던 코린토스 군은 온갖 어려움과 위험에 시달렸다. 항구가 폐쇄되었으므로 식량이 충분하지 않았고 요새 주위에서 벌어지는 자잘한 싸움과 전투를 위해, 뿐만 아니라 온갖 병기를 동원한 온갖 종류의 포위 공격을 막기 위해 병력을 쉼 없이 쪼개야 했다.

XVIII.

티몰레온은 가만히 있지 않았다. 카타네에서 곡물을 구해 작은 낚싯배와 가벼운 소형 선박에 실었다. 이 배들은 특히 비바람이 거셀 때 카르타고의 함선들 사이로 몰래 침투했다. 파도가 심할 때에는 함선이 서로 멀찍이 떨어져 있었기 때문이다. 그러나 이 방법은 곧 마고와 히케테스에게 발각이 되었다. 두 사람은 포위된 코린토스 군에게 식량을 보내고 있었던 카타네를 공격해서 사로잡기로 결정했다. 그리하여 전투력이 뛰어난 정예 부대를 데리고 쉬라쿠사이에서 배를 띄웠다.

이때, 포위된 코린토스 군의 우두머리 네온이 요새에서 관찰을 하자니 남아 있는 적병들은 감시를 소홀히 하고 있었다. 그리하여 네온은 적을 급습했고 적은 뿔뿔이 흩어졌다. 전사자도 있었고 도망자도 있는 가운데 네온은 아크라디나를 사로잡았다. 이곳은, 도시 여러 개가 한데 결합된 형태라고 할 수 있는 쉬라쿠사이 내에서 가장 강력하고 취약점이 없는 구역이었다.

이리하여 곡식과 자금을 확보한 네온은 아크라디나를 포기하지도 않았고 요새로 돌아가지도 않았다. 오히려 아크라디나의 경계에 울타리를 치고 요새의 방벽과 연결하여 두 구역 모두를 방어했다. 쉬라쿠사이에서 보낸 기병이 마고와 히케테스를 따라잡아 아크라디나를 빼앗긴 사실을 알렸을 때 두 사람은 카타네에 거의 다 당도해 있었다. 두 사람은 어찌할 줄 몰라 하다가 서둘러 쉬라쿠사이로 돌아갔다. 결국 빼앗으려던 도시도 사로잡지 못하고 이미 빼앗은 도시도 지키지 못한 것이다.

XIX.

네온의 성과는 행운의 여신의 도움보다 선견지명과 용기가 있었기 때문이라고 주장할 수 있다. 그러나 그 뒤에 벌어진 일들은 순전히 행운의 덕택이었던 것으로 보인다. 특히 투리오이에서 시간을 보내고 있던 코린토스 군에게 벌어진 일이 그렇다. 코린토스 군은 한논이 지휘하는 카르타고 함대가 두렵기도 했고 며칠동안 지속된 비바람으로 바다가 매우 거칠고 사나웠으므로 육로로 브렛티아로 향하기로 했다. 그리고 카르타고 군을 상대로 때로는 설득하고 때로는 힘을 쓰면서 바다에서 극심한 폭풍이 몰아치는 동안 레기온까지 내려갔다.

그러나 카르타고 측 해군 대장 한논은 코린토스 군이 감히 더 전진할 것 같지 않았고 할 일 없이 손을 놓고 있기도 싫었다. 그래서 나름대로 기발하고 약은 속임수를 생각해냈다. 먼저 선원들에게 머리에 화관을 쓰고 함선을 자주색 군기, 헬라스 방패로 장식한 뒤 쉬라쿠사이로 항해하라고 명령했다. 곧이어 쉬라쿠사이의 요새를 기세 좋은 속도로 지나치면서 박수와 웃음 소리를 냈다. 그리고, 해협을 건너려는 코린토스 군과 싸워 승리했으며 적을 사로잡았다고 고함을 쳤다. 한논은 요새를 지키는 코린토스 군이 크게 낙담하리라고 생각했다.

한논이 이같이 지껄이며 사기를 치고 있는 동안 브렛티아에서 레기온으로 내려간 코린토스 군은 적이 어디에도 숨어 있지 않은 것을 보았다. 폭풍우마저 갑자기 멈추어 해협은 고요하고 잔잔했다. 그리하여 마침 근처에 있던 나룻배와 낚싯배에 신속히 나누어 타고 해협을 건너 시켈리아로 넘어갔다. 모두가 얼마나 차분하고 침착했는지 심지어 군마들도 배에 묶여 헤엄을 쳐서 강을 건넜다.

XX.

지원군이 해협을 무사히 다 건너자 티몰레온이 이들을 이끌고 곧장 멧세네를 점령했다. 이어서 나머지 병력도 합쳐 쉬라쿠사이로 향했다. 티몰레온은 4천이 채 되지 않는 병력의 전투력보다는 그동안 자신의 노력에 따랐던 행운과 좋은 결과를 믿고 있었다. 한편 마고는 티몰레온이 다가오고 있다는 소식을 듣고 불안하고 두려웠다. 뿐만 아니라 의심을 멈출 수 없었다. 이유는 이렇다.

쉬라쿠사이를 둘러싼 해안의 여울 지역에는 샘이나 늪지, 강물에서 유입되는 담수가 많았다. 따라서 뱀장어가 들끓었으며 누구든 원하는 만큼 잡을 수 있었다. 양측 용병은 한가할 때나 휴전 상태일 때 함께 낚시를 하곤 했다. 용병은 모두 헬라스 출신이었고 서로를 미워할 사적인 이유가 없었으므로 전투에서는 목숨을 걸고 용감하게 싸웠으나 휴전시에는 서로 왕래하며 대화하곤 했다. 티몰레온이 다가오고 있을 무렵에도 마찬가지였다. 용병들은 뱀장어를 잡느라 정신없는 와중에도 주변 바다가 얼마나 풍요로운지, 인접 지역이 어떤지 이야기를 나누었다. 그러다 코린토스 측 용병이 말했다.

"그대들도 헬라스 사람이면서 왜 이처럼 크고 장점이 많은 도시를 이방 민족에게 넘겨주지 못해 안달입니까? 이 도시가 넘어가면 저열하고 피를 좋아하는 카르타고 사람들이 우리와 더 가까워지지 않겠습니까? 사실 우리에게 필요한 것은 헬라스와 저들 사이에 시켈리아 같은 섬이 더 많이 있는 것이 아니겠습니까? 저들이 군대를 소집해서 헤라클레스의 기둥 저편 아틀라스의 바다에서 온 이유가 설마 히케테스 가문의 지배권을 지켜주기 위해서라고 생각하는 것은 아니겠지요? 만약 히케테스가 제대로 된 지도자라면 피를 나눈 동포를 내치거나, 숙적과 결탁하여 제 나라와 싸우지 않겠지요. 대신 티몰레온과 코린토스 사람들의 동의 아래 적절한 권력과 명예를 누리겠지요."

그러자 마고 측 용병은 이 말을 진영에 퍼뜨렸고 마고는 반역이 일어날 것을 염려했다. 그러나 마고가 이미 오래전부터 철수할 빌미를 찾고 있었던 것은 사실이다. 히케테스는 마고에게 남아달라고 간청했고 적에 비해 아군이 얼마나 우월한지 보여주고자 했으나 마고는 병력은 우월할지언정 티몰레온의 행운과 용기를 이길 수 없다고 생각하고 곧장 닻을 올려 뤼비에로 배를 띄웠다. 이리하여 시켈리아는 마고의 손에서 불명예스럽게, 그리고 사람이 설명하기 힘든 이유로 빠져나왔다.

XXI.

마고가 떠난 다음 날 티몰레온은 쉬라쿠사이에 당도했다. 병력은 전투 대형으로 배치되어 있었다. 그때 마고가 도주했다는 소식이 들려왔다. 함대가 빠져나간 항구는 한산했다. 티몰레온의 군대는 마고의 비겁함에 웃음이 나오지 않을 수 없었다. 그들은 카르타고 함대가 달아난 방향을 알려주는 사람에게 상을 내리겠다고 선언하며 성안을 돌아다녔다.

그러나 히케테스는 여전히 전투를 간절히 원했고 자신이 장악한 구역을 꼭 쥔 채 쉽게 내어놓지 않았다. 견고하고 공격하기 위험한 위치들이었다. 따라서 티몰레온은 병력을 나누어 자신은 전투가 가장 치열할 것 같은 아나포스 강을 따라 공격했다. 코린토스 사람 이시아스가 지휘를 맡은 부대는 아크라디나에서 공격했다. 데이나르코스와 데마레토스가 이끄는 세 번째 부대는 에피폴라이를 공격했다. 데이나르코스와 데마레토스는 코린토스에서 추가 지원 병력을 데리고 온 장본인이었다.

공격은 세 군데 모두에서 한꺼번에 이루어졌고 히케테스의 부하들은 순식간에 압도되어 도망을 쳤다. 도시를 급습하여 재빨리 손에 넣은 것은 병사들의 용기와 지휘관의 능력 덕분이었다고 쳐도 코린토스 병사가 단 하나도 죽지 않았고 심지어 다치지도 않은 것은 티몰레온의 행운 덕분이었음이 분명하다. 행운의 여신은 마치 티몰레온의 용맹심과 열띤 경쟁을 하는 듯 보였다. 그래서 티몰레온의 이야기를 듣는 사람이 그의 갸륵한 노고보다 기막힌 행운에 더 큰 놀라움을 보이도록 하려는 것 같았다.

실로 티몰레온의 명성은 시켈리아와 이탈리아 전역에 퍼졌다. 뿐만 아니라 며칠 만에 헬라스 전역에 위대한 성공담이 울려 퍼졌다. 추가로 파견한 병력이 해협을 잘 건넜는지조차 의심스러웠던 코린토스는 병력이 잘 횡단했을 뿐만 아니라 승리까지 거머쥐었다는 소식을 동시에 전해 듣게 되었다. 티몰레온의 행적이 이처럼 순조로웠고 행운의 여신은 이처럼 민첩하게 그의 아름다운 성과를 더 아름답게 장식했다.

166

XXII.

　티몰레온은 요새를 차지했을 때 디온의 실수를 반복하지 않았다. 아름답고 값비싼 건축물이 있다는 이유로 요새를 보존하지도 않았다. 전임자 디온에게 비방에 이은 파멸을 안긴 여러 의혹들을 경계하며 쉬라쿠사이의 모든 시민들에게 한 가지 선언을 했을 뿐이다. 철로 만든 모든 도구를 가져와 참주의 요새를 함께 파괴하자는 제안이었다. 시민들은 티몰레온의 제안이 있었던 날을 무엇보다 확실한 해방의 날로 여기고 요새로 올라왔다. 이어서 요새뿐만 아니라 이전 참주들의 궁전과 무덤 또한 뒤엎고 파괴했다. 요새를 밀어버린 자리에 티몰레온은 마찬가지로 신속하게 법정을 건설했다. 참주정에 대한 민주정의 승리를 공고히 함으로써 시민들을 만족시킨 것이다.

　그러나 티몰레온이 되찾은 이 도시에는 시민들이 충분하지 않았다. 여러 전쟁과 소요 사태를 겪으며 죽은 사람들도 있었고 참주정이 지속되는 동안 추방된 사람들도 많았다. 인구가 적다 보니 쉬라쿠사이의 장터는 무성한 잡초밭이 되어 있었고 마부들은 장터에서 말이 풀을 뜯는 동안 풀섶에 누워 쉬었다.

　그 밖의 도시에도 거의 예외 없이 사슴과 멧돼지가 우글거렸고 시간이 나는 사람들은 근교나 성곽 주변에서 사냥을 즐겼다. 한편 성채나 요새에 틀어박힌 사람들은 호출에 응하지도 않았거니와 도시로 찾아오지도 않았다. 두려움과 증오 때문에 하나같이 시장에 나타나거나, 시민의 권리를 행사하거나, 대중 앞에서 연설하는 것을 꺼렸다. 대부분의 참주가 그러한 활동을 통해 배출된 까닭이었다.

　따라서 티몰레온과 쉬라쿠사이 사람들은 코린토스로 편지를 보내기로 했다. 쉬라쿠사이로 이주할 헬라스 사람들을 물색해 줄 것을 부탁하기 위해서였다. 누군가 이주하지 않는다면 농지는 놀릴 수밖에 없었다. 리뷔에에서 군대가 건너올 가능성도 짙었다. 카르타고에서 들려온 소식에 따르면 마고는 스스로 목숨을 끊었고 그가 원정을 제대로 이끌지 못한 것에 분노한 카르타고 사람들은 죽은 마고의 시신을 말뚝에 꽂는 형벌을 내렸다. 뿐만 아니라 여름에 시켈리아로 건너올 목적으로 대규모 병력을 모집하고 있었다.

XXIII.

티몰레온이 쓴 편지는 쉬라쿠사이 사람들로 이루어진 사절단과 함께 코린토스에 도착했다. 사절단은 부디 쉬라쿠사이를 어여삐 여기고 다시 한 번 이주민을 보내달라고 애원했다. 그러나 코린토스 사람들은 이것을 자국 영토 확장의 기회로 삼지 않았다. 쉬라쿠사이를 독차지하지도 않았다. 대신 헬라스에서 열리는 다양한 경기와 축전에 전령을 보내 선포했다. 코린토스가 쉬라쿠사이의 참주정을 뒤엎었으니 쉬라쿠사이 사람이거나 시켈리아 출신 헬라스 사람이라면 누구든 쉬라쿠사이에 가서 자유 독립 시민들과 함께 살며 공정하고 정의로운 기준에 따라 토지를 분배해 가지라고 했다.

나아가 아시아와 도서 지역으로 전령을 보내기도 했다. 추방되어 흩어진 쉬라쿠사이 사람들이 주로 그 지역에서 살고 있다는 사실을 알고 코린토스로 초청한 것이다. 호위대와 운송 수단을 무료로 제공하고 쉬라쿠사이까지 안전하게 데려다주겠다는 약속도 했다. 코린토스는 이처럼 선포함으로써 알맞은 칭송과 눈부신 영광을 얻었다. 쉬라쿠사이를 참주와 이방 민족으로부터 빼앗아 정당한 시민들에게 돌려주고 있었기 때문이다.

이리하여 추방되었던 시민들이 코린토스에 모였지만 그 수가 너무 적었다. 그들은 코린토스 시민과 다른 헬라스 시민에게도 이주권을 달라고 간청했다. 그리하여 이주민이 1만 명에 달하자 쉬라쿠사이로 배를 띄웠다. 그 무렵 이탈리아와 시켈리아에서도 많은 사람들이 티몰레온을 찾아왔다.

이주민의 숫자가, 아타니스 말에 따르면 6만에 달하자 티몰레온은 영토를 분배하고 집을 한 채당 1천 탈란톤에 판매함으로써 쉬라쿠사이 원주민들이 제 집을 구매할 수 있도록 하는 동시에 공공자금이 충분히 쌓이도록 했다.*

XXIV.

사방에서 찾아오는 시민들로 도시가 붐비고 되살아나기 시작하자 티몰레온은 다른 도시 역시 해방시키고 시켈리아에서 독재를 뿌리 뽑기로 결심했다. 그리하여 참주들의 영토로 원정을 다니기 시작했다. 먼저 히케테스가 더 이상 카르타고 편을 들지 못하도록 했다. 히케테스 또한 요새를 무너뜨리고 레온티노이에서 평범한 시민으로 살아가는 데 동의했다.

아폴로니아를 비롯한 여러 성을 지배하고 있었던 렙티네스의 경우 티몰레온의 주 병력에 사로잡힐 위험에 놓이자 스스로 항복했다. 티몰레온은 렙티네스의 목숨을 살려주고 코린토스로 보냈다. 시켈리아의 참주들이 어머니 도시 코린토스에서 처량한 귀양살이를 한다면 헬라스 사람들에게 좋은 구경거리가 되리라고 생각했기 때문이다.

나아가 티몰레온은 용병들이 허송세월하는 대신 적의 영토에서 전리품을 얻기를 원했다. 그래서 그들을 데이나르코스와 데마레토스에게 맡겼다. 티몰레온은 자신은 쉬라쿠사이로 돌아가 정치 체제를 확립하고 코린토스에서 온 입법가 케팔로스와 디오뉘시오스를 도와 가장 중요한 세부 사항들을 가장 보기 좋은 방식으로 결정했다. 그동안 용병 부대는 카르타고가 점령한 지방으로 가서 여러 도시들을 부추겼으며 카르타고에 들고 일어나게 만들었다. 이런 방식으로 풍요롭게 지냈을 뿐만 아니라 얻은 전리품을 전쟁 자금에 보태기도 했다.

XXV.

한편 카르타고는 7만 병력을 이끌고 릴뤼바이온에 상륙했다. 함선이 2백 척, 수송선이 1천 척이었다. 수송선은 각종 병기, 말 네 마리가 *끄는* 전차, 넘치는 곡식, 그 밖의 필요 장비를 싣고 있었다. 카르타고는 전쟁을 야금야금 진행할 것이 아니라 헬라스인들을 시켈리아 전체에서 한꺼번에 몰아내야 한다고 생각했다. 7만 병력이면 시켈리아 사람들이 정치적으로 단결되어 있다고 해도, 서로 싸우느라 파멸 직전이 아니라고 해도 충분히 사로잡을 수 있었다.

게다가 카르타고 측이 점령한 시켈리아 영토가 코린토스 병사들에 의해 약탈을 당하고 있다는 소식을 듣자 카르타고는 격분했다. 하스드루발과 하밀카르의 군대는 그 즉시 적을 향해 행군을 시작했다. 이 소식은 재빨리 쉬라쿠사이에 도착했고 시민들은 적의 규모를 듣고 겁에 질렸다. 시민들 수만 명 가운데 용기를 발휘해 무기를 들고 티몰레온을 따른 사람은 3천에 지나지 않았다. 용병도 4천에 지나지 않았고 그 가운데 천 명은 행군하는 동안 비겁한 본색을 드러내고 쉬라쿠사이로 돌아갔다. 그들은 티몰레온이 제정신이 아니라고 주장했다. 나이는 젊은데 미쳤다고 했다. 보병 5천과 기병 1천을 데리고 적 7만을 상대하려고 했을 뿐 아니라 쉬라쿠사이에서 여드레 행군해야 닿는 곳으로 병력을 이동시키려고 했기 때문이다. 전장에서 도망쳐도 피할 곳이 없고 전장에서 죽는다면 무덤에 묻히지도 못할 터였다.

그러나 티몰레온은 그들이 전투가 시작되기 전에 본색을 드러낸 것을 오히려 다행으로 여겼다. 그리고 남은 병사들을 격려하며 크리메소스 강을 향해 전속력으로 이끌었다. 카르타고 군도 여기 집결한다고 알려져 있었다.*

XXVII.

때는 초여름이었고 타르겔리온 달[月]이 저물고 있었으며 하지가 코앞이었다. 강은 짙은 안개를 내뿜었다. 처음에는 들판이 어둠에 가려 보이지 않았다. 적의 진영도 전혀 보이지 않았다. 둔탁하고 알아듣기 힘든 소리만이 코린토스 군이 있는 언덕을 올라왔다. 거대한 군대가 전진하고 있다는 것만은 확실했다.

코린토스 군이 언덕을 다 올라 방패를 내려놓고 휴식을 취할 무렵 태양은 중천을 지나고 있었고 수증기를 높이 끌어올렸다. 짙은 안개 덩어리가 꼭대기를 향해 무리지어 움직이더니 정상 부근에 구름이 되어 걸리면서 지상은 맑게 개었다. 크리메소스 강이 눈에 들어왔다. 적이 강을 건너는 모습도 보였다. 전투를 위해 무시무시하게 꾸민, 말 네 마리가 끄는 전차가 선두에 자리했다. 그 뒤에는 흰 방패를 든 중장비 보병 1만 명이 있었다. 카르타고 병사들 같았다. 갑옷이 눈부시게 화려했고 행군은 느리지만 절도 있었기 때문이다.

그 뒤로는 다른 나라 병사들이 이어졌는데 소란을 피우며 뒤죽박죽 강을 건너고 있었다. 그때 티몰레온은 깨달았다. 강물이 있기 때문에 적을 원하는 만큼 고립시켜 공격할 수 있다는 사실이었다. 티몰레온은 병사들에게 강물이 적의 대열을 분리한 것을 보여주었다. 그리고 데마레토스에게 기병대를 이끌고 내려가라고 명령했다. 카르타고 병사들이 진열을 재정비하기 전에 덮쳐 혼란을 일으키기 위해서였다.

이어서 티몰레온은 들판으로 내려가 두 날개를 시켈리아 출신 병사들에게 맡겼다. 각 날개에 용병들도 조금씩 배치했다. 자신은 중앙에서 쉬라쿠사이 시민들과 최우수 용병들을 직접 지휘했다. 때를 기다리며 기병들의 움직임을 관찰하던 티몰레온은 적의 전방을 오락가락하는 전차 때문에 기병대가 제대로 접근하지 못하는 것을 보았다. 기병대는 대열을 유지하기 위해서 끊임없이 방향을 돌려야 했고 다시 방향을 바로잡아 재빨리 공격해야 하는 어려움이 있었다.

마침내 티몰레온은 칼을 뽑아들고 보병대를 향해 두려워하지 말고 따르라고 외쳤다. 그 목소리는 평소보다 우렁찼고 심지어 초인적이었다. 눈앞에 펼쳐진 전투에 의욕이 솟구쳐서 그랬을 수도 있고 신적인 힘이 함께했기 때문이었을 수도 있다. 대부분의 병사들은 신이 함께했다고 생각했다.

병사들은 티몰레온의 고함 소리를 받아치면서 당장 공격 명령을 내려 달라고 간청했다. 티몰레온은 먼저 기병대에 신호를 보냈다. 전차 대열을 벗어나 측면에서 적을 공격하라는 신호였다. 그리고 선두에 선 병사들에게 방패를 얽어 들고 촘촘히 서라고 명령했다. 이어서 공격 나팔을 울리게 하고 카르타고 군을 덮쳤다.

XXVIII.

카르타고 군은 티몰레온의 첫 번째 공격을 완강하게 막아냈다. 쇠로 만든 가슴받이와 청동 투구로 몸을 보호하고 있었고 몸 앞으로는 거대한 방패를 들고 있었기 때문에 날아오는 창을 막을 수 있었다. 그러나 곧 칼로 싸울 차례가 왔다. 힘뿐만 아니라 기술이 필요한 단계였다. 그때 갑자기 언덕으로부터 무시무시한 천둥소리가 쏟아졌고 그와 함께 휘황한 번개가 날아 내려왔다. 이어서 언덕과 산꼭대기에 걸려 있던 어둠이 비, 바람, 우박과 섞여 전장으로 내려왔다. 구름에서 쉴 새 없이 떨어지는 비바람과 번개는 헬라스 군을 뒤에서 에워싸고 병사들의 등을 때렸으나 카르타고 군은 이 모든 것을 정면으로 맞아 눈앞이 아른아른했다.

이 와중에 특히 경험이 부족한 병사들에게 닥친 난관은 한두 가지가 아니었다. 무시무시한 천둥이 찢어지는 소리를 내고 쏟아지는 비와 우박이 요란하게 갑옷을 때리자 무엇보다 지휘관들의 명령이 들리지 않았다. 게다가 카르타고 병사들은 무장이 가볍지 않았고 앞에서 말했듯 갑옷으로 몸을 감싸고 있었다. 그러니 진흙과, 웃옷을 가득 채운 물이 방해가 될 수밖에 없었다. 병사들은 날렵하게 움직일 수도, 효과적으로 싸울 수도 없었고 전세는 쉽게 헬라스 측으로 기울었다.

카르타고 병사들은 진흙탕에 한번 넘어지면 도저히 무기를 들고 일어날 수가 없었다. 빗줄기에 불어날 대로 불어난 크리메소스 강에, 강을 건너는 사람들이 더해지면서 강물이 둑 위로 넘쳐흘렀기 때문이다. 뿐만 아니라 언덕 위에서 시작한 좁고 험한 골짜기들이 인접한 들판으로 이어졌으므로 전장은 사방팔방으로 흐르는 물길로 뒤덮여 있었다. 바로 이런 전장에서 카르타고 병사들이 나뒹굴며 무자비한 공격을 받았던 것이다.

폭풍우가 여전히 몰아치는 상황에서 마침내 헬라스 군은 전방에 있던 적병 4백을 물리친 뒤 주 병력이 도주하게 만들었다. 여러 적병이 들판에서 추격을 당해 칼부림에 죽었다. 계속해서 강을 건너오고 있던 아군과 뒤엉키는 바람에, 덮쳐온 강물에 떠내려가 죽은 병사들도 많았다. 그러나 대부분은 언덕을 향해 도망치다가 헬라스의 경무장 병사들에게 붙잡혀 죽음을 맞았다.

아무튼 전사자 1만 명의 시신 가운데 3천은 카르타고 시민들의 시신이었다고 한다. 이는 카르타고에 심각한 타격이었다. 전사자들은 태생이나 부, 명성이 누구보다 뛰어난 시민들이었고 한 전투에서 그토록 많은 카르타고 시민이 사라진 기록은 없었기 때문이다. 평소에 카르타고 사람들은 주로 리뷔에 병사들을 썼고 그 밖에도 노마스 족과 이베레스 족을 이용해서 전투를 했으므로 패전의 손해는 다른 국가들이 감수하곤 했다.

• 크리메소스 강의 전투. 알프레드 J. 처치의 『투구와 창』에 수록된 삽화.

XXIX.

헬라스 병사들은 전리품을 보고 전사자들의 지위가 높았다는 것을 깨달았다. 시신으로부터 갑옷을 벗길 때 쇠나 청동은 찾아보기 힘들었고 널린 것이 금은이었기 때문이다. 강을 건너 적의 진영을 사로잡고 그 안에 있던 짐수레를 차지했을 때에도 마찬가지였다.

생포된 적병 대부분은 병사들이 빼돌리고 숨겼지만 그래도 5천에 달하는 숫자가 공공의 소유로 들어왔다. 말 네 마리가 끄는 전차도 2백 대가 사로잡혔다. 그러나 가장 영광스럽고 눈부신 광경은 티몰레온의 막사에서 볼 수 있었다. 막사 주변에는 온갖 전리품이 가득 쌓여 있었고 그 가운데 출중한 실력으로 가공한 아름다운 가슴받이가 1천 개, 방패 1천 개가 전시되어 있었다. 나아가 전사자는 많고 갑옷과 무기를 수거할 병사는 많지 않은 데다 전리품의 양이 상당했기 때문에 전투가 끝난 지 사흘이 지난 뒤에야 승전비를 세울 수 있었다.

티몰레온은 빼앗은 갑옷 가운데 가장 아름다운 것들을 골라 승전보와 함께 코린토스로 보냈다. 세상이 조국을 부러워하기를 바랐기 때문이다. 동족으로부터 빼앗은 전리품으로 신전을 화려하게 장식하지 않은 나라는 코린토스가 유일하다는 것을 보여주고 싶었다. 동포와 동료 시민들을 학살하고 봉헌한 쓸쓸한 기념물로 신전을 채우는 대신 이방 민족으로부터 약탈한 전리품으로 신전을 장식함으로써 승자가 보여준 용기와 정의로움을 아름답게 새기고자 했다. 코린토스 사람들과 지휘관 티몰레온이 시켈리아의 헬라스 사람들을 카르타고로부터 해방시켰으며 도움을 준 신들께 대한 감사의 뜻으로 제물을 봉헌했다는 것을 알리기 위해서였다.

XXX.

이 직후 티몰레온은 용병 부대를 적의 영역에 남겨 두었다. 그들이 카르타고 영토를 약탈하는 동안 자신은 쉬라쿠사이로 갔다. 거기서, 전투 직전 이탈한 용병 1천 명에게 해가 저물기 전까지 시켈리아를 떠날 것을 명령했다. 그리하여 이탈리아 땅으로 건너간 병사들은 브렛티아 사람들의 배신으로 죽음을 당하게 되었다. 배신한 대가로 천벌을 받은 것이다.

한편 카타네의 참주 마메르코스, 그리고 히케테스는 카르타고와 동맹을 맺었다. 티몰레온이 이룩한 성공을 시기했기 때문일 수도 있고 참주를 불신하는 그가 자신들과 평화 협정을 맺지 않으리라 염려했기 때문일 수도 있다. 뿐만 아니라 시켈리아에서 완전히 쫓겨나고 싶지 않다면 군대와 지휘관을 보내라고 카르타고를 부추겼다. 결국 기스코가 70척 규모 함대를 이끌고 바다로 나섰고 헬라스 출신 용병을 모집해 병력에 추가했다. 카르타고는 그 전까지 단 한 번도 헬라스 용병을 쓴 적이 없었다. 그러나 어느새 헬라스 병사를, 맞수가 없는 최고의 병사로 인정하고 있었다.

이후 전 병력을 멧세네에 결집시킨 카르타고는 그곳에 원군으로 와 있던 티몰레온의 용병 4백을 무찔렀다. 나아가 시켈리아 내 카르타고 영토에 있는 이에타이 근처에 잠복해 있다가 레우카디아 사람 에우튀모스가 이끄는 용병 부대를 습격해 박살냈다.

바로 이 시점에서 티몰레온의 행운이 그 어느 때보다 이름을 날린다. 공격을 당한 병사들은 오노마르코스와 포키스 사람 필로멜로스를 도와 델포이를 사로잡고 신전을 약탈한 당사자들이었다. 그 이후 온 세상 사람들이 저주받은 약탈자들을 증오하고 따돌렸다. 약탈자들은 펠로폰네소스를 방황하다가 병사가 부족했던 티몰레온의 용병이 되었던 것이다.

시켈리아에 상륙한 뒤 약탈자들은 티몰레온의 지휘 아래 싸운 모든 전투에서 이겼다. 그리고 가장 힘겹고 큰 전투가 끝난 뒤 원군으로 파견되었고 단번이 아니라 조금씩 여러 번에 걸쳐 마침내 깡그리 사라졌다. 정의의 여신은 티몰레온의 행운을 지키면서 약탈자들을 처벌했다. 악한 사람들에 대한 응징이 선한 사람들에게 피해를 주지 않게 한 것이다. 그러니 티몰레온은 성공을 겪었을 때뿐만 아니라 실패를 겪었을 때에도 신들로부터 후한 대접을 받았다고 부러움을 샀다.

XXXI.

그러나 쉬라쿠사이 시민들은 참주들이 쏟아붓는 모욕에 슬슬 화가 났다. 시와 비극을 쓰는 작가로서 자신을 높게 평가했던 마메르코스는 용병 부대를 무찌른 뒤 승리를 자랑했다. 그리고 적의 방패를 신들께 봉헌하며 거만한 시를 지었다.

상아, 황금, 호박이 박힌 자줏빛 방패를 빼앗았네.
작고 단순한, 그저 그런 방패를 들고.

이어서 티몰레온이 칼라우리아로 원정을 간 동안 히케테스가 쉬라쿠사이 영토로 쳐들어와 전리품을 상당량 약탈해 갔으며 주변 지역을 무참히 짓밟아 놓았다. 뿐만 아니라 소규모 병력을 거느린 티몰레온을 조롱하며 칼라우리아를 지나갔다.

티몰레온은 히케테스가 지나가게 내버려두었다가 순식간에 기병대와 경장비 보병들을 이끌고 뒤를 쫓았다. 히케테스는 이 소식을 듣자마자 다뮈리아스 강을 건넌 뒤 강둑에 멈추어 서서 방어할 준비를 했다. 강물은 건너기 쉽지 않았고 강둑은 양측 모두 경사가 심했기 때문이다. 그때 티몰레온의 기병 지휘관들 사이에서 믿기 힘든 경쟁과 다툼이 일어나 전투가 지체되었다. 지휘관들은 하나같이 남을 먼저 보내려 하지 않았고 선두에서 공격을 시작하고 하려고 했다. 만약 이들이 우르르 달려들어 서로 앞서 가려고 다툰다면 도강은 무질서해질 것이 뻔했다.

따라서 티몰레온은 순서를 정하기 위해 각 지휘관으로부터 인장 반지를 받았다. 반지로 제비뽑기를 할 생각이었던 티몰레온은 반지를 겉옷 속에 넣었다. 그런데 처음으로 뽑힌 반지의 인장이 승전비 모양이었다. 젊은 지휘관들은 이를 보자마자 환호했고 순서를 기다리지도 않고 그 즉시 강물로 뛰어들어 적과 거리를 좁혔다. 적은 기병대의 과감한 공격을 이겨내지 못하고 하나같이 무기를 버리고 도주했다. 곧 전장에는 적병 천 명이 죽어 있었다.

XXXII.

얼마 지나지 않아 티몰레온은 레온티노이의 영토로 원정을 가서 히케테스, 그리고 아들 에우폴레모스와 기병대장 에우튀모스를 생포했다. 세 사람은 함께 사로잡혀 포박을 당한 뒤 병사들의 손에 이끌려 티몰레온 앞에 섰다. 이어서 히케테스와 어린 아들은 폭정과 반역의 죄를 쓰고 사형 당했다. 에우튀모스는 전투에서 용감했고 배짱이 남달랐지만 코린토스 사람들을 모욕했다는 의혹 때문에 아무런 동정도 받지 못했다. 에우튀모스는 코린토스 사람들과 전장에서 마주 섰을 때 레온티노이 사람들을 선동하면서 말하기를 "집을 박차고 나온 저 코린토스 여인네들을" 두려워 말라고 했다.

대부분의 사람들이 적대적인 행위보다 쓰라린 말 몇 마디에 더욱 분노하는 것은 자연스럽다. 그런 사람들에게 거만한 태도는 몸에 입은 상처보다 더 견디기 힘들다. 뿐만 아니라 전투에서 적이 방어 행위를 한다면 이는 당연하게 여겨지고 용납되지만 모욕적인 언사는 지나친 증오나 저열함에서 나온다고 여겨진다.

XXXIII.

티몰레온이 쉬라쿠사이로 돌아오자 시민들은 히케테스의 아내와 딸들, 동료들을 공개 재판에 세웠고 이어서 처형했다. 티몰레온의 인생을 통틀어 이것이 가장 큰 오점인 것 같다. 만약 티몰레온이 반대했더라면 여인들은 그런 식으로 죽임을 당하지 않았을 것이다. 그러나 티몰레온은 여인들을 외면했고 시민들의 분노에 맡긴 것으로 보인다.

시민들은 디오뉘시오스를 내몬 디온의 원수를 갚는 데 혈안이 되어 있었다. 디온의 아내 아레테와 누이 아리스토마케, 그리고 어린아이에 불과했던 디온의 아들을 산 채로 바다에 던진 것이 바로 히케테스였기 때문이다. 이에 관련해서는 「디온」 편에 적어두었다.

XXXIV.

이 일이 있고 티몰레온은 마메르코스와 싸우러 카타네로 원정을 갔으며 아볼로스 강 곁에서 벌어진 정식 전투에서 적을 물리치고 승리했다. 티몰레온이 죽인 적병은 2천 명이 넘었는데 그 가운데 대부분이 기스코와 함께 온 카르타고 원군이었다. 따라서 카르타고는 티몰레온에게 먼저 평화 협정을 제안했고 협정은 성사되었다. 카르타고는 뤼코스 강 이편의 영토를 계속 다스리는 대신 쉬라쿠사이로 이주하고 싶어 하는 그 지역 모든 사람들이 가족과 재산을 가지고 이주할 수 있도록 허락했다. 나아가 참주와 맺었던 동맹을 모두 철회하기로 했다.

그러자 마메르코스는 승리할 가망이 없다고 여기고 이탈리아로 건너갔다. 루카니아 사람들을 이끌고 돌아와 티몰레온과 쉬라쿠사이를 칠 작정이었다. 그러나 함께 항해를 하던 마메르코스의 동료들은 뱃머리를 돌려 시켈리아로 돌아갔고 거기서 카타네를 티몰레온에게 넘겼다. 그러자 마메르코스도 멧세네로 가서 참주 힙폰에게 보호를 요청할 수밖에 없었다.

일이 이렇게 되자 티몰레온은 멧세네로 행군해 바다와 육지 모두에서 성을 포위했다. 힙폰은 배를 타고 몰래 도망치려다 붙잡혔다. 그러자 멧세네 사람들은 힙폰을 끌고 극장으로 들어갔고 학교에 있던 아이들을 극장으로 데려와 마치 훌륭한 구경거리를 보여주듯 참주의 처벌을 지켜보게 했다. 힙폰은 거기서 그렇게 고통을 받다가 죽었다.

한편 마메르코스는 티몰레온에게 항복을 해오며 조건을 내걸었다. 재판을 쉬라쿠사이에서 한다는 조건, 티몰레온이 비난 연설을 하지 않는다는 조건이었다. 이리하여 쉬라쿠사이에서 시민들 앞에 서게 된 마메르코스는 오래전에 만들어두었던 연설을 하려고 했다. 그러나 시민들은 소란을 피우고 고함을 치기 시작했다. 결국 민회를 설득하는 것이 불가능하다고 여긴 마메르코스는 겉옷을 벗어던진 뒤 극장을 가로질러 뛰어갔고 돌계단을 향해 머리부터 곤두박질쳤다. 바로 목숨이 끊어졌다면 좋았을 것을 불행히도 그렇게 되지 않았다. 마메르코스는 목숨이 붙은 상태에서 절도범과 같은 방식으로 십자가에 못 박혔다.

XXXV.

티몰레온은 이러한 방식으로 참주정을 절멸하고 전쟁을 멈추었다. 티몰레온이 처음 시켈리아에 상륙했을 때 이 섬은 온갖 고초를 겪은 끝에 황폐해져 있었고 주민들도 섬을 지긋지긋해 했다. 그러나 티몰레온의 노력 덕분에 시켈리아는 누구나 살고 싶은, 발전된 섬이 되었다. 원주민조차 내팽개치고 떠나던 곳으로 바다 건너 타지 사람들까지 이주하게 된 것이다.

그 예로 아크라가스와 겔라는 앗티케 전쟁 이후 카르타고의 손에 멸망하고 시민들을 잃었으나 다시 되살아났다. 한 곳은 벨리아 출신 메겔로스와 페리스토스 덕분에, 한 곳은 케오스에서 옛 시민들을 데리고 온 고르곤 덕분에 사람들이 살게 되었다. 티몰레온은 기나긴 폭풍우 같은 전쟁을 겪었던 이주민들에게 안전과 평화를 보장했을 뿐만 아니라 이주민들이 추가로 필요로 하는 것들을 제공하며 열렬히 지원했다. 그리하여 사람들은 티몰레온을 도시의 아버지처럼 여기고 존경했다.

다른 모든 거주민들도 티몰레온에게 마찬가지 감정을 갖고 있었다. 티몰레온이 마무리하지 않는다면 전쟁의 종식도, 법의 제정도, 영토의 식민도, 정치 체제의 구성도 만족스럽지 않았다. 티몰레온은 마치 완성을 앞둔 건축물에 세련미를 덧입혀 신과 인간 모두를 기쁘게 하는 뛰어난 건축가와도 같았다.

XXXVI.

당시 헬라스는 위대한 업적을 세운 위대한 사람들을 상당수 배출했다. 티모테오스, 아게실라오스, 펠로피다스, 에파메이논다스가 그들이었다. 이 가운데 에파메이논다스는 티몰레온이 매우 존경하고 닮으려고 애썼다. 그러나 이들의 업적은 어느 정도의 폭력과 고된 노력으로 얼룩져 있었다. 그래서 일부 업적에는 비난과 후회가 뒤따랐다.

그러나 티몰레온의 경우 형을 어쩔 수 없이 처치한 일을 제외하면 모든 면에서 바람직하게 행동했다.* 그럼에도 티몰레온은 모든 성공을 행운의 여신의 공으로 돌렸다. 고향 친구들에게 보내는 편지나 쉬라쿠사이 시민을 향한 연설에서 티몰레온은 종종 신께 감사를 돌렸다. 시켈리아를 살리려는 신께서 자신에게 구원자라는 이름과 자격을 수여했다고 말했다.

나아가 티몰레온은 집 안에 아우토마티아, 즉 기회의 여신에게 제물을 바치기 위한 사당을 지었으며 집 자체는 수호신께 봉헌했다. 집은 티몰레온의 전공을 포상하고 싶었던 쉬라쿠사이 사람들이 직접 고른 것이었다. 시민들은 또한 교외의 저택 가운데 가장 평화롭고 아름다운 곳을 골라 티몰레온에게 수여했고 티몰레온은 아내와 자녀들이 도착하기 전까지 대부분의 여유 시간을 이곳에서 보냈다.

티몰레온은 코린토스로 돌아가지도 않았으며 헬라스 내부의 혼란에 가담하지도 않았다. 또한 동료 시민들의 시기심에 자신을 노출시키지도 않았다. 대부분의 군 지휘관들은 명예와 권력에 대한 충족할 수 없는 욕망에 빠져 동료 시민들의 시기심이라는 암초에 좌초되곤 한다. 그러나 티몰레온은 시켈리아에 남아 자신이 이룩한 기쁨을 맛보았다. 가장 큰 기쁨은 수많은 도시와 셀 수 없는 사람들의 행복을 자신이 가져왔다는 사실에서 왔다.

XXXVII.

그러나 시모니데스가 말하듯 모든 종달새가 볏을 가진 것처럼 모든 민주정에는 허위 사실을 가지고 비난하는 사람이 있는 법이다. 쉬라쿠사이도 예외가 아니어서 티몰레온은 쉬라쿠사이의 민중 지도자 두 사람, 라퓌스티오스와 데마이네토스의 공격을 받았다.

이 가운데 라퓌스티오스는 티몰레온으로부터 특정 재판에 출두하겠다는 보증을 받으려고 했다. 그러자 시민들은 격렬히 반대하며 라퓌스티오스를 막으려고 했지만 티몰레온은 오히려 사양했다.

"내가 그 모든 난관과 위험을 자진해서 견디어낸 것은 쉬라쿠사이 사람 모두에게 법을 이용할 권리를 주고 싶었기 때문입니다."

나아가 데마이네토스는 공개회의에서, 티몰레온이 전장에서 보인 행위를 여러 차례 비난했다. 그러자 티몰레온은 아무 대답도 하지 않고 다만 신들께 감사한다고 말했다. 죽기 전에, 쉬라쿠사이 사람들이 표현의 자유를 쟁취하는 것을 보게 해달라고 기도했는데 신들이 기도를 들어주셨다는 것이다.

이때까지 티몰레온은 당대의 그 어느 헬라스 사람보다 더 위대하고 찬란한 과업을 실행에 옮긴 사람이었고 모두가 이 사실을 인정했다. 나아가 그 모든 과업을 성공으로 이끈 유일한 사람이었다. 연설가들은 국가들의 모임에서 헬라스 사람들을 선동할 때마다 티몰레온의 업적을 언급했다. 고국에 악이 만연했을 당시에는 때마침 운 좋게 관여하지 않은 까닭에 손에 피를 묻히지 않을 수 있었던 깨끗한 사람이었다. 이방 민족과 참주들을 상대할 때에는 능력과 용기를, 헬라스 사람들과 동료들을 대할 때에는 정의와 배려심을 보여준 사람이었다. 동료 시민에게 근심을 끼치지 않고 승전비를 세웠으며 8년이 채 안 되는 기간에 시민에게 시켈리아를 돌려준 사람이었다. 끊일 줄 몰랐던 내분과 불만은 어느새 사라지고 없었다. 그런데 이러한 티몰레온도 어느새 노년을 맞았고 점점 약해지던 시력을 완전히 잃어버렸다.

티몰레온이 벌을 받은 것은 아니다. 행운의 여신의 장난감이나 조롱거리가 된 것도 아니다. 다만 선천적인 질병이 노년이 오면서 발병한 것으로 보인다. 친척 중에도 노인이 되어 시력을 잃은 사람이 많았다고 한다. 그러나 아타니스에 따르면 티몰레온이 힙폰, 마메르코스를 상대로 전쟁을 치르며 밀라이에 머물 때에도 눈이 희뿌옇게 되어 시력이 좋지 않았고 누가 봐도 장님이 되어가는 것이 분명했다. 그래도 티몰레온은 포위 공격을 멈추지 않았고 전쟁을 계속하여 두 참주를 붙잡았다. 대신 쉬라쿠사이에 돌아간 즉시 총지휘권을 내려놓았으며 일이 다 잘 끝났으니 다시는 지휘권을 맡기지 말아달라고 시민들을 상대로 간청했다.

XXXVIII.

티몰레온 자신이 이러한 불행을 불평 없이 견디어냈다는 것도 놀랄 일이지만 쉬라쿠사이 사람들이 눈이 먼 티몰레온에게 보낸 감사와 존경은 더욱 감탄할 만하다. 시민들은 종종 티몰레온을 직접 찾아갔고 도시에 체류하는 타지인들을 데리고 티몰레온의 집이나 별장으로 가서 도시의 은인에게 소개시켰다. 시민들은 티몰레온이 시민들 사이에서 생을 마감하려고 한다는 사실, 그동안 이룩한 업적 덕분에 헬라스로 금의환향할 수 있는데도 그것을 하찮게 여긴다는 사실이 자랑스럽고 기뻤다.

쉬라쿠사이 사람들은 티몰레온을 위해 여러 훌륭한 법을 제정하고 위대한 영예를 내렸다. 가장 훌륭한 법은 지휘관 임명에 관한 법이었다. 이 법에 따르면 쉬라쿠사이가 이방 민족을 상대로 전쟁을 할 때에는 코린토스에서 지휘관을 데리고 와야 했다.

의회의 의사 결정 과정에도 티몰레온에게 경의를 표하기 위한, 보기 좋은 절차가 마련되어 있었다. 의회는 안건 대부분을 스스로 해결하였으나 중대한 논의를 할 때에는 티몰레온을 불렀다. 그러면 티몰레온은 노새가 끄는 수레를 타고 시장을 가로질러 극장으로 갔다. 티몰레온이 탄 수레가 들어오면 시민들은 한목소리로 인사하며 티몰레온의 이름을 외쳤고 티몰레온은 인사를 받아주며 시민들의 환호가 잦아들 때까지 기다렸다. 그런 다음 논의가 되고 있는 문제를 귀 기울여 듣고 의견을 말했다. 의견이 채택되면 수행원들은 수레를 극장 밖으로 이끌었고 시민들은 환호를 지르며 티몰레온을 배웅한 뒤 계속해서 나머지 사안들을 처리했다.

• 이탈리아 시라쿠사에 오늘날까지 남아 있는 고대 그리스 시대의 극장.

•• 오르티기아 섬에 오늘날까지 남아 있는 고대 그리스 시대의 성곽. 오르티기아 섬은 디오뉘시오스가 몸을 숨기고 있던 아크로폴리스가 있었던 곳.

XXXIX.

이처럼 한없는 존경과 선의 속에서 노년의 티몰레온은 모두의 아버지로서 아낌을 받았다. 그러나 티몰레온의 노쇠한 몸은 사소한 병을 얻어 끝을 맞았다. 쉬라쿠사이 사람들이 장례를 준비하는 며칠간 지방에 사는 사람들과 타지인들도 모여들었다. 장례는 위풍당당하게 치러졌다. 제비뽑기를 통해 선택된 젊은이들은 화려하게 장식된 상여를 들고, 티몰레온이 파괴하기 전 디오뉘시오스의 궁전이 서 있던 구역을 지나갔다. 남녀 수천 명이 이 상여를 뒤따랐고 그 모습은 축제를 연상케 했다. 모두 흰 옷을 입고 머리에는 화관을 쓰고 있었기 때문이다. 곡소리와 눈물은 망자에 대한 축복의 말과 섞였다. 형식적인 존경의 표시나 법 절차의 준수를 떠나 사람들은 순수한 선의에서 나오는 슬픔과 감사의 마음을 드러내 보이고 있었다.

마침내 상여가 장작더미 위에 놓이자 당시 목소리가 가장 우렁찼던 데메트리오스가 다음 선포문을 읽어 내려갔다.

"쉬라쿠사이 시민들은 코린토스 출신, 티모데모스의 아들 티몰레온을 여기 묻는다. 장례비용은 2백 므나이며 앞으로 매해 열리는 음악, 기마, 체육 경기에서 티몰레온을 기리도록 한다. 그가 참주들을 끌어내렸고 외세를 물리쳤으며 황폐해진 도시들 가운데 가장 큰 쉬라쿠사이로 사람들을 이주시키고 시켈리아의 모든 헬라스 사람들에게 법을 되돌려주었기 때문이다."

나아가 시민들은 티몰레온의 유해를 시장에 묻고 그 주변에 주랑 현관을 두르고 체육관을 지었다. 그리고 이곳을 티몰레온테이온이라고 이름 짓고 청년들을 위한 체육 학교로 썼다. 그리고 티몰레온이 확립한 정치 체제와 법체계를 사용하면서 오랫동안 온전한 행복과 번영을 누렸다.

파울루스
아이밀리우스

II.

아이밀리우스 집안이 로마에서 가장 유서 깊은 귀족 가문이라는 데에는 역사가 대부분이 동의한다. 가문의 시조는 퓌타고라스의 아들 마메르코스이며 마메르코스의 별명 아이밀리우스는 곧 가문의 이름이 되었다. 화법이 우아하고 매력적이어서 주어진 별명이라고 한다. 이는 퓌타고라스가 누마 왕의 스승이었다고 주장하는 역사가들이 하는 말이다.

아이밀리우스 가문에서 덕망을 가꾸고 명성을 얻은 사람들은 대부분 운도 좋았다. 반면 루키우스 파울루스는 칸나이에서 맞닥뜨린 불행을 통해 지혜와 용기를 입증했다. 그는 전투를 불사하려는 동료를 말리지 못하고 마지못해 함께 전투에 참여했다. 그러나 도망을 함께하지는 않았다. 위험을 초래한 당사자는 막상 곤경에 빠진 친구를 두고 달아났으나 파울루스는 제자리를 지켰고 적과 싸우다 죽었다.

이 파울루스의 딸 아이밀리아가 바로 대大 스키피오의 아내였고 아들 아이밀리우스 파울루스가 이 글의 주인공이다. 아이밀리우스가 성인이 되었을 당시 로마에는 명성이 자자하고 용맹이 뛰어난 인물들이 넘쳐났다. 그럼에도 아이밀리우스는 눈에 띄는 청년이었다. 그는 당시 젊은 귀족들과 같은 학문을 공부하거나 같은 방법을 통해 사회생활을 시작하지 않았다. 당시 젊은이들은 재판정에서 민사 사건을 변호하거나, 여기저기 인사를 다니며 남의 일에 관심을 기울이곤 했다. 시민들의 충직한 하인으로 선출됨으로써 그들의 호의를 얻으려는 간사한 방법이었다. 그러나 아이밀리우스는 그렇게 하지 않았다. 능력이 부족했기 때문은 아니다. 더 나은 것을 얻고자 했기 때문이다. 아이밀리우스는 용맹스럽고 정의로우며 믿음직한 행동으로부터 생겨나는 명성을 원했다. 이 방면에서 아이밀리우스는 단번에 또래들을 넘어섰다.

III.

좌우간 아이밀리우스는 조영관이 되기 위해 처음으로 고위직 선거에 출마했을 때 후보 열두 명을 제치고 당선되었다. 그 열두 명은 나중에 모두 집정관에 오를 정도로 훌륭한 인물들이었다고 한다. 나아가 아우구르가 되었을 때에는 로마의 옛 관습을 꼼꼼하게 공부하고 고대 로마인들의 의식 절차를 빈틈없이 이해했다. 로마의 사제들은 새의 비행이나 하늘에 나타나는 징조를 보고 앞일을 예언했는데 아우구르는 바로 이 기술을 지키고 관장하는 관리였다.

보통 사람들은 사제직을 단순한 관직으로 여기고 관직에 뒤따르는 명성을 얻기 위해 아우구르가 되었지만 아이밀리우스는 자신의 임무를 고도의 기술로 보이게 했다. 종교를 신의 숭배에 관한 학문이라고 정의하는 철학자들의 말을 입증한 것이다.

- 장 레옹 제롬의 그림을 바탕으로 한 판화. 우측 사제의 손에 들린 구부러진 지팡이가 바로 사제들이 예언을 할 때 쓰는 예언 지팡이이다.
- 아우구르. 역시 예언 지팡이를 들고 있다.

아이밀리우스는 관직의 모든 임무를 숙련된 솜씨로 정성들여 수행했고 임무를 수행할 때에는 다른 모든 고민은 미루어놓았다. 뿐만 아니라 새로운 것을 더하지도 빼지도 않았으며 사소한 절차에 관해서도 동료들과 토론했다. 그리고 이렇게 설명했다. "신께서는 너그러우시고 부주의에서 나온 실수를 바로 벌하시지 않으나 그렇다고 해서 절차를 소홀히 하고 실수를 허용한다면 나라에 좋을 리 없다. 처음부터 나라 체제에 해를 입히려고 심각한 범법 행위를 저지르는 사람은 없다. 그러나 사소한 일을 할 때 선을 엄격하게 지키지 않는 사람은 큰일을 할 때도 선을 넘어 버린다."

나라의 군사적 전통과 관습을 따지고 지키는 데에도 마찬가지로 엄격했다. 지휘권을 쥐고 있을 때에는 대중적 인기를 갈구하지 않았다. 당시 대부분의 지휘관들은 임기 내 병사들의 비위를 맞추며 재임을 노렸다. 그러나 아이밀리우스는 엄숙한 의식을 주재하는 사제처럼 특정한 관습의 구체적인 내용을 빈틈없이 설명했고 복종하지 않는 자들은 가만두지 않았다. 그리하여 나라를 예전처럼 위대하게 만들었고 적과 싸워 승리하는 일을, 동료 시민들을 훈련시키는 과정에서 나오는 부수적인 결과로 생각했다.

IV.

로마가 대大 안티오코스와 전쟁을 시작한 뒤 로마의 가장 노련한 지휘관들은 이 전쟁에 투입되어 있었다. 그 와중에 서쪽에서 또 다른 전쟁이 일어났으며 이베리아스페인 역시 커다란 소란에 휘말려 있었다. 바로 이 전쟁에 아이밀리우스가 법무관으로 파견되었다. 대개 법무관은 수행원 여섯을 데리고 다니기 마련인데 아이밀리우스에게는 수행원이 총 열두 명 주어졌으므로 아이밀리우스의 권력은 집정관과 동일한 수준이었다.

아이밀리우스는 정식 전투를 두 차례 치르며 적을 무찔렀고 약 3만 명을 죽였다. 승리는 무엇보다 지휘력 덕분이었다. 아이밀리우스는 유리한 전장을 선정하고 강을 건넘으로 해서 병사들에게 손쉬운 승리를 안겨주었다. 나아가 250개 도시의 주인이 되었는데 도시들이 스스로 복종을 해왔기 때문이다. 아이밀리우스는 도시들로부터 해당 지역에서 분쟁을 일으키지 않고 다만 로마에 충성하겠다는 약속을 받은 뒤 로마로 돌아왔다. 원정에서 벌어들인 돈이라고는 한 푼도 없었다. 실로 아이밀리우스는 돈을 버는 데 무관심했고 재산을 아끼지 않고 후하게 베풀었다. 재산이라고 해서 많지도 않았다. 사망 후 남은 재산은 아내가 가지고 왔던 지참금을 겨우 넘어서는 액수였다.

V.

아이밀리우스의 아내는 마소의 딸 파피리아였다. 마소는 집정관을 지낸 적이 있는 사람이었다. 파피리아가 훌륭한 아들들을 낳아주었음에도 아이밀리우스는 파피리아와 꽤 오랫동안 살다가 이혼했다. 스키피오와 파비우스 막시무스를 낳은 여인이 바로 파피리아였다. 이혼 사유에 대한 기록은 남아 있지 않다.

이혼에 관한, 그런대로 타당한 이야기를 하나 소개해 보겠다.

한 로마 사람이 아내와 이혼을 했는데 친구들이 타박하며 말했다.

"정숙한 여인이지 않았나? 아름다운 데다 아이도 잘 낳아주지 않았나?"

그러자 이혼한 남자가 칼케우스라는 로마식 신발을 들어 보이며 말했다.

"이 신발은 보게. 멋지지 않나? 새 것이지 않나? 그렇지만 이 신발 때문에 내 발 어디가 불편한지 자네들이 알 수 있겠나?"

크고 심각한 잘못으로 인해 이혼을 하는 경우도 있다. 그러나 작은 흠이나 성격 차이로 일어나는 사소하고 빈번한 마찰은 남들에게 보이지는 않아도, 인생이 서로 얽혀 있는 두 사람에게는 돌이킬 수 없이 멀어지는 원인이 된다.

파피리아와 이혼한 아이밀리우스는 다른 아내를 얻었다. 새 아내가 아들 둘을 낳자 집에서 키웠지만 전처가 낳은 두 아들은 명성이 자자한 위대한 가문으로 보냈다. 큰 아들은 집정관을 다섯 차례 지낸 파비우스 막시무스의 집안으로, 둘째 아들은 친사촌 스키피오 아프리카누스의 양자로 들여보냈다.*

VI.

이어서 집정관이 된 아이밀리우스는 알페스알프스 산맥의 리구리아 정벌에 나섰다. 리구리아 사람들은 전쟁에 능하고 활동적인 민족이었고 로마와 가까운 덕택에 전쟁 능력이 나날이 발전하고 있었다. 리구리아 사람들이 거주하는 지역은 알페스 산맥에 둘러싸인 이탈리아 반도의 가장자리, 그리고 에트루리아 해海에 접해 있으면서 리뷔에아프리카를 바라보는 알페스 산맥 지역이었다. 그들은 이 지역에서 갈리아, 이베리아 사람들과 섞여 살았다.

뿐만 아니라 해적질을 하며 바다를 휘어잡고 있었다. 멀게는 헤라클레스의 기둥까지 나아가 화물을 빼앗거나 파괴했다. 따라서 아이밀리우스가 정벌을 나서자 리구리아는 4만 병력으로 맞섰다. 그러나 아이밀리우스는 겨우 8천 명을 거느리고 다섯 배나 되는 리구리아 군대와 싸웠으며 패주시켰다. 이어서 적을 스스로의 성안에 가두고 인도적이고 회유적인 조건을 내걸었다.

사실 로마의 관심사는 리구리아를 깡그리 무너뜨리는 것이 아니었다. 당시 갈리아 사람들은 언제든 이탈리아로 밀고 내려올 수 있다고 위협하곤 했다. 이 갈리아 사람들을 막는 방벽이자 보루가 바로 리구리아 사람들이었다. 따라서 리구리아 사람들은 아이밀리우스를 믿고 도시 여러 곳과 함선을 넘겼다.

그러자 아이밀리우스는 도시들을 그대로 되돌려주거나 성벽만을 무너뜨린 뒤 되돌려주었다. 그러나 함선은 모두 빼앗았고 노가 세 개 이상 있는 배는 하나도 남겨두지 않았다. 또한 육지와 바다에서 붙잡은 포로들을 안전하게 풀어주었다. 수많은 포로들 중에는 로마 사람들도 있었고 그 밖의 나라 사람들도 있었다. 아이밀리우스는 첫 집정관 임기 내에 이와 같은 혁혁한 공을 세웠다.

이후 아이밀리우스는 두 번째로 집정관이 되고 싶다는 사실을 공공연히 밝혔다. 한 번은 실제로 후보 선언을 했으나 선출되지 않았다. 그러자 집정관직을 더 이상 추구하지 않았다. 대신 아우구르 임무에 충실했으며 두 아들을 공부시키는 데 힘썼다. 자신이 받았던 로마식 전통 교육에도 힘썼지만 더욱 열정적으로 헬라스식 교육을 했다. 어린 두 아들을 에워싼 문법학자, 철학자, 수사학자들은 하나같이 헬라스 출신이었다. 뿐만 아니라 만들기, 그리기, 말과 개를 관리하는 법, 사냥을 가르치는 사람들까지 모두 헬라스 출신이었다. 아이밀리우스는 특별한 바깥 일이 없으면 아이들이 공부나 연습을 할 때 언제나 자리를 함께했다. 그는 어느새 로마에서 가장 가정적인 아버지가 되어 있었다.

VII.

당시 정세를 말하자면 로마는 마케도니아 왕 페르세우스와 전쟁 중이었다. 그러나 지휘관들은 경험 부족과 두려움으로 인해 원정을 우스꽝스럽고 불명예스러운 방식으로 지휘하고 있었다. 게다가 주는 피해보다 받는 피해가 더 많았으므로 로마는 이들을 심하게 비난하고 있었다.

그도 그럴 것이 로마 사람들은 대大 안티오코스를 아시아 구석으로 몰아 타우로스 산맥 저편에 있는 쉬리아에 가두어 놓은 민족이었다. 거기서 안티오코스는 1만 5천 탈란톤을 내고 기꺼이 조약을 맺었다. 뿐만 아니라 텟살리아에서 필립포스를 무찌르고 헬라스 사람들을 마케도니아로부터 해방시킨 민족이었다. 또한 그 어느 군주보다 강력하고 과감한 한니발을 철저히 짓누른 민족이었다.

따라서 로마 사람들은 로마의 상대도 되지 않는 페르세우스와 싸움을 치러야 한다는 사실을 몹시 수치스럽게 생각했다. 페르세우스는 이미 오래전부터, 아버지 군대의 패잔병들로 이루어진 오합지졸을 데리고 전쟁을 치르고 있었기 때문이다. 그러나 로마가 모르고 있는 사실이 있었다. 페르세우스의 아버지 필립포스가 한 번 패배를 겪은 뒤 마케도니아 군대를 전보다 더 강력하고 전투적으로 만들어 두었다는 사실이었다.*

• 페르세우스 왕의 얼굴이 새겨진 마케도니아 동전.

VIII.

필립포스는 스콧투사에서 티투스 플라미니누스의 손에 대패한 뒤 한동안 겸손한 태도를 유지했다. 모든 이권을 로마에 넘기고, 크지 않은 벌금을 내는 것에 만족한 것이다. 그러나 점점 자신의 처지가 답답하게 느껴졌다. 로마의 호의로 왕위를 유지하는 것은 고기와 술에 만족하는 포로가 할 짓이지 투지와 기백을 가진 사내가 할 짓이 아닌 것 같았다. 따라서 전쟁을 염두에 두고 비밀리에 교활한 방법으로 준비를 했다. 곧 예비군 3만 명분의 무기가 마련되었고 요새에는 곡식 8백만 메딤노스가 쌓였다. 그리고 십 년 간 나라를 지켜줄 용병 1만 명을 유지하는 데 충분한 돈이 모였다.

그러나 필립포스는 계획을 실행에 옮겨보지도 못하고, 준비해둔 모든 것들을 써보지도 못한 채 슬픔과 괴로움으로 죽었다. 아들 데메트리오

• 1메딤노스는 약 53리터.

스를 부당한 이유로 사형에 처했다는 사실을 알게 된 후였다. 못난 아들 페르세우스의 거짓 비난 때문이었다. 남은 아들 페르세우스는 아버지의 왕국과 함께 로마에 대한 증오도 물려받았다. 그러나 그 짐을 지고 갈 능력이 부족했는데 소심하고 비열한 본성 때문이었다. 이 본성은 온갖 걱정과 신경질로 나타났고 그 가운데 가장 두드러진 것이 탐욕이었다.

게다가 페르세우스는 적자가 아니었다고 한다. 전해지는 이야기에 따르면 페르세우스가 태어나자마자 필립포스의 아내가 아이를 친어머니로부터 떼어놓았다. 아르고스 여인이었던 친어머니 그나타이니온은 침모였다. 왕비는 이 여인의 아이를 데려와 제 자식이라고 속였다. 페르세우스가 데메트리오스를 두려워하고 죽일 계획을 세운 주된 이유도 이것이었다. 페르세우스는 왕가의 적자가 왕위를 물려받은 뒤 자신의 부정한 태생을 밝힐 것이 두려웠다.

IX.

출생이 천하고 보잘것없었을지라도 페르세우스에게는 강력한 왕권이 있었다. 이 권력을 가지고 그는 전쟁을 시작했고 끈질기게 물고 늘어졌다. 거대한 군대와 함대를 거느린 집정관급 지휘관들을 물리치는가 하면 때로는 정복하기도 했다.*

뿐만 아니라 다르다니아 지방 사람들을 상대로 중요하지 않은 원정을 나가기도 했다. 로마를 얕잡아보고 있으며 시간이 남아돈다는 의미였다.* 페르세우스가 이방 민족의 돈을 받고 갈리아 남부 아드리아 해안을 따라 이탈리아를 침략하려고 한다는 소식도 들려왔다.

X.

　로마 시민들은 이 소식을 듣자마자 장군을 꿈꾸는 자들의 호의와 약속과 작별하기로 했다. 대신 중대한 일을 다룰 줄 아는 지혜로운 인물의 지도력을 요구해야겠다고 생각했다. 파울루스 아이밀리우스가 그런 사람이었다. 어느새 나이가 들어 약 60세가 된 아이밀리우스였다. 그러나 몸의 기력은 최상의 상태였고 주변에는 젊은 아들과 사위들이 울타리처럼 늘어서 있었다. 게다가 영향력이 큰 동료와 친척들도 거느리고 있었다. 민중이 아이밀리우스에게 집정관직을 제안했을 때 아이밀리우스의 측근은 하나같이 제안을 받아들이라고 권유했다.

　아이밀리우스는 처음에는 대중의 호소를 외면했다. 관직을 원치 않는다며 대중의 간절하고 끈덕진 요구를 거절하려고 했다. 그러나 시민들은 매일 집으로 찾아와 포룸으로 아이밀리우스를 불러냈다. 뿐만 아니라 소란을 피우며 재촉했다. 아이밀리우스는 결국 손을 들었다.

　집정관 선거 날 후보들 사이에 모습을 드러낸 아이밀리우스는 관직을 얻기 위해서가 아니라 시민들에게 승리를 바치고 자신의 전쟁 능력을 바치기 위해 선거장으로 나온 듯했다. 시민들은 모두 간절한 희망을 품고 아이밀리우스를 맞았고 두 번째로 그를 집정관직에 선출했다. 또한 관습에 따라 제비뽑기를 통해 관할 지방을 결정하지 않고 아이밀리우스에게 곧바로 마케도니아 전쟁의 지휘를 맡기기로 투표로 결정했다.

　이런 이야기도 전해진다. 아이밀리우스가 페르세우스와 싸울 지휘관으로 임명되고 나서 온 시민들의 배웅을 받으며 눈부신 발걸음 끝에 집에 도착했는데 어린 딸 테르티아가 울고 있었다고 한다. 아이밀리우스는 딸을 안고 왜 우는지 물었다. 그러자 딸은 아버지를 껴안고 입을 맞추며 말했다.

"정말 모르세요? 우리 페르세우스가 죽었어요."

집에서 키우는 개의 이름이 페르세우스였던 것이다. 그러자 아이밀리우스가 외쳤다.

"들던 중 반가운 소리구나! 우리 딸, 좋은 징조이니 받아들이자꾸나."

이는 키케로가 『예언술에 관하여』라는 작품에서 전하는 이야기다.

XI.

관례에 따르면 집정관직에 선출된 사람은 연단에 서서 시민들에게 친근한 말로 연설을 함으로써 그들이 보내준 커다란 호의에 보답해야 한다. 그러나 아이밀리우스가 시민들을 소집한 뒤에 한 말은 대략 다음과 같았다. "내가 처음 집정관직에 오른 것은 스스로 관직을 원해서였지만 두 번째 오른 것은 시민들이 지휘관을 필요로 했기 때문이다. 따라서 내게는 시민들에게 갚아야 할 빚이 없다. 만약 다른 지휘관이 전쟁을 더 잘 치를 것 같다고 생각한다면 지휘권을 내려놓겠다. 그러나 나를 믿는다면 시민들은 나와 함께 지휘를 하려들거나 전쟁에 관해 입씨름을 할 것이 아니라 조용히 필요한 물자를 제공해야 한다. 만약 지휘관을 지휘하려 든다면 원정은 지금보다 더 우스꽝스럽게 변할 것이다."

아이밀리우스가 말을 마치자 시민들은 커다란 존경심을 품게 되었으며 미래에 대해 큰 기대를 갖게 되었다. 아첨하는 다른 이들을 제치고 결단력 있는, 정직한 지휘관을 선택한 것을 다행으로 여기기도 했다. 로마 사람들은 이처럼 세계 최고가 되기 위해서라면 고결하고 용맹한 인물의 시종이 되는 것을 마다하지 않았다.

XII.

　이윽고 출정한 아이밀리우스 파울루스는 순탄하고 손쉬운 여정 끝에 빠르고 안전하게 로마 진영에 다다랐다. 나는 이것이 하늘의 축복 덕분이었다고 생각한다. 그러나 아이밀리우스가 전쟁을 끝마칠 수 있었던 것은 부분적으로 용맹무쌍한 기상과 탁월한 계획 덕분이었다. 나아가 위험에 처했을 때 적당한 결단을 과감하게 내린 덕분이기도 하다. 따라서 아이밀리우스의 놀랍고 눈부신 성공을 다른 지휘관들의 경우처럼 저 이름 높은 행운의 신 덕분으로 돌릴 수 없다.

　물론 페르세우스의 탐욕 어린 행위가 아이밀리우스에게 행운이었다고 평가할 수는 있다. 실제로 페르세우스의 탐욕은 위대하고 찬란한 승리에 대한 마케도니아 사람들의 기대를 처참히 짓뭉개 버렸다. 모든 것이 페르세우스가 돈을 아낀 탓이었다.

　사연은 이러하다. 페르세우스는 비스테르나이로부터 기병 1만 명과 그 옆을 지킬 보병 1만 명을 요청한 적이 있었다. 그들은 모두 전업 군인으로 밭을 갈거나 바다를 항해할 줄 몰랐으며 유목민의 삶을 살지도 않았고 단지 한 가지 직무와 기술만 갈고 닦았으니 바로 적과 싸우고 적을 이기는 법이었다. 이들은 키가 크고 기강이 확실했으며 자기 자랑이 심했다. 적을 사납게 위협할 줄도 알았다. 이 병사들이 마이디케에 진영을 치고 왕의 병사들과 섞이자 마케도니아 사람들은 용기가 치솟았다. 로마군이 마케도니아군을 결코 이기지 못할 것이며 용병 부대의 낯설고 혐오스러운 모습과 움직임에 완전히 압도될 것이라는 믿음을 갖게 되었다.

　병사들의 기분이 이처럼 들떠 있고 엄청난 기대로 부풀어 있는 마당에 페르세우스는 용병 부대의 지휘관들에게 각각 황금 1천 덩이를 지급해야 한다는 소리를 듣고 그 액수에 놀라 자빠질 지경이었다. 결국 돈이

아까워 그만 동맹을 거부하고 내팽개쳤다. 하는 짓으로 보아 페르세우스는 로마의 적이 아니라 재무 관리인 같았다. 전쟁 비용을 상대편에 정확히 보고해야 할 의무가 있는 듯했다. 정말 어처구니없는 행동이었다.

페르세우스가 상대편을 보고 배웠으면 좋았을 것이다. 당시 로마군은 필요한 전쟁 물자를 확보하고 있었을 뿐만 아니라 병사 10만을 고용해두고 있었고 병사들에게 봉급을 지급할 준비가 되어 있었다. 그런데 페르세우스는 그토록 커다란 병력에 맞서 싸우면서도, 거대한 예비군을 유지해야 하는 전쟁에서, 마치 남의 재산을 다루듯 황금을 헤아려 주머니에 봉해 놓은 것이다.*

XIII.

*이런 어처구니없는 적을 만난 아이밀리우스는 적을 경멸하면서도 적의 병력과 준비 태세는 얕보지 않았다. 페르세우스의 군대는 기병이 4천, 중장비 보병이 40만에 육박했다. 나아가 바다를 등지고 어디로도 접근이 용이하지 않은 올림포스 산자락에 자리 잡고 있었으며 사방에 나무로 된 방벽과 외벽을 둘러놓고 있었다. 페르세우스는 이 속에 편안히 들어앉아 아이밀리우스가 비용이 떨어져 나가떨어질 때까지 시간을 끌고자 했다.

그러나 아이밀리우스는 포기를 모르는 사람이었고 가능한 모든 전략과 공격 방법을 시험해 보는 사람이었다. 그러나 이전부터 기강이 해이했던 아이밀리우스의 군대는 싸움이 지체되는 것을 견디지 못했으며 지휘관들에게 여러 무리한 요구를 하곤 했다. 그러자 아이밀리우스는 병사들을 꾸중하며 다른 것은 생각도 고민도 하지 말라고 가르쳤다. 오로지 전투를 위해 몸과 무기를 최상의 상태로 유지해야 한다는 생각, 지휘관의 신호가 떨어지면 로마인답게 칼을 휘두를 생각만 하라고 다그쳤다. 뿐만 아니라 야간 보초를 서는 병사들로부터 창을 빼앗았다. 적이 다가올 때 스스로 방어할 수 있는 능력이 없다면 더욱 긴장할 것이고 쉽게 졸지 못하리라고 생각했기 때문이다.

XIV.

그러나 병사들은 무엇보다 마실 물이 없어서 참기 힘들었다. 가느다란 물줄기만이 흘러내려 바다 가장자리에 고일 뿐이었고 그마저도 맛이 형편없었다. 아이밀리우스는 높고 울창한 올림포스 산이 근처에 있는 것에 주목했다. 숲이 푸르른 것을 보아 땅 밑에 물길이 있음이 분명했다. 따라서 산자락 주변으로 물구멍 및 우물을 팠다. 그러자 맑은 물이 흘러나와 구멍을 채웠다. 산의 무게와 압력에 억눌려 있다가 공백이 생기자 배출된 것이다.*

XV.

아이밀리우스는 며칠 동안 가만히 시간을 끌었다. 그토록 커다란 두 군대가 그토록 고요했던 적이 없었다고 한다. 아이밀리우스는 모든 가능성을 시험해 보고 고려해 보다가 한 가지 가능성을 발견했다. 적이 지키지 않고 있는 길목이 하나 있으며 이 길목이 퓌티온, 페트라를 지나 페르라이비아로 향하는 길목이라는 사실이었다. 아이밀리우스는 이 길목을 지키는 사람이 없다는 사실에서 희망을 얻었을 뿐, 길목이 워낙 험하고 까다로워서 지키는 사람이 없다는 사실에 겁먹지 않았다. 따라서 이와 관련해 회의를 열었다.

회의 참석자 중에는 스키피오 아프리카누스의 사위 스키피오 나시카가 있었다. 이후 원로원에서 최고 영향력을 누리기도 했던 이 스키피오는 포위 공격 부대를 이끌겠다고 가장 먼저 자청하고 나섰다. 이어서 아이밀리우스의 맏아들 파비우스 막시무스도 열의를 보이며 지원했다. 아이밀리우스는 기쁜 마음에 이들에게 병사들을 붙여주었는데 폴뤼비오스가 전하는 만큼 큰 숫자는 아니었다. 나시카 자신이 어느 군주에게 보내는 짧은 편지에서 언급한 숫자가 정확할 것이다. 즉 로마 시민을 제외한 이탈리아 사람이 3천 명, 그리고 5천에 달하는 좌측 날개 전부였을 것이다.

그밖에도 나시카는 기병 120명, 하르팔로스가 이끄는 트라키아와 크레테 병사 2백을 데리고 바다로 난 길을 따라가다 헤라클레이온 근처에 진영을 쳤다. 바닷길을 이용해 적의 진영을 에워싸려는 것처럼 보이기 위해서였다. 그러나 병사들이 식사를 마친 뒤 날이 저물자 나시카는 부관들에게 실제 의도를 설명했고 밤을 틈타 바다 반대 방향으로 부하들을 이끌었다. 그리고 퓌티온 아래 멈추어 군대를 쉬게 했다. 올륌포스 산은 이 지점에서 10스타디온이 넘는 높이로 솟아 있다.*

XVI.

　나시카는 바로 이곳에서 밤을 지새웠으나 페르세우스는 전혀 눈치 채지 못했다. 아이밀리우스가 조용히 제자리를 지키고 있었기 때문이다. 그런데 하필 행군 중에 도망친 크레테 탈영병 하나가 페르세우스를 찾아가 로마군의 우회 계획을 발설했다. 페르세우스는 혼란스러웠으나 진영을 움직이지 않았다. 대신 밀론에게 외국인 용병 1만 명과 마케도니아 병사 2천 명을 주어 서둘러 길목을 먼저 점령하도록 했다.

　폴뤼비오스의 말에 따르면 로마군은 적이 잠든 틈을 타 공격을 감행했다. 그러나 나시카는 길목을 점거하기 위해 치열하고 위험한 싸움이 벌어졌다고 말하고 있다. 나시카 자신은 트라키아 용병이 공격해 오자 창으로 가슴을 때려 숨지게 했다고 말한다. 적이 물러가고, 밀론이 갑옷과 외투까지 내팽개치고 극히 불명예스럽게 도주하는 것을 지켜본 나시카는 손쉽게 추격을 이어가다가 마침내 군대를 이끌고 들판으로 내려갔다.

　이 사건이 있고 페르세우스는 서둘러 진영을 접고 후퇴했다. 몹시 두려웠으며 희망도 보이지 않았다. 그래도 퓌드나 앞에서 제자리를 지키며 전투를 무릅쓸 수밖에 없었다. 그러지 않으면 일단 군대를 여러 도시로 나누어 보낸 뒤 승부를 기다려야 했다. 전쟁을 한 번 영토 안으로 끌어들였다가는 다시 몰아내기 위해 엄청난 피를 보아야 할 것이 틀림없었다.

　반면 퓌드나에서 페르세우스는 수적으로 우세했다. 게다가 병사들은 처자식을 지켜야 했다. 뿐만 아니라 왕이 자기 목숨을 걸고 병사들의 모든 움직임을 지켜보고 있는데 병사들이 치열하게 싸우지 않을 리 없었다. 이것은 페르세우스를 격려하고 부추긴 동료들의 논리이기도 했다.

설득에 넘어간 페르세우스는 진영을 치고 전투에 대비해 병력을 가다듬었다. 또한 전투가 벌어질 장소를 살펴보고 여기저기 명령을 내렸다. 로마군이 당도하자마자 싸울 작정이었다.

전장에는 보병들이 밀집 대형을 이루고 싸우기 적당한 들판이 있었다. 밀집 대형을 이루려면 평평한 땅을 단단히 딛고 서야 했기 때문이다. 전장에는 끊임없이 이어지는 언덕지대도 있었다. 이 지대는 척후병이나 경무장 보병들이 후퇴하거나 측면 공격을 할 때 유용했다. 나아가 전장 한가운데로 아이손 강과 레우코스 강이 흘렀는데 늦여름이었던 당시에는 깊지는 않았으나 로마군에게 꽤 큰 골칫덩어리가 될 수 있었다.

XVII.

아이밀리우스는 나시카와 합류한 뒤 전투 대형을 이루고 적에게 다가갔다. 그러나 적의 규모와 대형을 보고 경악을 했다. 행군을 멈춘 아이밀리우스는 고민에 빠졌다. 한편 젊은 지휘관들은 전투를 하고픈 마음이 간절했으므로 지체하지 말아달라고 간청했다. 특히 나시카는 올륌포스 산에서 승리한 뒤 의기양양한 상태였다. 그러나 아이밀리우스는 미소를 지으며 말했다.

"내가 그대처럼 젊다면 나도 그러고 싶겠지. 그러나 수차례 승리를 거치며 패자들의 실수를 배워온 나일세. 행군 직후 대열이 완전히 갖추어진 밀집 대형을 상대로 전투를 한다는 일은 있을 수 없네."

말을 마치고 아이밀리우스는 적의 시야에 노출된 최전방의 병사들로 하여금 전열을 갖추게 함으로써 전선을 구축한 것처럼 보이도록 했다. 그동안 다른 병사들은 뒤쪽으로 방향을 바꾸어 참호를 파고 진영을 구획했다. 끄트머리에 있는 병사들을 순차적으로 뒤로 돌아서게 하는 방식으로 적이 모르는 사이 전선을 해체하고 병사 모두를 질서 있게 참호 속으로 이동시킨 것이다.

이윽고 밤이 되었고 식사를 마친 병사들이 휴식을 취하거나 잠에 들려고 할 때였다. 갑자기 휘영청 떠 있던 보름달이 빛을 잃고 어두워지며 온갖 빛깔로 차례대로 변했다. 그리고 마침내 사라졌다. 로마인들은 관습에 따라 청동 도구를 맞부딪치거나 하늘을 향해 훨훨 타오르는 횃불을 일제히 들어 올리며 달빛을 도로 불러오려고 했다. 마케도니아 사람들은 이런 행동을 일절 하지 않았으나 진영은 여전히 놀라움과 공포에 사로잡혔다. 이어서 소리 없이 퍼진 소문에 따르면 월식은 왕이 가려진다는 의미였다.

그러나 아이밀리우스는 불규칙한 월식에 대해 모르거나 이를 생소하게 느끼지 않았다. 월식은 주기에 따라 달의 궤도가 지구의 그림자 속으로 들어감으로써 달이 사라지는 것을 의미한다. 달은 그림자 영역을 지나 태양의 빛을 반사하면서 다시 나타난다. 그러나 아이밀리우스는 믿음이 돈독했고 제물을 바치고 점을 치는데 몰두했으므로 달이 그림자에서 벗어나는 것을 보자마자 암소 열한 마리를 바쳤다. 그리고 날이 밝자마자 헤라클레스에게 황소를 무려 스무 마리 바쳤으나 상서로운 징조를 얻지 못했다.

그러나 스물한 번째 제물과 함께 좋은 징조가 나타났고 먼저 공격하지 않는다면 승리할 수 있다는 예언을 얻었다. 따라서 신께 황소 1백 마리와 장엄한 경기를 약속한 뒤 군대를 전투 대형으로 배치하도록 명령했다. 그동안 아이밀리우스 자신은 적의 진영과 전장을 향해 열려 있는 막사에 앉아 태양이 서쪽으로 떨어지기를 기다렸다. 병사들이 태양을 등지고 싸우길 바랐기 때문이다.

XVIII.

저녁 시간이 가까워 왔을 때 아이밀리우스는 적이 먼저 공격을 시작하게 만들고자 계략을 짰다. 계획에 따라 로마군은 고삐 풀린 말을 적진으로 보냈다. 그리고 말을 쫓다가 적과 부딪쳤다. 이처럼 말을 추격하다 전투가 시작되었다는 것이 일부의 주장이다.

다른 주장도 있다. 알렉산드로스의 지휘를 받고 있던 트라키아 사람들이, 꼴을 나르던 로마 측 짐승을 덮쳤다. 이어서 리구리아 병사 7백이 진영을 박차고 나와 열띤 싸움을 벌였다. 그러자 양측에서 지원군을 보냈고 전투는 전체로 퍼졌다.

아이밀리우스는 마치 키잡이처럼, 동요하는 두 군대를 보고 커다란 폭풍우가 다가오고 있음을 깨달았다. 막사에서 나온 아이밀리우스는 군단 병들을 격려하며 사기를 돋우었다. 한편 척후병들이 있는 곳으로 말을 몰고 간 나시카는 적의 군대가 코앞에 다가온 것을 보았다.

적의 전방은 트라키아 병사들이 차지하고 있었다. 나시카에 따르면 트라키아 병사들의 겉모습은 극도로 공포스러웠다. 키가 컸으며 검은 옷 위로 희고 번쩍이는 방패를 들고 정강이받이를 하고 있었다. 우측 어깨 위로는 묵직한 쇠머리가 달린 전투용 도끼를 짊어지고 있었다. 트라키아 병사들 옆으로 또 다른 용병 부대가 함께 전진했다. 장비는 다양했고 파이오네스족도 거기 섞여 있었다. 나란히 놓인 세 번째 부대는 정예 부대였다. 마케도니아의 꽃이라고 할 수 있는 당차고 용감한 이 젊은이들은 황금으로 칠한 갑옷과 깨끗한 붉은 외투를 입은 채 빛을 발하고 있었다.

이들이 대열 속에 자리를 잡는 동안 후방에서는 청동 방패라고 불리는 밀집 대형이 진영을 나서며 빛을 발산했다. 쇠와 청동이 번득이며 들판을 채웠고 언덕은 환호하는 병사들의 요란한 고함소리로 가득했다. 적이 얼마나 과감하고 또 빠르게 진격했는지 로마 병사가 처음으로 죽임을 당한 곳은 로마 진영에서 2스타디온이 채 되지 않는 곳이었다.

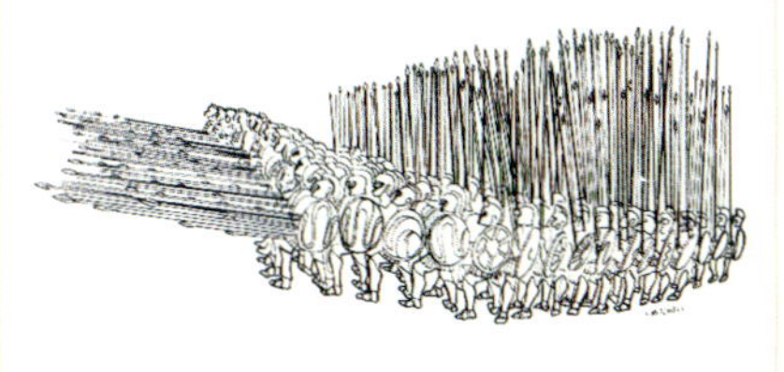

• 마케도니아 병사를 그린 고대 조각.
•• 마케도니아식 밀집대형. 병사들은 길이가 매우 긴 창 '사리사'를 들고 싸웠다.

XIX.

아이밀리우스는 공격이 시작되자마자 앞으로 나왔다. 그리고 전방에 있는 마케도니아 병사들이 이미 장창의 끝을 로마 병사들의 방패에 꽂았다는 사실을 발견했다. 그 탓에 로마 병사들의 칼이 무용지물이었다. 다른 마케도니아 병사들도 마찬가지로 어깨에 메고 있던 방패를 앞으로 돌려 메고 장창을 서로 같은 높이로 든 다음 로마 병사들을 막아내고 있었다. 마케도니아 병사들이 방패를 엮어 마련한 방어선은 견고했으며 그들의 공격은 격렬했으므로 아이밀리우스는 경악과 공포에 사로잡혔다. 그보다 더 무시무시한 광경은 본 적이 없었다. 아이밀리우스는 이후에도 종종 그때 보았던 광경과 느꼈던 기분을 이야기하곤 했다. 그러나 전투 당시에는 투구나 가슴받이도 없이 말을 타고 다니며 부하들을 향해 환한 표정을 지어보였다.

반면 폴뤼비오스의 말에 따르면 마케도니아 왕은 전투가 시작되자마자 겁을 집어먹었다. 그래서 헤라클레스에게 제물을 바친다는 핑계를 대고 성으로 말을 몰았다. 그러나 헤라클레스는 겁쟁이의 비겁한 제물은 받지 않고 섭리에 어긋나는 기도는 들어주지 않는다. 활을 쏘지 않은 사람이 과녁을 맞추고, 맞서 싸우지 않는 사람이 싸움에서 이기는 것은 섭리가 아니기 때문이다. 한마디로 아무것도 하지 않는 사람이 성공하거나 사악한 사람이 번영하는 것은 섭리가 아니다. 결국 헤라클레스는 아이밀리우스의 기도를 들어주었다. 용기와 승리를 달라고 기도하면서 계속 창을 휘두른 덕분이고 함께 싸워달라고 청원하며 스스로 싸운 덕분이다.*

XX.

한편 마케도니아군의 밀집대형을 공격하던 로마군은 도무지 틈새를 찾을 수가 없었다. 그러자 펠리그니족 지휘관 살비우스는 부대의 표장을 잡아채더니 적병들 사이로 던져버렸다. 이탈리아 지방 사람들은 표장을 버리는 행위를 불경하고 이치에 어긋나는 행위로 생각했으므로 펠리그니족 사람들은 표장이 떨어진 곳으로 서둘러 달려갔다. 이어서 양측은 끔찍한 피해를 입히고 또 입었다.

로마군이 적의 긴 창을 칼로 쳐내거나 방패로 밀치거나 맨손으로 잡아 젖히려는 가운데 마케도니아 병사들은 긴 창을 양 손에 굳게 쥐고 전진했다. 장창은 공격해 오는 로마 측 병사들의 갑옷까지 꿰뚫었다. 방패도 갑옷도 마케도니아의 긴 창을 막지 못했으므로 펠리그니족과 마르루키니족 사람들은 던져지다시피 뒤로 물러났다. 곧이어 마치 짐승처럼 격분한 두 부족 사람들은 앞뒤 가리지 않고 적의 창을 향하여 달려들었고 죽음을 맞았다.

최전선이 이렇게 무참히 잘려나가자 그 뒤에 서 있던 병사들도 후퇴할 수밖에 없었다. 도주하는 병사는 없었지만 결국 모두 올로크로스 산으로 철수해야 했다. 포세이도니오스가 전하는 말에 따르면 아이밀리우스는 이 광경을 지켜보다 입고 있던 옷을 쥐어뜯었다. 아군의 일부분은 후퇴를 하고 있었고 나머지는 적의 밀집 대형으로부터 비켜나고 있었기 때문이다. 밀집 대형은 전혀 뚫릴 기미를 보이지 않았고 빽빽이 들어선 장창은 방어막을 형성하고 있어 어디에서도 공격하기 어려웠다.

그러나 지대가 평평하지 않았고 전선이 지나치게 길었으므로 마케도니아 병사들도 방패를 계속해서 얽어 들고 있기는 쉽지 않았다. 아이밀리우스가 관찰하니 마케도니아 군의 밀집대형에 여러 균열과 빈틈이 생기는 것이 보였다. 군대의 규모가 크고 전투병들의 노력이 분산되는 경우 자연스러운 현상이다. 따라서 아이밀리우스는 잽싸게 병사들에게 다가갔고 병력을 잘게 나누어 적의 전선의 틈새와 빈 공간을 공략하는 접근전을 펼치라고 명령했다. 적군 전체를 상대로 하나의 전투를 할 것이 아니라 여러 작은 전투를 연속적으로 펼칠 것을 주문한 것이다.

아이밀리우스의 명령이 부관들을 통해 병사들에게 전달되자 병사들은 빈틈을 찾아 적의 대열 속으로 파고들었고 갑옷이 보호하고 있지 않은 옆구리를 공격했다. 또한 뒤에서 공격함으로써 대열을 분리시키기도 했는데 이렇게 되자 밀집 대형의 위력과 전체적인 효율이 떨어지며 결국 해체되었다.

곧이어 마케도니아 병사들은 일대일, 혹은 소규모로 적과 대결해야 했다. 그들은 로마군의 견고하고 긴 방패를 단검으로 마구 내리쳐 보았지만 소용이 없었다. 반면 나뭇가지를 엮어 만든 가벼운 마케도니아 방패는 로마식 검에 무용지물이었다. 로마 병사들의 칼날은 빠른 속도로 묵직하게 날아왔으므로 갑옷을 뚫고 몸에 상처를 입힐 정도였다. 결국 마케도니아 병사들은 제대로 방어도 못해 보고 패주했다.

XXI.

결코 수월한 전투는 아니었다. 카토의 아들이자 아이밀리우스의 사위 마르쿠스는 온 힘을 다해 전투에 임하다 칼을 잃어버렸다. 풍부한 교육을 받고 자라났으며 훌륭한 아버지께 탁월한 용맹을 입증할 필요가 있었던 마르쿠스는 칼을 빼앗긴다면 살아 돌아갈 이유가 없다고 느꼈다. 따라서 병사들 사이를 뛰어다니며 만나는 모든 전우와 동료들에게 칼을 잃어버렸다고 알리고 도움을 간청했다. 그러자 돕겠다고 나선 용감한 병사들이 한둘이 아니었다. 그들은 단숨에 앞으로 나와 마르쿠스의 지휘 아래 적진을 덮쳤다. 이어서 치열하게 싸우며 여러 전사자와 부상자를 낸 끝에 적을 몰아냈다. 그리고 빈 공간을 확보하자마자 칼을 찾기 시작했다. 산처럼 쌓인 갑옷과 전사자들의 시체 더미 사이에서 칼이 발견되자 마르쿠스 일행은 기뻐서 어쩔 줄 몰랐고 승리의 노래를 부르며, 여전히 흩어지지 않고 있는 적을 더욱 격렬하게 몰아붙였다.

마침내, 마케도니아 사람 3천 명으로 이루어진 정예부대까지 산산이 부서졌다. 마지막까지 흐트러지지 않고 싸움을 계속하던 부대였다. 도망을 친 병사들은 숱하게 죽임을 당했다. 들판과 낮은 언덕은 시체로 뒤덮였고 로마군이 다음날 레우코스 강을 건널 때까지도 강물에는 피가 섞여 있었다. 전해지는 말에 따르면 적병이 무려 2만 5천 명이나 죽었기 때문이다. 로마군 전사자의 수는 포세이도니오스에 따르면 1백 명, 나시카에 따르면 80명이었다.

XXII.

이 전투는 매우 크고 치열했던 반면 아주 빠르게 결정됐다. 로마군은 오후 세 시에 전투를 시작해서 한 시간도 채 되기 전에 승리했다. 남은 시간은 적을 추격하는 데 썼다. 적을 120스타디온 가까이 추격했기 때문에 돌아왔을 때는 이미 늦은 저녁이었다.

병사들은 하나같이 횃불을 든 하인들의 환영을 받으며 환호 속에 막사로 돌아갔다. 하인들은 막사를 환하게 밝히고 담쟁이덩굴과 월계수 잎을 엮어 장식해 두고 있었다. 그러나 아이밀리우스 장군만은 크나큰 슬픔에 괴로워하고 있었다. 참전한 두 아들 가운데 작은 아들이 전혀 보이지 않았기 때문이다. 아이밀리우스가 특별히 아끼던 둘째 아들이었다. 둘째는 다른 형제들보다 탁월함을 추구하고자 하는 본성이 컸다. 그러나 야심이 컸고 정열적이었던 데다가 나이로 치면 어린아이에 지나지 않았다. 아버지는 자식이 죽은 것이 틀림없다는 결론에 이르렀다. 경험 부족으로 싸우는 도중 적진에 뒤얽혀 들어갔다고 생각한 것이다.

이윽고 전군이 장군의 슬픔과 괴로움을 알게 되었고 병사들은 식사를 멈추고 자리에서 일어나 횃불을 들고 뛰어다니기 시작했다. 아이밀리우스의 막사로 달려간 사람도 많았고 방벽 앞으로 달려가 사체들을 뒤지기 시작한 병사들도 많았다. 진영 안에는 좌절감이 내려앉았고 들판은 스키피오의 이름을 부르는 소리로 가득 찼다. 스키피오는 처음부터 모두의 존경을 받았다. 군대와 사회에서 뛰어난 지도력을 발휘하고자 태어난 듯했으며 그런 그를 쫓아올 사람은 가문에 또 없었다.

밤이 깊어갔고 아이밀리우스가 거의 포기할 지경에 이르렀을 때 추격을 마친 스키피오가 동료 두셋과 함께, 적병의 피를 뒤집어쓰고 돌아왔다. 혈통이 뛰어난 어린 사냥개처럼 승리의 쾌감을 주체하지 못하고 흥분을 한 탓이었다. 훗날 카르타고와 누만티아를 괴멸하고 당대 가장 영향력 있는 로마인이 된 스키피오가 바로 이 스키피오다. 아무튼 행운의 여신은 아이밀리우스의 크나큰 승리에 대한 시기 어린 불만을 잠시 접어두고 승리를 만끽할 수 있는 기회를 돌려주었다.

• 아이밀리우스의 둘째 아들, 스키피오 아이밀리아누스의 무덤. 바티칸 박물관.

XXIII.

그러나 페르세우스는 여전히 퓌드나에서 펠라로 도망을 계속하고 있었다. 기병 거의 전부가 무사히 전투에서 살아남은 덕분이었다. 그러나 보병들은 어느새 기병대를 따라잡았고 그들을 겁쟁이, 배신자라고 욕했다. 뿐만 아니라 기병들을 말에서 끌어내리려고 했으며 주먹을 휘둘렀다. 보병들의 난동에 겁을 먹은 왕은 말머리를 돌려 길을 벗어났으며 자주색 겉옷으로 앞을 가려 눈에 띄지 않도록 애썼다. 왕관도 벗어 손에 들었다. 또한 일행과 이야기하며 걸어가기 위해 말에서 내려 말을 끌고 갔다. 그러나 일행은 각각 벗겨진 신발을 다시 신는 척, 말에게 물을 먹이는 척, 목이 마른 척 서서히 뒤처지더니 어느새 줄행랑을 쳤다. 적군보

212

다 왕의 잔인함이 더 두려웠기 때문이다.

불행을 겪고 상처를 입은 왕은 실제로 패배의 책임을 자신이 아닌 다른 모든 사람들에게 덮어씌우려고 하고 있었다. 그 예로 에욱토스와 에울라이오스를 죽인 일을 들 수 있다. 밤사이 펠라에 도착한 왕은 재무를 담당하는 에욱토스와 에울라이오스를 만났는데 두 사람은 왕을 나무라며 지나치게 과감한 조언과 충고를 아끼지 않았다. 그러자 화가 난 왕은 짧은 검을 뽑아 두 사람을 직접 베어 죽였다.

이 일이 있고 아무도 왕과 남으려고 하지 않았다. 크레테 사람 에반드로스, 아이톨리아 사람 아르케다모스, 보이오테아 사람 네온은 예외였다. 병사들 중에는 크레테 출신 병사들만이 왕에게 계속 충성했는데 선의 때문이 아니라 꿀벌이 벌집을 버리지 않듯 왕의 재물을 버릴 수 없었기 때문이다. 실제로 왕은 상당한 재물을 갖고 이동하고 있었으며 크레테 병사들에게 술잔과 술그릇, 그 밖에도 금은으로 된 가구 등 50탈란톤 상당의 재물을 나누어주었다.

암피폴리스를 거쳐 갈렙소스로 간 페르세우스는 두려움이 어느 정도 사그라지자 선천적이고 오래된 병이 재발했다. 다름 아닌 구두쇠 병이었다. 그는 부하들에게 푸념을 늘어놓으며 잘 모르고 대 알렉산드로스의 황금 접시를 크레

페르세우스가 도피했던 사모트라케의 성소는 오늘날까지 유적으로 남아있다.

테 사람들에게 넘겼다고 했다. 그리고 그 접시를 가진 사람이 있다면 돈과 바꾸자고 눈물어린 애원을 했다.

왕의 의도를 꿰뚫어 본 사람들은 그가 감히 속임수에 능한 크레테 사람들을 속이려 한다는 것을 알았다. 아니나 다를까 왕을 믿고 접시를 돌려준 사람들은 사기를 당하고 말았다. 왕은 약속한 돈을 주지 않았을 뿐더러 동료들에게 30탈란톤을 받은 뒤 이 돈은 금방 적의 손에 들어갔다 사모트라케로 배를 띄워 탄원자로서 디오스쿠로이 신전을 도피처로 삼았다.

XXIV.

마케도니아 사람들은 왕에게 충성스러운 것으로 유명하지만 당시 사람들은 버팀목이 산산조각 났으며 버팀목과 함께 다른 모든 것도 무너졌다고 느꼈다. 따라서 아이밀리우스의 손에 모든 것을 맡기고 이틀 만에 그를 마케도니아 전체의 주인으로 추대했다. 이것은 아이밀리우스의 성공이 보기 드문 행운의 결과라는 주장을 뒷받침하는 것 같기도 하다.* 아이밀리우스가 신의 도움을 받고 있었으며 운이 좋았다는 사실은 승리의 소식이 퍼져 나간 방식에서 뚜렷하게 드러난다. 페르세우스가 퓌드나에서 패배한 지 나흘째 되는 날 로마에서는 경마 행사가 열리고 있었다. 갑자기 경마장 입구에서, 아이밀리우스가 대전투 끝에 페르세우스를 무찌르고 마케도니아 전체를 정복했다는 소식이 들려오기 시작했다. 이후 소문은 군중 사이로 빠르게 퍼져나갔고 사람들은 기뻐하며 환호성을 지르고 박수를 쳤다. 즐거운 분위기는 하루 종일 이어졌다. 그러나 아무도 소문의 확실한 진원을 찾을 수 없었다. 소문이 온 사방에서 동시에 퍼진 듯했으므로 얼마 가지 않아 잠잠해졌다. 그러나 며칠 뒤 정확한 사정이 알려지자 시민들은 먼저 도착했던 소문이 사실이었음을 알고 놀

214

라워했다.*

XXVI.

한편 아이밀리우스 휘하의 해군 대장 그나이우스 옥타비우스는 사모트라케에 닻을 내렸다. 그러나 그는 신을 경배할 줄 아는 사람이었으므로 페르세우스가 성소에서 피난 생활을 즐기도록 내버려두는 동시에 페르세우스가 바다로 도망치지 못하도록 감시를 늦추지 않았다. 그러나 페르세우스는 무슨 수를 썼는지 몰라도 오로안데스라는 크레테 사람을 설득하기에 이르렀다. 작은 배를 가진 오로안데스는 왕과 왕의 재물을 배에 태워주기로 약속했다.

오로안데스는 먼저 밤을 틈타 재물을 배에 실어두었다. 그리고 페르세우스에게 다음 날 밤 데메트리온과 인접한 항구로 아이들과, 필요한 시종들을 데리고 오라고 했다. 그러나 오로안데스는 누가 크레테 사람 아니랄까봐 다음 날 해가 지자마자 홀로 배를 타고 떠나 버렸다.

한편 페르세우스는 요새에 난 조그마한 창을 통해 탈출하는 자신의 신세가 몹시 딱했다. 방랑이나 고생이라고는 해본 적 없는 아내와 아이들도 같은 마음이었다. 페르세우스가 해안에 도착했을 때 오로안데스는 온데간데없었다. 마침 그곳을 지나가던 한 남자가 페르세우스에게 말했다.

"오로안데스요? 돛을 활짝 펼치고 바다로 나가던데요?"

그러자 페르세우스는 그 어느 때보다 처참한 모습으로 신음했다고 한다.

뿐만 아니라 어느새 날이 밝고 있었다. 좌절한 페르세우스는 로마군에게 붙잡히기 전에 아내와 함께 재빨리 요새로 돌아가야 한다는 생각뿐이었다. 그러던 가운데 아이들이 이온에게 붙들리고 말았고 로마군에게 끌려갔다. 이온은 한때 페르세우스가 가장 아끼던 신하였다. 그러나 어느새 배신자가 되어 페르세우스를 유인할 가장 효과적인 미끼를 붙잡고 있었다. 짐승도 새끼가 붙잡히면 찾아오는 법. 이온은 페르세우스 역시 아이들을 붙잡고 있는 로마군을 찾아와 항복하리라고 생각했다.

페르세우스는 먼저 가장 신뢰하는 나시카를 불렀다. 그러나 나시카는 거기 없었다. 결국 페르세우스는 신세를 한탄하며 여러 조건을 조심스럽게 저울질한 뒤 그나이우스에게 항복했다. 곧이어 페르세우스에게 탐욕보다 더 심한 죄악이 있었으며 그것이 바로 생에 대한 애착이라는 것이 분명해졌다. 페르세우스는 행운의 여신조차 패자로부터 빼앗아갈 수 없는 것, 즉 동정 받을 자격을 스스로 박탈한 것이다.

페르세우스가 직접 접견을 요청하여 아이밀리우스 앞에 섰을 때 아이밀리우스는 그가 신의 증오와 불행한 운명으로 인해 무너질 수밖에 없었던 위대한 사람일 것으로 생각했다. 그리하여 자리에서 일어나 눈물을 글썽이며 동료들과 함께 페르세우스에게 다가갔다. 그러나 페르세우스는 아이밀리우스 앞에 넙죽 엎드려 상대의 무릎을 부여잡고는 부끄러운 줄 모르고 울고불고 애원했다. 참으로 수치스러운 광경이었다.

• 장 프랑시스 피에르 페이롱이 그린 『아이밀리우스 파울루스 앞에 선 페르세우스 왕』.

아이밀리우스는 이것을 도저히 참을 수도, 들어줄 수도 없었다. 그래서 괴롭고 슬픈 얼굴로 페르세우스를 바라보며 말했다.

"참으로 딱하십니다. 행운의 여신을 탓해도 모자랄 판에 왜 이처럼 여신을 비난할 기회마저 포기해 버리는 것입니까? 이런 모습을 보면 사람들은 왕의 불행이 당연한 것이라고 생각할 테고 현재의 처지가 불행하다기보다 과거의 행복이 과분했다고 여길 것입니다. 왜 이처럼 저의 승리의 가치를 떨어뜨리고 저의 성공을 보잘것없는 것으로 만드십니까? 왕께서는 로마에게 만만치 않은 상대이기는커녕 적당한 상대도 아니었군요. 불행한 자의 용기는 적의 존경심마저 불러일으킵니다. 그러나 로마 사람들은, 성공으로 이어졌을지언정 비겁한 행동처럼 불명예스러운 것은 없다고 생각합니다."

XXVII.

불쾌한 마음에도 아이밀리우스는 페르세우스를 일으켜 손을 내밀었고 투베로에게 감시를 맡겼다. 한편 자신은 아들, 사위, 그리고 지휘관들, 특히 젊은 지휘관들을 막사로 데리고 들어갔다. 거기서 한동안 아무 말 없이 깊은 생각에 빠져 있었고 젊은이들은 어리둥절해 했다. 그러다 아이밀리우스는 갑자기 운수에 대해서, 그리고 인간사에 대해서 말하기 시작했다.

"필멸의 인간이 성공을 이루었다고 해서 우쭐해지는 것은 과연 적절한 행동일까? 국가, 도시, 혹은 왕국을 정복했다고 의기양양 행동하는 것은? 아니면 언제든 운이 뒤바뀔 수 있다는 것을 염두에 두어야 할까? 운명의 역전을 목격한 군인은 모든 인간이 공통으로 가지고 있는 약점을 깨닫고 그 무엇도 영원하거나 안전하지 않다는 것을 배워야 한단다.

우리가 어떻게 자만할 수 있겠니? 우리가 남을 정복하는 순간은 행운
의 여신을 가장 두려워해야 하는 순간인 것을. 또 승리를 만끽하다가도,
돌고 도는 운명이 때로는 이쪽에 때로는 저쪽에 불운을 나누어준다는
것을 깨닫고 나처럼 좌절에 빠지기도 하거늘. 알렉산드로스의 후계자가
최고의 권력과 최고의 힘을 자랑하다가 한 시간 만에 패배를 겪고 내 발
치에 엎드린 것을 봤을 때, 한때 보병 수만 명, 기병 수천 명에 둘러싸여
있던 왕이 어느새 적으로부터 일용할 양식을 받아먹는 처지가 된 것을
봤을 때 우리라고 해서 자신할 수 있을까? 행운의 여신이 오직 우리에게
만, 시간의 공격에도 깨지지 않을 약속을 해줄 것이라고?

자, 그러니까 헛된 자만과 자부심은 버리고 미래를 대할 때 겸손한 자
세를 갖추자꾸나. 신께서 너희들의 행복에 시기어린 불만을 표출하실 날
을 언제나 대비하자꾸나.”

아이밀리우스의 이 통렬한 가르침은 고삐가 되어 젊은 병사들의 허황
한 자부심과 오만을 붙잡았다고 전해진다.

XXVIII.

이 일이 있고 아이밀리우스는 군대에게 휴식할 기회를 주었으며 자신
은 헬라스를 돌아보러 갔다. 그리고 거기서 훌륭하고 인도적인 일에 몰
두했다. 어딜 가든 그곳에 민주정을 복원하고 나라 체제를 확립했으며
선물을 나누어 주었다. 마케도니아 왕의 곳간에서 가져온 곡식을 주기도
하고 기름을 주기도 했다. 왕이 쌓아둔 양이 얼마나 많았는지 받아야
할 사람과 달라는 사람 모두에게 주고도 남았다고 한다.*

한편 로마에서 판무관辦務官 열 사람이 도착하자 아이밀리우스는 마케
도니아 사람들에게 나라를 돌려주고 자유롭고 독립적으로 살 수 있게

해주었다. 마케도니아 백성이 로마에 바쳐야 할 세금은 1백 탈란톤이었다. 이것은 백성들이 왕에게 바치던 금액의 절반도 되지 않았다. 아이밀리우스는 또한 온갖 경기와 경연을 열었으며 신들에게 희생 제물을 바치는 의식도 거행했다. 이 자리에서 만찬과 잔치를 베푸는 데 든 비용은 왕의 금고에서 아낌없이 가져왔다.

행사를 조직하거나 명령을 내릴 때, 손님에게 인사를 건네고 자리를 권해야 할 때, 한 사람 한 사람에게 적절한 경의를 표하고 따뜻한 관심을 보여야 할 때 아이밀리우스는 언제나 매우 상냥하고 사려 깊게 행동했다. 헬라스 사람들은 놀라움을 감추지 못했다. 헬라스 사람들과 시간을 보내는 일을 가벼이 여기기는커녕 중대한 임무를 맡고 있는 사람답지 않게 사소한 일에까지 신경을 썼기 때문이다.

아이밀리우스는 또한 재미있는 볼거리를 적지 않게 준비했음에도 가장 보기 좋고 흥미로운 광경이 자기 자신이라는 것을 깨닫고 기뻐했다. 또 그가 사소한 일까지 신경을 쓴다는 사실을 신기하게 여기는 사람들에게 이렇게 말하곤 했다.

"전투 대형을 갖출 때나 만찬을 벌일 때나 같은 마음가짐을 갖고 있어야 합니다. 전투를 할 때는 적에게 극심한 공포를 심어야 하고 만찬에서는 손님들에게 최고의 기쁨을 주어야 하기 때문입니다."

그러나 사람들은 무엇보다 아이밀리우스의 자유로운 정신과 훌륭한 영혼을 칭송했다. 왕의 금고에서 나온 엄청난 금은을 거들떠보지도 않고 전부 재무관들에게 주어 국고에 넣었기 때문이다. 다만 학문에 열중하고 있던 아들들이 왕의 서고에 있는 책을 골라 가지는 것은 허락했다. 그리고 전장에서 올린 공을 칭찬하기 위해 사위 아일리우스 투베로에게 무게가 5리트라* 나가는 사발을 주었다.*

XXIX.

모든 것이 정리된 뒤 아이밀리우스는 헬라스에 작별을 고했다. 그리고 마케도니아 사람들에게 로마가 허락한 자유를 잊지 말고 질서와 화합으로 잘 간수하라고 일렀다. 이어서 원로원의 명령을 받들어 에페이로스로 갔다. 원로원은 페르세우스에 맞서 싸운 병사들에게 에페이로스의 도시들을 약탈할 기회를 주고 싶었다.

아이밀리우스는 에페이로스를 단숨에 습격하고자 했다. 그래서 각 도시에 있는 주요 시민 열 명에게 사람을 보냈으며 정해진 날에 집과 사원에 있는 모든 금은을 내놓도록 명령했다. 이어서 각 도시에 지휘관 한 사람과 병사들로 이루어진 수비대를 파견했다. 금은을 수색하고 운반한다는 핑계였다. 그러나 정해진 날이 되자 수비대는 일제히 각 도시를 짓밟고 약탈했다. 그리하여 한 시간 만에 15만 명이 노예로 붙잡혔고 총 70개 도시가 약탈을 당했다. 그러나 이 많은 도시가 파괴되고 황폐화되었음에도 각 병사는 제 몫으로 11드라크메 이상 받지 못했다. 나라 전체의 재산을 나누었음에도 병사 한 명에게 돌아간 이득이 쥐꼬리만도 못했다는 사실은 모두에게 충격이었다.

XXX.

온화하고 너그러운 성미에 반하는 임무를 마친 뒤 아이밀리우스는 오리코스로 내려갔다. 그리고 거기서 병력을 이끌고 이탈리아로 건너갔으며 페르세우스 왕의 함선을 타고 티베리스 강을 거슬러 올라갔다. 왕의

• 1리트라는 약 340그램.

함선은 노가 열여섯 줄이었고 탈취한 무기와 갑옷, 진홍색과 자주색 겉옷으로 화려하게 장식되어 있었다. 로마 사람들은 성 밖으로 무리를 지어 나와 마치 개선 행진의 멋진 광경을 미리 즐기듯 둑을 따라 걸었고 배는 물보라를 일으키며 강물을 천천히 거슬러 올랐다.

그러나 승리의 대가가 충분치 않았다고 여긴 병사들은 왕의 재물을 갖고 싶은 마음이 간절했으므로 아이밀리우스에게 은근히 화가 나 있었고 불만을 품고 있었다. 반면 겉으로는 아이밀리우스가 상관으로서 가혹하고 오만하게 굴었다고 주장했다. 그러면서 개선 행진을 하고자 하는 아이밀리우스의 간절한 바람을 쉽게 들어주지 않았다.

이때 세르비우스 갈바가 병사들의 움직임을 눈치 챘다. 아이밀리우스의 휘하에서 군사 호민관을 지냈으나 아이밀리우스의 반대파였던 갈바는 개선 행진을 허락하지 말아야 한다고 과감하게 주장했다. 또한 병사들 사이에 장군에 대한 비난의 씨앗을 심었으며 병사들의 불만을 부채질했다. 뿐만 아니라 아이밀리우스를 정식으로 비판할 수 있도록 하루를 더 달라고 평민 호민관들에게 요청했다. 해가 저물기까지 네 시간이 채 남지 않은 시점이었기 때문이다.

그러나 평민 호민관들은 할 말이 있다면 당장 하라고 명령했고 갈바는 온갖 비난이 담긴 장황한 연설을 시작했다. 연설은 해가 저물 때까지 끝나지 않았다. 어둠이 내리자 호민관들은 민회를 해산했으나 어느새 과감해진 병사들은 갈바를 찾아가 파벌을 이루었으며 날이 밝기 전에 카피톨리움을 빼앗기 위해 출발했다. 카피톨리움은 호민관들이 회의를 하기로 예정되어 있는 장소였다.

XXXI.

날이 밝자마자 투표가 시작되었고 첫 번째 표는 반대표였다. 그 무렵 원로원과 민중이 비로소 사태를 파악하게 되었다. 군중은 아이밀리우스가 겪게 된 수모를 깊이 안타까워했으나 고함을 칠 뿐 할 수 있는 것이 없었다. 그러나 가장 명망 있는 원로원 의원들은 굴욕적인 사태에 항의하며 병사들의 건방진 행동을 멈추자고 서로를 격려했다. 병사들은 아이밀리우스 파울루스로부터 승리의 영예를 빼앗을 수 있다면 그 어떤 불법이나 폭력이라도 저지를 기세였다.

원로원 의원들은 하나가 되어 군중을 뚫고 카피톨리움으로 올라갔다. 그리고 호민관들에게, 시민들에게 할 말이 있으니 할 말이 끝날 때까지 투표를 멈추라고 지시했다. 투표가 멈추었고 모두가 숨을 죽였다. 먼저 집정관을 지냈고 전투에서 적병 스물셋을 한 번에 무찌른 적이 있는 마르쿠스 세르빌리우스가 앞으로 나와 말했다.

"나는 아이밀리우스 파울루스가 얼마나 훌륭한 장군인지 오늘에야 비로소 알게 됐습니다. 저 비열하고 복종을 모르는 병사들을 데리고 그토록 위대하고 고귀한 업적을 성공으로 이끌었으니 말입니다."

세르빌리우스는 또한 시민들을 향해 놀라움을 표시했다. 일뤼리아와 리구리아 정복을 기념하는 개선 행진은 기쁘게 지켜보았으면서 생포된 마케도니아의 왕, 로마의 무력이 약탈해온 알렉산드로스와 필립포스의 영광은 보지 않겠다고 하고 있었기 때문이다.

"정말 이상한 일이 아닙니까? 아이밀리우스 장군이 승리했다는 근거 없고 때 이른 소문이 도달했을 때 여러분들은 신들께 제물을 바치고 소문이 신속하게 눈앞에서 입증되기를 빌었습니다. 그런데 이제 장군이 부인할 수 없는 승리의 증거를 가지고 돌아오자 신들께 경의를 표하지도,

기뻐하지도 않습니다. 승리가 너무 위대해서 보기 두렵습니까? 적들이 불쌍합니까? 장군을 시기해서가 아니라 적을 동정해서 개선 행진에 반대하는 것이라면 차라리 낫겠습니다.

그런데 해도 해도 너무합니다. 얼마나 비겁하고 나약하면 몸에 상처 하나 없이 매끈한 자들이 감히 아이밀리우스 장군과 장군의 승리를 왈가왈부한다는 말입니까? 장군이 용맹스러운지 아닌지는 우리같이 상처를 입어본 사람들이 판단할 수 있는 것입니다."

그러더니 세르빌리우스는 옷을 벌리고 가슴에 난 수많은 흉터를 내보였다. 그리고 뒤로 돌아서 다소 민망한 부위를 드러내고는 갈바에게 말했다.

"자네는 이 흉터를 비웃을지 모르나 나는 동료 시민 앞에서 오히려 자랑스럽네. 시민들을 지키려고 밤낮을 멈추지 않고 말을 모느라 생긴 상처니까. 아니 됐고 투표나 하러 가세. 나도 따라가겠네. 가서 어느 놈이 은혜를 모르는 비열한 놈인지, 전장에서 명령을 듣기보다 아첨과 감언이설을 듣기를 원하는지 보세."

XXXII.

세르빌리우스의 연설을 들은 병사들은 뜨끔하여 생각을 바꾸었고 만장일치로 개선 행진을 허용하기로 했다. 개선 행렬은 이렇게 펼쳐졌다.

시민들은 키르쿠스라고 부르는 경마장 내부와 포룸 주변에 전망대를 세웠을 뿐만 아니라 행렬을 볼 수 있는 모든 장소에 자리를 잡았다. 시민들은 하나 같이 흰옷을 입고 있었다. 모든 신전이 문을 열었고 화환을 내걸었으며 향을 피웠다. 수많은 하인과 수행원들은 허둥지둥 밀어닥치는 군중을 통제하고 거리를 말끔하게 비워두었다. 개선 행진에는 총 사흙이 주어졌다. 적으로부터 빼앗은 조각상과 그림, 거대한 조형물이 전차 250대에 실려 지나가는 것만으로도 첫날이 모자랐다.

이튿날에는 마케도니아 무기와 갑옷 가운데 가장 아름답고 값진 것들이 수레 여러 개에 실려 나왔다. 번쩍번쩍 광이 나는 청동과 강철로 만든 무기는 아무렇게나 쌓아올린 것처럼 보였지만 실은 그렇게 보이도록 정성을 들여 정교하게 쌓은 것이었다. 투구가 방패 위에, 가슴받이가 무릎받이 위에 있는가 하면 크레테식 방패, 나뭇가지를 엮어 만든 트라키아식 방패, 화살통이 말의 재갈과 굴레와 뒤섞여 있었다. 그 사이로 칼날이 비어져 나오기도 하고 마케도니아의 장창이 꽂혀 있기도 했다.

그런데 이 모든 것이 얼기설기 쌓여 있어서 수레가 움직이는 동안 서로 부딪히며 거칠고 무시무시한 소리를 냈다. 게다가 패자로부터 얻은 전리품일지언정 그것이 자아내는 광경은 사뭇 끔찍했다. 갑옷과 무기를 실은 수레가 지나간 다음에는 남자 3천 명이 상자 750개를 들고 나타났다. 네 사람이 하나가 되어 나르는 상자에는 각각 3탈란톤이 들어 있었다. 그 뒤로 은그릇, 뿔잔, 사발, 물잔 등이 따라왔다. 새김 장식의 크기와 깊이가 하나같이 뛰어난 것들로 아주 보기 좋게 전시되고 있었다.

XXXIII.

마지막 날, 아침이 되자마자 나팔수들이 앞장을 섰다. 나팔 소리는 행진이나 행렬의 흥을 돋우는 소리가 아니라 전장에 나서는 로마군을 북돋는 소리였다. 이어서 외양간에서 키운 황소 120마리가 뒤따랐다. 금칠을 한 뿔이며 끈과 화환 장식이 화려했다. 제물을 끌고 제단으로 가는 젊은이들은 가장자리가 아름다운 앞치마를 하고 있었고 금은으로 만든 헌주 그릇을 든 남자 아이들이 시중을 들고 있었다.

그 뒤로 금화를 든 사람들이 나타났다. 금화는 은화와 마찬가지로 3
탈란톤이 한 상자에 담겨 있었는데 상자의 숫자는 여든에서 셋이 모자
랐다. 뒤따른 사람들은 신께 봉헌할 그릇을 들고 있었다. 아이밀리우스
의 지시에 따라 황금 10탈란톤으로 빚고 보석으로 치장한 그릇이었다.
이어서 안티고노스 가문의 그릇, 셀레우코스 가문의 그릇, 테리클레스의
작품으로 알려진 그릇들이 뒤따랐고 페르세우스의 식탁에 놓였던 여러
황금 접시도 뒤를 이었다.

이어서 페르세우스의 전차가 왕의 갑옷과 무기를 싣고 나타났다. 무기
위에는 왕관이 놓여 있었다. 곧이어 어느 정도 간격을 두고 왕의 자녀들
이 노예처럼 끌려갔다. 그 곁으로 수많은 유모, 교사, 개인교사들이 무리
를 지어 갔다. 이들은 하나같이 관중들을 향해 두 팔을 벌리고 눈물을
흘리고 있었다. 왕의 자녀들에게 간청하고 탄원하는 방법을 가르치고 있
었던 것이다.

페르세우스의 자녀들은 아들이 둘, 딸이 하나였는데 다들 세상 물정
을 모르는 어린 나이였다. 아이들은 상황이 얼마나 심각한지 깨닫지 못
하고 있었다. 아이들이 언젠가 철이 들 것을 생각하면 더욱 가슴 아픈
상황이었다. 그래서 관중은 뒤따르는 페르세우스에게 거의 눈길을 주지
않았고 애처로운 마음에 아이들에게만 시선을 보냈다. 눈물을 흘리는
사람도 많았다. 눈물을 흘리지 않은 사람들도 아이들이 눈앞에 머무는
동안에는 마음 편히 개선 행렬을 즐길 수 없었다.

XXXIV.

아이들과 시종들이 지나가자 어두운 옷을 입고 마케도니아식 장화를
신은 페르세우스가 뒤따랐다. 워낙 큰 불행을 당한 터라 어쩔 줄 모르

고 당황하는 모습이 역력했다. 뒤따라 가까운 동료와 측근들이 나타났는데 하나같이 눈물이 그렁그렁한 눈으로 페르세우스를 바라보고 있었다.자신의 앞날이야 어떻게 되든 왕의 불행을 슬퍼하고 있다는 사실을 관중은 느낄 수 있었다.

개선 행진을 앞두고 페르세우스는 도무지 행렬을 따라 끌려가고 싶지 않았다. 그래서 아이밀리우스에게 사람을 보내 개선 행진에서 빼달라고 애원하고 간청했다. 그러나 아이밀리우스는 왕의 비겁한 태도와 목숨에 대한 애착을 비웃으며 말했다고 한다.

"선택은 언제나 왕의 손에 있었지. 지금이라도 원한다면 빠지라고 해."

불명에 대신 죽음을 택하라는 의미였다. 그러나 비겁한 왕은 그럴 용기가 없었고 무슨 희망이 있었는지는 몰라도 마음이 약해져서 전리품의 일부가 되는 쪽을 택했다.

이어서 금관 4백 개가 뒤를 이었는데 여러 도시에서 사절을 통해 보낸 축하 선물이었다. 그리고 마침내 웅장하게 장식한 전차를 타고 아이밀리우스가 나타났다. 금이 수놓인 자줏빛 겉옷을 입고 오른손에는 월계수 가지를 들고 있었지만 권력을 나타내는 상징이 없다 해도 전혀 부족함

없는 광경을 자아낼 수 있는 인물이 바로 아이밀리우스였다.

다음으로 군대 전체가 월계수 가지를 들고 부대별로 나뉘어 장군의 전차를 뒤따랐다. 노래도 부르고 있었다. 관습에 따라 농담이 섞인 다양한 노래를 부르는가 하면 아이밀리우스의 업적을 칭송하는 승리의 노래와 찬가를 부르기도 했다. 모두가 아이밀리우스에게 존경의 시선을 고정했고 선한 사람 중에는 그를 시기하는 사람이 없었다.

그러나 신들 중에는 지나치게 큰 성공을 가만두지 못하는 신이 있는 것 같다. 이 신은 인간사를 골고루 섞어 누구도 불행을 모르거나 불행에서 자유롭지 못하게 한다. 호메로스가 말했듯 때로는 흥하고 때로는 쇠하는 사람이 잘 사는 것으로 여겨지는 것은 바로 이 신 때문인 것 같다.

XXXV.

설명하자면 이렇다. 아이밀리우스에게는 아들이 넷 있었다. 그중 둘은 앞에서 말했듯 스키피오와 파비우스 가문에 양자로 들어갔다. 그리고 둘째 아내가 낳은 두 어린 아들은 집에서 키우고 있었다. 그런데 그 둘

• 카를 베르네(프)가 그린 『아이밀리우스 파울루스의 개선행진』의 세부.

가운데 열네 살 먹은 큰 아이가 아이밀리우스의 개선 행진 닷새 전에 숨을 거두었고 열두 살 먹은 둘째 아이는 개선 행진 사흘 뒤에 세상을 떠난 것이다. 온 로마가 아이밀리우스와 함께 아파했다. 그리고 온 시민들이 행운의 여신의 잔인함에 치를 떨었다. 기쁨과 만족, 감사 기도가 가득한 집안에 아무 거리낌 없이 그토록 큰 슬픔을 가져왔으며 눈물과 곡소리를 승리의 노래와 찬가와 섞은 여신이었기 때문이다.

XXXVI.

그럼에도 아이밀리우스는 사람이 갑옷과 장창뿐만 아니라 행운의 여신의 모든 공격에도 용감하게 맞서야 한다는 확신을 갖고 있었다. 따라서 모든 것이 뒤죽박죽이 된 상황을 잘 이해하고 이겨냈다. 아이밀리우스는 나쁜 일보다 좋은 일을 봤고 개인적인 슬픔보다 공익을 보았다. 아이밀리우스가 이룩한 위대하고 명예로운 승리의 가치는 조금도 떨어지지 않았다.

앞서 말했듯 큰 아이가 죽었을 때 아이밀리우스는 장례를 치르자마자 개선 행진에 나섰다. 이어서 개선 행진이 끝나고 둘째가 죽자 아이밀리우스는 로마 시민들을 소집해서 연설을 했다. 위로를 받아야 할 사람으로서가 아니라 자신의 불행을 안타까워하는 동료 시민들을 다독이고자 하는 사람으로서 발언했다. 대략 이런 내용이었다.

"나는 인간의 힘을 두려워해 본 적이 없습니다. 그러나 신적인 힘 가운데 행운의 여신의 힘은 언제나 두려워했습니다. 여신은 누구보다 믿을 수 없고 변덕스럽기 때문입니다. 나는 나의 처지가 분명히 변화하거나 뒤바뀔 것이라고 늘 생각해왔습니다. 전쟁 중에 여신은 순조로운 미풍처럼 내 모든 계획을 이루어주었기 때문이지요.

그 덕분에 브룬디시움에서 이오니아 해를 건너 코르퀴라에 닻을 내린 지 닷새 만에 델포이에 이르러 신께 제물을 바칠 수 있었습니다. 그리고 그 다음 닷새 안에 마케도니아에 있는 병력의 지휘권을 건네받았고 관습에 따라 정화 의식을 치르고 군대를 사열한 뒤 곧바로 행동에 들어갔습니다. 이어서 열닷새 만에 극히 영광스러운 결과를 이끌어냈습니다. 그러나 나는 행운의 여신을 불신했습니다. 모든 일이 지나치게 잘되어가고 있었습니다. 더 이상 적의 공격을 두려워할 필요가 없는 철저히 안전한 상황이었습니다. 그래서 집으로 돌아오는 길, 억세게 운이 좋았던 나는 여신의 호의가 다한 것을 걱정했습니다. 승리를 거둔 수많은 병사들과 함께 전리품, 사로잡은 군주들을 싣고 돌아오는 와중이었습니다.

이어서 안전하게 로마에 도착하니 기쁨과 만족, 감사 기도로 가득한 도시가 보였습니다. 그러나 나는 여전히 여신을 믿지 못하고 있었습니다. 신께서 그 어떤 불만도 가지지 않고 그토록 크고 순수한 선물을 주실 리 없다고 생각했으니까요. 정말로 공포가 내 영혼을 사로잡고 있었고 나는 떨칠 수가 없었습니다. 계속해서 불안한 마음으로 나라의 미래를 점쳤습니다. 그러다 나는 내 집안에서 커다란 불행을 맞았고 기뻐해야 할 날들에 기뻐하지 못하고 훌륭하기 그지없는 두 아들을, 내 유일한 후계자들을 차례로 무덤으로 데리고 가야 했습니다.

자, 이제 나는 가장 걱정했던 것을 더 이상 걱정하지 않아도 됩니다. 행운의 여신은 이 도시를 계속해서 지켜주실 것이며 도시에 아무런 해도 입히지 않으실 것입니다. 왜냐하면 여신은 나와 내 고통을 이용하여 우리가 거둔 성공에 대한 불만을 모두 해소했기 때문입니다. 여신은 개선 행진의 희생자만큼이나 개선 행진의 주인공을 통해 깨지기 쉬운 인간의 행복을 보여주고 싶었던 것입니다. 정복을 당한 페르세우스는 제 아이들이 멀쩡한 반면 정복자 아이밀리우스는 제 아이들을 잃었다는 것이 다를 뿐 우리는 다 같은 인간입니다."

XXXVII.

아이밀리우스가 솔직하고 진지한 태도로 시민들에게 건넨 훌륭하고도 숭고한 말은 이와 같았다. 이어서 아이밀리우스는 페르세우스의 뒤바뀐 운명을 딱하게 여기고 적극적으로 돕고자 했다. 그러나 로마인들이 "카르케르"라고 부르는 감옥에서 좀 더 깨끗하고 대우가 나은 곳으로 옮겨주는 것밖에는 할 수 있는 것이 없었다. 거기서 페르세우스는 철저한 감시 속에 스스로 굶어죽었다고 대부분의 역사가들이 전한다.*

XXXVIII.

아이밀리우스가 무한한 인기를 얻은 가장 큰 이유는 물론 마케도니아 원정이었다. 당시 국고로 들어온 액수가 얼마나 엄청났는가 하면 히르티우스와 판사가 집정관에 오를 때까지 시민들은 특별 세금을 내지 않아도 됐다. 두 사람은 안토니우스와 옥타비우스 카이사르가 처음 전쟁을 벌일 당시 집정관을 맡고 있었다.

또한 특이하고 놀라운 점은 시민들로부터 무한한 사랑과 존경을 받았음에도 아이밀리우스가 귀족 당파의 일원으로 남았고 대중의 호의를 얻기 위한 말이나 행동을 일절 하지 않았다는 점이다. 대신 모든 정치 사안에 관해서, 가장 영향력 있는 주요 인사들과 같은 편에 섰다.*

그럼에도 대중은 아이밀리우스에게 여러 다른 명예와 더불어 감찰관직을 수여함으로써 호의를 분명하게 드러냈다. 감찰관직은 모든 관직 가운데 가장 신성한 관직이며 이 관직에는 대단한 영향력이 함께 따라온

다. 무엇보다 시민들의 삶과 행동을 살피는 역할을 하는 사람이 바로 감
찰관이기 때문이다.

감찰관은 격이 떨어지는 원로원 의원을 제명시킬 수 있고 원로원 의장
을 임명할 수 있으며 품행이 방정하지 못한 기사 계급 젊은이로부터 말
을 빼앗아 모욕을 줄 수도 있다. 또한 재산을 평가하고 시민 명부를 관
리하는 것도 감찰관의 일이다. 아이밀리우스가 감찰관직에 있을 당시 명
부에 올라 있는 로마 시민은 총 337,452명이었다. 그는 또한 아이밀리우
스 레피두스를 원로원 의장으로 임명했다. 의장직을 네 번이나 맡은 사
람이었다. 아이밀리우스에게 제명을 당한 원로원 의원은 세 사람 뿐이었
으며 중요하지 않은 사람들이었다. 한편 기사 계급의 청년들을 조사할
때에는 그도, 동료 마르키우스 필립푸스도 인내심을 발휘했다.

XXXIX.

감찰관의 중요 임무 대부분을 마치고 난 아이밀리우스는 그만 병에 걸
리고 말았다. 초기에는 치명적이었으나 갈수록 병세가 완화되었음에도
골칫거리였고 완치가 어려웠다. 아이밀리우스는 의사들의 조언에 따라
이탈리아 벨리아로 배를 띄웠다. 그리고 시골 별장에 살며 해변에서 휴
식을 취하는 등 고요한 나날을 보냈다.

그러자 로마 사람들은 아이밀리우스가 그리워지기 시작했다. 극장에
서 간절한 그리움을 표현하기도 했고 기도를 올리기도 했다. 그러던 어
느 날 아이밀리우스가 로마로 돌아왔다. 종교 의식에 참여할 의무가 있
기도 했고 건강도 충분히 회복했다고 생각했기 때문이다. 아이밀리우스
가 로마에서 다른 사제들과 함께 공식 석상에서 제물을 바치는 동안 시
민들은 기쁨이 역력한 표정으로 무리를 지어 구경했다. 다음 날 아이밀

리우스는 건강을 회복하게 된 것에 감사하며 사적으로 제물을 바쳤다. 제사를 엄수하고 집으로 돌아온 아이밀리우스는 휴식을 취하려고 누웠다가 자기도 모르는 사이 정신을 잃고 헛소리를 하기 시작했다. 그로부터 사흘 후 세상을 떠났다.

아이밀리우스는 행복을 가져다준다고 여겨지는 모든 것을 가지고 있었다. 사람들은 너도나도 경의를 표하며 누구나 부러워할 최고의 장례식을 통해 아이밀리우스의 위대한 정신을 기리고자 했다. 그러나 황금이나 상아, 그 밖의 화려하고 값비싼 물건을 동원해 장례를 치렀다는 점은 중요하지 않다. 동료 시민들뿐만 아니라 심지어 적들도 호의를 보였고 감사와 경의를 표시했다는 점이 중요하다.

마침 로마에 있었던 이베리아와 리구리아, 마케도니아 사람들 가운데 젊고 힘이 센 사람들은 교대로 상여를 들었고 좀 더 나이가 있는 사람들은 아이밀리우스를 조국의 은인이자 구원자로 칭하며 행렬을 따라갔다. 아이밀리우스는 정복 전쟁을 할 때만 그들을 너그럽고 인도적으로 대한 것이 아니다. 여생을 사는 동안에도 언제나 그들을 마치 가족이나 친척처럼 여기며 돌보고 아꼈던 것이다.

아이밀리우스의 재산은 37만 드라크메에 지나지 않았고 두 아들에게 상속되었다고 전해진다. 그러나 좀 더 넉넉한 집안의 양자로 들어간 둘째 스키피오가 형에게 재산 전체를 양보했다. 파울루스 아이밀리우스의 생애와 품성은 이와 같았다.

PLUTARCH
LIVES

I.

두 사람의 생애가 이러하니 만큼 비교할 만한 차이점이 많지 않을 것은 분명하다. 두 사람 모두 만만치 않은 상대와 전쟁을 치렀다. 한 사람은 마케도니아와 싸웠고 한 사람은 카르타고와 싸웠다. 그리고 이 승리로 두 사람 모두 명성을 얻었다. 한 사람은 마케도니아를 정벌하여 안티고노스 왕조를 7대 왕에서 끊어버렸고 다른 한 사람은 시켈리아에서 독재를 타파하고 섬을 해방시켰다. 논박의 여지도 있다. 아이밀리우스가 페르세우스와 싸우기 시작했을 때 페르세우스는 이미 로마군을 상대로 승리를 이어가고 있었던 강력한 상대였다. 반면 티몰레온이 싸움을 시작했을 때 디오뉘시오스는 몰락하여 절박한 상황이었다. 그러나 티몰레온을 옹호하자면 티몰레온은 오합지졸을 이끌고 여러 참주들을 끌어내리고 거대한 카르타고 군대도 무찔렀다. 아이밀리우스의 병사들처럼 전쟁 경험이 많고 명령에 복종하도록 훈련된 병사들이 아니었다. 질서를 모르는 직업 군인으로, 원정에 나서면 자기 이익부터 챙기는 데 익숙한 자들이었다. 수준이 다른 군대를 데리고 수준이 같은 승리를 이루었을 경우 지휘관의 역량이 칭찬을 받는 것이 마땅하다.

II.

나아가 일을 처리할 때 두 사람 모두 청렴결백했으나 아이밀리우스의 경우 나라의 법과 관습에 따라 처음부터 그렇게 하지 않을 수 없었으나 티몰레온의 고결함은 자기 자신으로부터 나왔다고 할 수 있다. 그 증거로 아이밀리우스 시대의 로마 사람들은 하나같이 정돈된 삶을 살았으며 관습을 따랐고 법과 동료 시민들에 대해 건전한 두려움을 갖고 있었다. 반면 티몰레온이 살았을 당시 시켈리아와 관련되어 있던 헬라스의 지도자들 가운데 부패하지 않은 사람은 디온이 유일했다. 디온마저도 군주제를 향한 야망에 부풀어 있었고 스파르테와 닮은 왕국을 꿈꾸고 있었다는 의심을 받았다.

뿐만 아니라 티마이오스에 따르면 쉬라쿠사이 사람들이 귈립포스에게 불명예와 수치를 안기고 돌려보낸 것은 그가 군대의 지휘를 맡고도 탐욕을 부렸기 때문이다. 또한 스파르테 사람 파락스와 아테네 사람 칼립포스가 시켈리아를 지배하고자 법과 협정을 위반한 사실은 여러 역사가를 통해 알려져 있다. 이자들은 도대체 누구였고 얼마나 많은 자금을 움직일 수 있었기에 그런 야망을 가진 것일까? 파락스는 디오뉘시오스가 쉬라쿠사이에서 추방된 뒤 그를 하인처럼 따르던 자였고 칼립포스는 디온의 용병대장이었다.

반면 티몰레온은 쉬라쿠사이의 간절한 호소에 군대의 지휘를 맡으러 갔으며 그들로부터 권력을 구하지 않았고 그들이 스스로의 의지로 내어준 것만을 가졌다. 나아가 부당한 지배자들을 끌어내린 뒤 지휘권과 관직을 내려놓았다.

그러나 아이밀리우스가 그토록 큰 왕국을 정복하고도 재산에 한 푼도 더하지 않았으며 빼앗은 재물을 만지지도 않았고 거들떠보지도 않았다는 점, 그럼에도 남들에게는 푸짐하게 상을 내렸다는 점은 존경할 만하다. 그렇다고 해서 살기 좋은 집과 시골 저택을 받은 티몰레온이 수치를 범했다는 것은 아니다. 그러나 받지 않는 것이 더 낫고 합법적으로 가질 수 있는 것을 받지 않는 것이 받는 것보다 더 뛰어나다.

뿐만 아니라 더위나 추위만을 견디는 몸보다 두 극한을 다 견디어내도록 적응한 몸이 더 강력하다. 같은 의미에서 풍요로울 때 타락하거나 들떠서 교만해지지 않고 곤경에 빠졌을 때 낙담하지 않는 정신은 매우 건전하고 굳건한 정신이다. 따라서 아이밀리우스의 품성이 더욱 완벽했다고 분명하게 말할 수 있다. 두 아들의 죽음이 가져온 괴로움과 커다란 슬픔 속에서도 연이은 성공을 이룩할 때와 마찬가지로 위엄 있고 당당한 태도를 유지했기 때문이다. 반면 티몰레온은 형이 문제를 일으켰을 때 훌륭하게 행동했음에도 슬픔을 이성으로 억누르지 못했으며 괴로움과 후회 속에 엎어져 스무 해 동안 연단이나 시장을 바라보지도 못했다. 불명예스러운 행위는 철저히 멀리해야 한다. 그러나 뭇사람들의 악의 어린 입방아를 지나치게 두려워하는 사람은 섬세하고 다정하다고 할지언정 위대하다고 할 수 없다.

아르타크세르크세스

I.

아르타크세르크세스 1세. 16세기 출간된 위인전기 모음(Promptuarii Iconum Insigniorum)에 수록된 삽화.

아르타크세르크세스를 그린 삽화.

1대 아르타크세르크세스는 페르시아의 왕 중에 온유하고 관대하기로 소문난 왕으로 별명이 마크로케이르였다. 오른손이 왼손보다 길었기 때문에 생긴 별명이다. 이 사람이 바로 크세르크세스의 아들이다. 이번 글의 주인공인 제 2대 아르타크세르크세스는 별칭이 므네몬, 즉 '기억하는 사람'으로 1대 아르타크세르크세스의 딸 파뤼사티스의 아들이었다.

다레이오스와 파뤼사티스 사이에는 아들이 넷 있었다. 장남이 아르타크세르크세스, 그 다음이 퀴로스였고 그 다음으로 오스타네스와 옥사트레스가 있었다. 퀴로스는 선대 퀴로스 왕의 이름을 물려받았고 퀴로스 왕은 태양으로부터 이름을 물려받았다고 전해진다. 퀴로스는 페르시아 말로 태양을 뜻한다.

아르타크세르크세스는 처음에는 이름이 아르시카스

였다. 반면 데이논은 오아르세스였다고 말한다. 그러나 크테시아스가 아무리 자기 작품 속에 터무니없고 믿기 어려운 이야기들을 적당히 뒤섞어 놓았다고 해도 왕의 아내, 어머니, 자녀들을 돌보는 의원의 신분으로 왕궁에 살았던 사람으로서 왕의 이름을 몰랐을 리 없다.

II.

퀴로스는 아주 어렸을 때부터 예민하고 성격이 급했으나 아르타크세르크세스는 모든 면에서 더 느긋했고 태생적으로 성격이 더 온화했다. 부모의 뜻대로 아름답고 훌륭한 여인을 아내로 맞이했고 부모의 반대에도 아내를 지켰다. 다레이오스 왕이 며느리의 오라비를 사형에 처한 뒤 며느리까지 죽이려고 했던 것이다. 그러나 아르시카스는 어머니의 발치에 엎드려 눈물을 흘리며 애원하였다. 덕분에 아내는 죽임을 당하지도 않았고 남편과 작별하지도 않았다. 그래도 어머니는 둘째 퀴로스를 더 사랑했고 둘째가 왕좌를 물려받기를 바랐다.

따라서 다레이오스 왕이 몸져눕자 어머니는 해안에 살던 퀴로스를 불러들였다. 퀴로스는 어머니의 노력이 쓸모 있었기를, 자신이 왕국의 후계자로 정해졌기를 희망했다. 어머니 파뤼사티스의 논리가 꽤 그럴듯했기 때문이다. 아르시카스는 남편 다레이오스가 관직이 없을 때 낳은 아들이지만 퀴로스는 즉위한 이후 낳았다는 것이 파뤼사티스의 논리였다.[1] 크세르크세스 역시 데마라토스의 조언에 따라 같은 논리를 내세운 적이 있었다 그러나 결국 장남이 왕이 되었고 새 이름 아르타크세르크세스를 얻었다. 퀴로스는 계속해서 뤼디아의 사트라페스지방관이자 바다와 인접해 있는 지방 병력의 지휘관으로 남았다.

III.

다레이오스가 죽고 얼마 되지 않아 새 왕은 파사르가다이로 여정을 떠났다. 페르시아의 사제들로부터 왕위를 인정받기 위함이었다. 이곳 파사르가다이에는 아테네로 추정되는 전쟁의 여신의 신전이 있다. 왕위를 인정받으려면 이 사원으로 들어가 원래 입고 있던 겉옷을 벗고 퀴로스 1세가 왕이 되기 전에 입었던 겉옷을 걸쳐야 한다. 그런 뒤 무화과 빵을 먹고, 소나무 가지를 씹은 뒤 신 우유를 한 잔 마셔야 한다. 그 밖에 무슨 일이 일어나는지 바깥사람들은 알 수 없다.

• 파사르가다이에는 아직도 고대 페르시아의 유적이 많이 남아 있다. 지금은 잔해만 남은 건물들은 아르타크세르크세스 2세가 파사르가다이를 방문했을 당시 웅장하게 자리를 지키고 있었을 것이다. 파사르가다이에 오늘날까지 자리하고 있는 퀴로스 2세의 무덤.

아르타크세르크세스가 의식을 치르려는데 틧사페르네스가 한 사제를 데리고 나타났다. 퀴로스에게 소년을 위한 정규 교육 과정을 가르치고, 마고스의 지혜를 전달한 사제였다. 제자가 왕이 되지 못한 까닭에 페르시아의 그 누구보다 원통해했던 사람이었다. 따라서 이 사제가 퀴로스를 고발하자 신빙성이 적지 않았다. 사제가 밝힌 내용에 따르면 퀴로스는 사원에 숨어 왕이 겉옷을 벗기를 기다렸다가 옷을 벗자마자 덮쳐 죽이기로 계획했다.

일부는 퀴로스가 누명을 썼다고 말하기도 한다. 퀴로스가 실제로 사원 안으로 들어가 숨었으며 사제가 직접 퀴로스를 붙잡아 넘겼다고 말하는 사람들도 있다. 아무튼 퀴로스가 사형에 처해질 찰나 퀴로스의 어

• 페르시아의 사제를 일컫는 헬라스 말.

머니 파뤼사티스가 아들을 꼭 껴안았다. 긴 머리칼이 아들의 몸에 휘감
졌다. 파뤼사티스는 아들의 목덜미에 자기 목을 꼭 붙이고는 동생을 죽
이지 말고 해안 지방으로 돌려보내라고 왕에게 울며불며 애원했다. 그런
데 퀴로스는 관직을 지켰다는 사실에 만족하지 않았으며 죽음을 면했
다는 사실도 중요하게 여기지 않았다. 다만 붙잡혔다는 사실만을 기억했
다. 분노한 퀴로스는 왕국을 빼앗으려는 의지를 더욱 강하게 불태웠다.

IV.

퀴로스가 역모를 꾀한 것은 왕이 내린 용돈이 끼니를 해결하기에도
모자랐기 때문이라는 설도 있다. 그러나 이것은 말도 안 된다. 가진 것
이 전혀 없었다고 해도 퀴로스는 어머니가 보내주는 돈으로 넉넉히 살
수 있었다. 파뤼사티스는 아들이 원하는 대로 쓰도록 아낌없이 주었다.
뿐만 아니라 퀴로스가 재산이 부족하지 않았다는 사실은 그가 친구와
지인들을 통해 여러 지역에서 유지했던 다수의 용병 부대가 입증하고 있
다. 이것은 크세노폰이 전하는 사실이다. 음모가 발각될까 두려웠던 퀴
로스는 용병들을 한곳에 모으지 않았고 여러 군데 분산시켜 두었으며
온갖 핑계를 대며, 용병을 대신 모집해 줄 사람들을 확보했다.

한편 왕궁에 살고 있던 파뤼사티스는 왕이 의심을 못하도록 막았고
퀴로스 자신도 언제나 순종적인 태도로 편지를 쓰곤 했다. 왕에게 부탁
을 할 때도 있었고 팃사페르네스를 맞수로 여긴다는 듯 팃사페르네스를
비난하기도 했다.

왕의 성격에는 다소 느긋한 구석이 있었다. 이것을 보고 사람들은 대
부분 왕이 너그럽다고 생각했다. 처음에는 왕이 이름이 같은 선대 아르
타크세르크세스의 너그러움을 본받으려고 애쓰는 것처럼 보였다. 대화

를 할 때 매우 상냥했으며 필요 이상의 명예와 호의를 수여하는가 하면 처벌 방식에서 모욕적이거나 보복적인 요소를 없앴다. 선물을 주거나 받을 때에는 받는 사람에게나 주는 사람에게나 똑같이 감사와 친절을 베풀었다. 아무리 작은 선물이라도 기뻐하며 선뜻 받아들었다. 오미소스라는 사람이 크기가 상당한 석류를 하나 가지고 왔을 때 이렇게 말하기도 했다.

"맙소사, 이 사람에게 도시를 맡기면 도시 또한 이처럼 커다랗게 키우겠구나."

V.

이런 일도 있었다. 언젠가 왕이 여행길에 나서자 다양한 사람들이 다양한 물건을 바쳤다. 한 일꾼은 왕에게 바칠 것이 없자 강물로 뛰어갔다. 그리고 손에 물을 담아 왕에게 권했다. 아르타크세르크세스는 얼마나 기뻤는지 그 일꾼에게 황금 술잔과 1천 다레이코스*를 보냈다.

왕에게 종종 무례하고 건방진 말을 하곤 하던 라케다이몬 사람 에우클레이다스에게는 수비대의 장교를 통해 이렇게 전했다.

"그대는 내키는 대로 말을 할 수 있지만, 나는 내키는 대로 말을 하고 행동에 옮길 수도 있지."

하루는 사냥을 하는데 테리바조스가 왕의 겉옷이 찢어진 것을 발견했다. 왕은 테리바조스에게 어떻게 하면 좋겠는지 물었고 테리바조스는 이렇게 대답했다.

"다른 겉옷을 입으시고 찢어진 옷은 저를 주십시오."

---

* 페르시아의 화폐.

왕은 테리바조스의 말대로 하면서 이렇게 말했다.

"테리바조스, 겉옷을 주겠지만 입어서는 안 돼."

그러나 테리바조스는 왕의 말을 귀담아 듣지 않았다.악한 사람이라기보다 어리석고 무분별한 사람이었다 그는 곧바로 왕의 겉옷을 입고 금목걸이를 주렁주렁 걸치더니 그 밖에도 왕궁의 여인에게나 어울릴 장신구를 했다. 왕이 금지한 일이었으니 사람들은 모두 발끈했다. 그러나 왕은 웃고 말았을 뿐이다.

"여장을 했으니 여인을 어찌 벌할 수 있겠으며 입지 말라는 겉옷을 입었으니 미치광이가 분명한데 어찌 벌하겠는가?"

이런 일도 있었다. 페르시아 왕은 어머니나 아내가 아니면 식사를 함께하지 않는다. 아내는 아랫자리에 앉고 어머니는 윗자리에 앉는다. 그러나 아르타크세르크세스는 두 동생 오스타네스와 옥사트레스를 식탁으로 불렀다.

페르시아 사람들을 무엇보다도 기쁘게 한 것은 왕비 스타테이라의 마차였다. 스타테이라는 언제나 장막을 걸어 올리고 다녔으므로 평범한 여인들도 마차로 다가가 왕비에게 인사를 할 수 있었다. 이렇게 해서 왕비는 시민들의 사랑을 받았다.

VI.

한편 잠시도 가만히 있지 못하고 당쟁을 일삼던 사람들은 정세가 퀴로스를 필요로 한다고 여겼다. 퀴로스가 뛰어난 정신의 소유자일 뿐만 아니라 전투 능력이 탁월하며 동료들을 아주 아낀다고 생각했다. 그리고 제국의 규모를 고려했을 때 목표가 원대하고 야심찬 왕이 필요하다고 여겼다. 따라서 퀴로스는 내전을 시작했을 때 자기 지방 사람들과 자기 부하들에 의지한 만큼 내륙 사람들에 의지했다.

뿐만 아니라 라케다이몬에 원군을 보내 도와달라고 서신을 썼다. 보병을 보내면 말을 주고 기병을 보내면 쌍두마차를 주겠다고 약속했다. 농장을 가진 사람에게는 마을을, 마을을 가진 사람에게는 도시를 주겠다고 했다. 나아가 병사들의 급여는 개수로 헤아리지 않고 무게로 달겠다고 했다.

그뿐이 아니다. 자기 자랑을 늘어놓으며 형보다 담력이 더 세고 더 나은 학자라고 했다. 마고스의 지혜를 더 깊이 깨닫고 있는 것은 물론 술도 형보다 더 많이 잘 마신다고 주장했다. 반면 형은 너무 연약하고 겁이 많아서 사냥을 할 때 말 등을 지키고 앉아 있지 못하고 위기에 왕좌를 지키고 앉아 있지 못한다고 썼다.

그러자 라케다이몬 사람들은 클레아르코스에게 비밀 서신을 보내 퀴로스에게 가능한 모든 도움을 주도록 명령했다. 그리하여 퀴로스는 페르시아 사람들로 이루어진 거대한 군대와, 헬라스 용병 1만 3천을 이끌고 왕 앞에 나타나 원정을 나온 이유에 대하여 이 핑계 저 핑계를 댔다. 그러나 퀴로스의 진정한 목적은 금방 드러났다. 팃사페르네스가 직접 왕에게 찾아가 뜻을 전달했기 때문이다.

그러자 왕궁에는 한바탕 소란이 일었다. 파뤼사티스가 내전의 원인으로 지목 당했고 파뤼사티스의 측근도 의심과 비난을 받았다. 특히 스타테이라가 파뤼사티스를 괴롭혔다. 전쟁을 코앞에 둔 상황에서 스타테이라는 계속해서 이렇게 외쳤다.

"그동안 약속하고 또 약속하시더니 어떻게 된 것입니까? 형제의 목숨을 노린 아들을 감싸주고 애걸복걸 끝에 용서를 받아내시더니 이런 전쟁, 이런 재앙을 일으킬 작정이셨습니까?"

이러니 파뤼사티스가 며느리 스타테이라를 증오한 것은 당연하다. 본래 성미가 거칠고 한번 화를 내면 포악해지곤 했던 파뤼사티스는 스타테이라를 죽일 음모를 꾸몄다. 데이논이 전하는 말에 따르면 파뤼사티스는 전쟁 중에 이 음모를 실행에 옮겼다. 그러나 크테시아스는 전쟁 후에 음모를 실행에 옮겼다고 말한다. 크테시아스가 이 시기를 잘못 알았을 가능성은 적다. 사건이 벌어질 때 그 자리에 있었기 때문이다. 또한 사건을 기술하면서 시기를 일부러 바꾸어 적었을 이유도 없다. 크테시아스의 이야기가 종종 진실로부터 멀어져 소설과 전설의 영역으로 들어가기는 하지만 이 경우에는 다르다. 따라서 크테시아스가 기록한 시간과 장소에서 사건이 일어났다고 간주하고 이야기를 이어가겠다.

VII.

퀴로스가 행군을 계속하는 와중 왕이 당장 전투에 나서지 않을 것이라는 소문과 보고가 들려왔다. 들리는 말에 따르면 왕은 퀴로스와 접근전을 유보하고 지방 곳곳에 위치한 병력이 결집되기까지 페르시스에서 기다릴 작정이었다. 벌판을 가로질러 폭이 10오르귀이아*, 깊이가 10오르귀이아, 길이가 400스타디온이나 되는 참호를 판 뒤였기 때문이다.

그러나 왕은 퀴로스가 이 참호를 건너는 것을 두고 보았고 퀴로스는 바뷜론과 멀지 않은 곳까지 왔다. 처음 용기를 내어 왕에게 조언한 것은 테리바조스였다고 한다. 테리바조스는 왕에게 전투를 망설이지도 말고, 메디아, 바뷜론, 수사를 버린 채 페르시스에 숨지도 말라고 당부했다. 그리고 왕의 병력이 적의 병력부터 몇 배가 크다는 점을 강조했다. 퀴로스의 지혜와 전투 능력을 훨씬 뛰어넘는 수많은 지방관과 지휘관들이 왕

• 오르귀이아는 두 팔을 펼친 길이. 1스타디온은 약 180미터.

의 지휘 아래 있다는 점도 덧붙였다. 그러자 왕은 한시라도 빨리 결판을
내고 싶어 했다.

• 수사에는 선대 다리우스 왕의 궁전이 있었다. 아르타크세르크세스는 이 궁전을 복원하는 데 공을 들이기도 했다. 사진은 이 궁전의 유적지에서 발견된 고대 페르시아 시대의 유물들.

그리하여 먼저, 번쩍이는 갑옷을 입은 90만 장병을 배열하여 적에게 공포와 혼란을 안겨주었다. 적은 겁이 없었고 왕을 우습게보고 있었기 때문에 무기도 들지 않고 무질서하게 행군하고 있었다. 따라서 퀴로스 는 온갖 소란과 고함 끝에 아주 힘겹게 병사들을 전투 대형으로 배치할 수 있었다.

뿐만 아니라 왕은 병력을 천천히, 소리 없이 움직였고 적군의 헬라스 병사들은 군대의 기강이 얼마나 철저한지 목격하고 감탄해 마지않았다. 군대가 워낙 컸기에 아무렇게나 고함을 지르는 사람, 뛰는 사람들로 대 오가 뒤죽박죽이 되리라고 예상했으나 그 반대였던 것이다. 게다가 왕은 헬라스 군 맞은편, 자신의 위치 바로 앞에, 낫이 달린 전차들 가운데 가 장 강력한 전차들을 골라 배치하고 있었다. 접근전이 시작되기 전에 헬 라스 병사들로 이루어진 적의 대열을 갈기갈기 찢고자 했기 때문이다.

VII.

여러 역사가들이 이 전투를 기록했고 크세노폰은 우리 눈앞에 펼쳐놓 다시피 했으며 생생하게 묘사함으로써 독자가 전투의 정서와 공포에 동 참할 수 있도록 했다. 마치 과거의 일이 아니라 현재의 일인 것처럼. 그러 니 같은 일을 다시 설명하는 것은 쓸모없는 짓이다. 크세노폰이 짚고 넘 어가지 않은 것들 가운데 언급할 가치가 있는 것만 이야기하도록 하겠다.

두 군대가 맞붙은 곳은 쿠낙사라는 곳이며 바빌론에서 500스타디온 떨어진 곳이다. 전해지는 말에 따르면 클레아르코스는 전투가 벌어지기 직전 퀴로스에게 목숨을 걸지 말고 후방에 물러나 있으라고 간청했다. 그러자 퀴로스는 이렇게 대답했다고 한다.

"무슨 말인가? 왕국을 향해 손을 뻗는 나에게 왕국을 가질 자격이 없는 사람처럼 행동하라는 말인가?”

퀴로스가 위험을 피하기보다 싸움에 뛰어든 것은 큰 실수였다. 그러나 클레아르코스가 왕의 맞은편에 헬라스 병사들을 세우기를 거부하고 포위당하지 않기 위해 우측 날개를 강물에 가까이 둔 것은 마찬가지, 아니 더욱 큰 실수였다. 무엇보다 안전을 우선시하고 피해를 줄일 작정이었다면 차라리 집을 나서지 말아야 했다.

그러나 클레아르코스는 퀴로스를 왕좌에 앉히기 위해 무기를 들고 해안 지방으로부터 1만 스타디온을 제 발로 걸어온 자였다. 그런 사람이 지휘관이자 고용주를 보호할 수 있는 위치와 대열을 고민하기는커녕 제멋대로 안전한 싸움만 고집했다는 것은 눈앞의 위험이 두려워 전략을 내팽개치고 원정의 목적을 포기한 것이나 마찬가지다.

만약 헬라스 병사들이 왕의 주위에 배치된 병력을 공격했다면 왕의 병사들은 단 한 명도 제자리를 지키지 않았을 것이다. 이들이 패주하고 왕 또한 죽거나 도망쳤다면 퀴로스는 승리함으로써 신변의 안전뿐만 아니라 왕좌까지 얻게 되었을 것이다. 이것은 그날 벌어진 일을 바탕으로 유추해 봤을 때 분명한 사실이다.

따라서 퀴로스의 만용보다 클레아르코스의 조심성이 퀴로스의 패배와 파멸의 원인이었다고 할 것이다. 왕이 직접 피해를 최소화할 수 있는 위치에 헬라스 군을 세웠다고 해도 자신과 최측근들로부터 가장 멀리 떨어진 위치보다 더 좋은 곳을 찾지 못했을 것이다. 거기서 아군이 이미 패배했다는 사실을 몰랐고 퀴로스는 클레아르코스의 승리를 유리하게 써먹어 보기도 전에 죽었기 때문이다.

• 아르타크세르크세스와 퀴로스 사이에 벌어진 쿠낙사 전투를 그린 삽화.

반면 최선의 방법을 알고 있었던 퀴로스는 클레아르코스에게 중앙에
자리 잡으라고 했으나 클레아르코스는 자기가 다 알아서 하겠다고 해놓
고는 일을 깡그리 망쳐놓았다.

IX.

설명하자면 이렇다. 헬라스 군은 페르시아 군을 상대로 만족스러운 승
리를 거두고 난 다음 도망치는 적을 추격하러 꽤 먼 거리를 달렸다. 한
편 퀴로스는 혈통이 뛰어난 반면 사납고 다루기 힘든 말을 타고 있었다.
크테시아스의 말에 따르면 이 말의 이름은 파사카스였다. 퀴로스가 이
말을 타고 전속력으로 달리고 있는데 카두시오이 족 지휘관 아르타게르
세스가 큰 소리로 외쳤다.

"페르시아가 고귀하게 여기는 이름, 퀴로스를 더럽히는 놈, 정의를 모
르고 분별도 없는 놈. 페르시아의 좋은 것들을 빼앗으러 사악한 헬라스
놈들과 사악한 여정에 오르더니 형제를 죽이고 군주를 죽이려 하느냐.
전하께는 너보다 뛰어난 신하가 백만이 있다. 내가 깨닫게 해주겠다. 넌
왕의 얼굴을 보기도 전에 여기서 네 머리통을 잃어버릴 테니."

이 말과 함께 아르타게르세스는 퀴로스에게 창을 던졌다. 그러나 퀴로
스의 가슴받이가 완강히 이를 막아냈고 퀴로스는 충격에 비틀거렸을지
언정 상처를 입진 않았다. 곧이어 아르타게르세스가 말머리를 돌리는데
퀴로스가 창을 던져 아르타게르세스를 맞추었다. 창끝은 쇄골을 지나
목을 관통했다.

아르타게르세스는 이렇게 퀴로스의 손에 죽었다. 거의 모든 역사가들
이 여기 동의한다. 그러나 퀴로스 자신의 죽음에 대해서 크세노폰은 짧
고 간단하게만 언급하고 있다. 당시 그 자리에 없었기 때문이다. 그러므

로 먼저 데이논의 기록을 전하고 이어서 크테시아스의 말을 전달해도 무리가 없으리라 생각한다.

X.

데이논은 아르타게르세스가 죽은 뒤 퀴로스가, 왕을 막아선 자들을 향해 맹렬히 달려들었다고 전한다. 퀴로스는 왕의 말에게 상처를 입혔고 왕은 땅으로 떨어졌다고 한다. 그러나 테리바조스가 신속하게 왕을 다른 말에 태우며 말했다.

"전하, 이 날을 기억하십시오. 잊어서는 안 되는 날입니다."

그러자 퀴로스가 다시 돌격했고 아르타크세르크세스를 말에서 떨어뜨렸다. 그러나 퀴로스가 세 번째 공격을 감행하자 열분을 못 이긴 왕은 주변 사람들에게 죽음이 두렵지 않다고 말하며 퀴로스를 향해 말을 몰았다. 퀴로스는 적의 창과 화살을 향해 성급하게 달려들고 있었다. 그러던 중 왕의 창을 맞았고 왕의 호위병들의 뭇매도 맞았다. 혹자에 따르면 퀴로스는 왕이 입힌 상처로 인해 끝을 맞았다. 그러나 수많은 다른 사람들은 그가 어느 카리아 사람의 손에 죽었다고 한다. 이 공로 덕분에 그 카리아 사람은 원정 중에 맨 앞에 서서 황금 수탉으로 장식한 창을 들고 다니는 특권을 얻었다. 페르시아 사람들은 투구에 볏을 달고 다니는 카리아 사람들을 수탉이라고 부르기 때문이다.

XI.

한편 크테시아스의 이야기는 아주 간략하게 말하자면 다음과 같다. 아르타게르세스를 죽인 직후 퀴로스는 왕을 향해 말을 몰았고 왕도 퀴로스를 향해 말을 몰았다. 둘 다 아무 말이 없었다. 그러나 퀴로스의 동료 아리아이오스가 한 발 빨리 왕에게 창을 던졌다. 왕은 상처를 입지 않았다. 이어서 왕이 퀴로스를 향해 창을 던졌는데 이 창은 퀴로스 대신 퀴로스의 동료이자 태생이 고귀한 사티페르네스를 맞혔다. 반면 퀴로스가 왕을 향해 던진 창은 왕의 흉갑을 뚫고 들어가 왕의 가슴에 상처를 입혔다. 창은 손가락 두 개 깊이로 파고들었고 왕은 말에서 떨어졌다. 이어서 모두가 우왕좌왕하는 사이 측근들은 도주를 시작했고 왕은 일어나 섰다. 그리고 소수의 동료들과 가까운 언덕을 차지해 거기 조용히 머물렀다. 크테시아스도 거기 있었다.

한편 적에게 포위된 퀴로스는 기백이 넘치는 말을 타고 한동안 내달렸다. 어둠이 내리자 적군은 퀴로스를 알아볼 수 없었고 아군은 퀴로스를 찾고 싶어도 찾을 수 없었다. 그러나 승리에 도취된 퀴로스는 우쭐하고 성급한 마음에 적들 사이로 말을 몰면서 이렇게 외쳤다.

"길을 비켜라, 이 거지들아!"

퀴로스가 페르시아 말로 이처럼 여러 번 외치니 적병들은 길을 비켰고 고개를 숙였다. 그러나 퀴로스의 머릿수건이 풀리자마자 젊은 페르시아인 미트리다테스가 퀴로스 옆으로 달려가 창으로 퀴로스의 눈 근처 관자놀이를 강타했다. 미트리다테스는 퀴로스의 정체를 모르고 있었다. 상처에서 피가 솟았고 실신한 퀴로스는 휘청거리다가 땅으로 떨어졌다.

퀴로스의 말은 빠져나와 들판을 돌아다녔는데 이때 말에서 흘러내린 안장깔개를 퀴로스를 친 남자의 시종이 발견했다. 깔개는 피에 젖어 흥건했다. 퀴로스가 천천히, 힘겹게 충격에서 벗어나는 동안, 곁에 있던 내시 몇몇은 퀴로스를 다른 말에 싣고 안전한 곳으로 옮기고자 했다. 그러나 퀴로스가 말을 탈 수 있는 상태가 아니었고 자기 발로 가기를 원했으므로 내시들은 퀴로스를 부축하여 데리고 갔다. 퀴로스는 머리가 무거

위 이리 비틀 저리 비틀 하면서도 자신이 승리했다고 확신했다. 탈영한 적의 병사들이 퀴로스를 왕으로 여기고 절을 하며 살려달라고 애원하는 소리가 들렸기 때문이다.

한편 카우니오이족 사람들은 퀴로스 일행을 아군으로 알고 합류하게 되었다. 카우니오이족은 왕의 군대를 따라다니며 허드렛일을 하는 가난한 사람들이었다. 그러나 얼마 가지 않아 보니 퀴로스 일행 사람들이 가슴받이 위에 걸친 겉옷이 죄다 자줏빛이었다. 왕의 사람들은 모두 하얀 겉옷을 입었기 때문에 카우니오이족 사람들은 상대방이 적이라는 것을 깨달았다. 결국 한 사람이 나서서 퀴로스가 누군지도 모르는 상태에서 뒤에서 퀴로스를 가격했다. 그러자 퀴로스의 넓적다리를 지나가는 핏줄이 터졌고 퀴로스는 쓰러지면서 바위에 상처 입은 관자놀이를 부딪쳐 죽었다. 이것이 크테시아스의 이야기이다. 크테시아스는 칼날이 무딘 듯 퀴로스를 죽이는 데 한참이 걸리지만 결국 죽이고 만다.

XII.

퀴로스가 죽은 뒤 왕의 "눈目"• 아르타쉬라스가 마침 말을 타고 지나가다 슬퍼하는 내시들을 보고 가장 믿을 만한 내시 한 사람에게 물었다.

"파리스카스, 이 사람이 누군데 그리 슬퍼하느냐?"

그러자 파리스카스가 대답했다.

"아르타쉬라스 님, 퀴로스 님이 돌아가신 것이 안 보이십니까?"

아르타쉬라스는 내시를 위로하며 시신을 잘 돌보라고 당부했다. 그리고 서둘러 아르타크세르크세스에게 갔다. 아르타크세르크세스는 아군

<hr>

• 페르시아의 고위직.

252

이 전쟁에서 패했다고 생각하고 있었다. 갈증과 상처 때문에 몸도 말이 아니었다. 그런 왕에게 아르타쉬라스는 신바람이 나서 퀴로스의 시신을 두 눈으로 똑똑히 보았다고 말했다. 왕은 그 즉시 시신이 있는 곳으로 나설 차비를 하고 아르타쉬라스에게 안내를 하라고 했다. 그러나 헬라스 군이 추격과 침략을 멈추지 않고 있으며 온 사방에서 주인 행세를 하고 있다는 소문이 파다했으므로 왕은 적지 않은 병사들을 파견하여 퀴로스의 시신을 확인하도록 했다. 그리하여 병사 서른 명이 횃불을 들고 나섰다.

한편 왕이 갈증으로 목숨이 위태로울 지경이었으므로 내시 사티바르자네스가 왕을 위해 마실 물을 찾아다녔다. 근처에는 물이 없었고 진영은 너무 멀었기 때문이다. 그러다 마침내 내시는 지위가 미천한 카우니오이족 사람들과 마주쳤다. 그들은 볼품없는 주머니에 탁하고 더러운 물을 담아 가지고 있었다. 합해서 여덟 코튈레* 정도 되는 양이었다. 내시는 이를 받아 들고 왕에게 가져다주었다. 왕이 물을 다 마셨을 때 내시는 물맛이 역겹지 않았는지 물었다. 그러자 왕은 신께 맹세하건대 그 어떤 포도주도, 아무리 맑고 깨끗한 물도 그토록 달콤한 적이 없었다고 말했다.

"그러니 내게 이 물을 준 사람을 찾아내 포상을 할 수 없다면 적어도 신들께서는 그 사람을 풍요롭고 행복하게 만들어주시기를 바랄 뿐이네."

XIII.

곧이어 전령 서른 명이 기쁘고 의기양양한 얼굴로 말을 타고 돌아왔

---

* 1코튈레는 약 270밀리리터.

다. 그리고 왕에게 찾아온 엄청난 행운을 알렸다. 왕은 또한, 귀환하여 대열에 합류하는 병사들을 보고 힘을 얻었다. 그리하여 수많은 횃불에 둘러싸여 언덕을 내려왔다.

왕은 퀴로스의 시신 앞에 멈추어 오른손과 머리를 잘라낼 것을 명령했다. 페르시아의 법률에 따른 명령이었다. 그리고 머리를 가져오라고 한 다음, 길고 숱이 많은 머리카락을 붙잡아 머리를 들어 올리더니, 여전히 마음을 정하지 못하고 탈영을 꾀하는 사람들에게 보여주었다. 병사들은 놀라움을 금치 못하며 왕에게 절을 했다. 어느새 병사 7만 명이 모여들었다. 왕은 이들과 함께 진영으로 행군했다. 크테시아스에 따르면 왕이 전장으로 이끌고 나간 군사의 숫자는 40만이었다. 데이논과 크세노폰은 왕이 거느린 군대가 훨씬 더 컸다고 말한다. 전사자로 말할 것 같으면 크테시아스는 아르타크세르크세스에게 보고된 숫자가 9천이었다고 말하지만 자신은 적어도 2만 명이 전사했다고 생각한다고 기록했다.*

XIV.

전투가 끝나고 왕은, 퀴로스의 손에 죽은 아르타게르세스의 아들에게
가장 크고 아름다운 선물을 선사했다. 또한 크테시아스와 그 밖의 사람
들에게도 푸짐한 상을 내렸다. 그리고 물주머니를 준 카우니오이족 사람
을 찾아내자마자 가난하고 이름 없던 이 남자를 부유하고 명망 있는 사
람으로 탈바꿈시켰다. 잘못된 선택을 한 사람들을 처벌할 때도 무척 신
중했다.

예를 들어 전투 중에 퀴로스에게 넘어갔다가 퀴로스가 죽자 다시 돌
아온 메디아 사람 아르바케스의 경우 왕은 그의 반역 행위나 악의를 단
죄하기보다 비겁함과 나약함을 문제 삼았다. 따라서 발가벗은 매춘부를
어깨에 메고 하루 종일 시장을 돌아다니는 벌을 내렸다. 적진으로 넘어
갔을 뿐더러, 적을 두 명이나 죽였다고 허풍을 떤 사람의 경우 벌로 혀
에 바늘 세 개를 박았다.

뿐만 아니라 왕은 퀴로스를 자기 손으로 죽였다고 믿었으며 모든 사
람들이 그렇게 생각하고 말하기를 바랐다. 따라서 먼저 퀴로스를 공격
한 미트리다테스에게 선물을 보냈고 선물을 전달하는 사람들에게 이렇
게 말하도록 지시했다.

"그대가 퀴로스의 말에서 흘러내린 마구를 찾아서 가져왔으므로 전하
께서 내리시는 선물입니다."

또한 퀴로스의 넓적다리 뒤쪽에 치명타를 날린 카리아 사람이 선물을
요구하자 왕은 선물을 전달하는 자들에게 이렇게 말하도록 했다.

"전하께서 이 선물을 내리시는 이유는 그대가 좋은 소식을 가져온 두
번째 사람이기 때문입니다. 첫 번째 사람은 아르타쉬라스였고 그 다음으
로 그대가 와서 퀴로스의 죽음을 알렸으니까요."

미트리다테스는 신경이 쓰였지만 별 말 없이 돌아갔다. 그런데 카리아 사람은 어리석었던 나머지 천한 감정에 굴복했다. 좋은 것들을 갖게 되자 타락하였고 능력 밖에 있는 더 좋은 것들이 탐이 났던 것이다. 그래서 희소식을 전한 대가로 받게 된 선물을 우습게보고 오히려 화를 내기에 이르렀다. 퀴로스를 죽인 사람은 바로 자신인데 그 영예를 부당하게 빼앗겼다고 요란하게 떠벌리며 어수선을 떤 것이다. 이 소식이 왕에게 들어가자 왕은 불같이 화를 냈고 남자를 참수형에 처하라는 명령을 내렸다.

그러자 그 자리에 있던 왕의 어머니가 말했다.

"왕이시여, 저 몹쓸 놈을 그렇게 쉽게 보내주어서는 안되지요. 이 어미한테 맡기세요. 건방진 말에 꼭 맞는 벌을 받게 해줄 테니."

그리하여 왕은 남자의 처분을 파뤼사티스에게 맡겼고 파뤼사티스는 처형을 담당하는 관리들을 불러 남자를 열흘 간 바퀴에 묶으라고 명령했다. 그런 다음 눈알을 파고 죽을 때까지 귀에 쇳물을 붓도록 했다.

XV.

미트리다테스 또한 얼마가지 않아 끔찍한 최후를 맞았다. 똑같은 실수를 저지른 것이다. 왕의 내시들과 왕의 어머니가 참석하는 만찬에 초대받은 미트리다테스는 왕이 하사한 옷과 황금으로 치장을 하고 나타났다. 술이 돌아가자 파뤼사티스의 우두머리 내시가 미트리다테스에게 말했다.

"전하께서 내린 이 옷이 참으로 아름답군요. 게다가 이 목장식과 팔찌는 어떻고요! 언월도는 아주 값비싸 보이는군요! 전하께서 이처럼 은혜를 내리시니 누구든 부러워하지 않을 수 있겠습니까? 참 좋겠어요."

256

그러자 어느새 포도주에 취한 미트리다테스는 대답했다.

"스파라미제스, 이런 게 별겁니까? 그날 내가 전하를 위해 한 일은 더 크고 아름다운 선물을 받아 마땅한 일이었는걸요."

그러자 스파라미제스가 미소를 지으며 말을 이었다.

"물론 아낌없이 받아 마땅한 일을 하셨겠지요. 헬라스 속담에 보면 포도주 속에 진리가 있다고 하지 않습니까? 어땠습니까? 말에서 흘러내린 마구를 찾아서 왕께 가져가셨다는데 얼마나 훌륭하고 눈부신 업적이었는지 한번 들어봅시다."

이렇게 말을 하는 스파라미제스는 진실을 모르지 않았다. 그러나 만찬에 참석한 사람들 앞에서 미트리다테스를 폭로하고 싶었다. 그래서 포도주에 취한 미트리다테스가 말이 많아지고 자제력을 잃을 때를 노려 교묘하게 허영심을 자극한 것이다. 결국 미트리다테스는 참지 못하고 이렇게 말했다.

"마구가 어쩌고저쩌고 아무리 떠들어도 좋다 이겁니다. 하지만 분명히 밝혀둘 것은 퀴로스가 바로 이 손에 죽었다는 사실입니다. 나는 아르타게르세스하곤 달라요. 어이없게 헛방을 휘두른 것이 아니에요. 눈을 가까스로 놓쳤지만 관자놀이를 찔러 쓰러뜨렸다는 말입니다. 퀴로스는 그 상처 때문에 죽은 겁니다."

그 순간 미트리다테스의 최후와 불행한 운명을 예감한 사람들은 고개를 숙였다. 주인이 미트리다테스에게 말했다.

"우리 이제 어진 전하를 공경하는 마음으로 먹고 마시기나 합시다. 너무 무거운 이야기는 하지 맙시다."

• 페르시아의 복식.

XVI.

　이후 내시는 이 일을 파뤼사티스에게 알렸고 파뤼사티스는 왕에게 알
렸다. 왕은 열분을 토했다. 공개된 장소에서 거짓말쟁이라고 비난을 받

은 것이나 다름없었다. 뿐만 아니라 왕은 지난 전쟁에서 가장 보람차고 만족스러운 업적이 퀴로스를 죽인 일이라고 생각했다. 그래서 모든 헬라스 사람들과 헬라스 밖 사람들도 왕이 원하는 대로 생각하기를 바랐다. 퀴로스와 왕이 서로를 향하여 돌진하다 끝내 맞붙었을 때 서로 타격을 주고받았으나 왕은 상처만 입고 퀴로스는 죽음을 맞았다는 것이 왕의 주장이었다. 따라서 미트리다테스에게는 사형을 내렸다. 나룻배 고문을 통한 사형이었다.

나룻배 고문이란 다음과 같다. 먼저 나룻배 두 척을 준비하는데 한 척을 다른 한 척 위로 덮을 수 있도록 만든다. 그 다음 배 한 척 위에 죄인을 놓고 그 위로 다른 한 척을 덮는다. 위치를 잘 조정하여 죄인의 머리와 두 손, 두 발이 배 밖으로 나오고 나머지는 배 안에 있도록 한다. 그런 다음 음식을 먹게 한다. 만약 먹기를 거부하면 눈을 찔러 먹게 만든다. 다 먹으면 물과 우유를 입에 부어 마시게 하고 얼굴 위로 넘쳐 흘러내리게 한다. 그런 다음 눈은 언제나 태양을 바라보고 있게 만든다. 이렇게 하면 곧 파리떼가 얼굴에 내려앉아 빈틈이 없게 된다. 한편 배 안에서 죄인은, 인간이 먹고 마신 뒤 하지 않을 수 없는 일을 하게 된다. 그러면 배설물이 변질되고 썩으면서 지렁이와 구더기가 올라와 몸을 뜯어 먹고 내장까지 먹게 된다. 죽은 것이 분명해지면 위를 덮은 배를 치우는데 살갗은 다 먹히고 없으나 내장에는 방금 언급한 벌레들이 다닥다닥 붙어먹고 있는 모습을 볼 수 있다. 이와 같은 방법으로 미트리다테스는 17일 간 천천히 벌레에게 먹히다 죽었다.

XVII.

어느새 파뤼사티스의 복수심은 단 하나의 목표만 남겨두고 있었다.

퀴로스의 머리와 오른손을 자른 사람, 바로 왕의 내시 마사바테스였다. 그러나 왕으로 인해 도통 내시에게 접근할 수가 없었으므로 파뤼사티스는 음모를 꾸몄다. 파뤼사티스는 지략이 보통이 아닌 여인이었으며 주사위 놀이에 깊이 빠져 있었다. 따라서 전쟁이 있기 전에도 왕과 종종 주사위 놀이를 했으며 전쟁이 끝나고 왕과 화해한 뒤에도 왕의 친절한 부탁을 거절하지 않고 왕의 여흥에 참여하기까지 했다. 뿐만 아니라 왕의 사랑 놀음을 지켜보고 거들기까지 했다. 한마디로 스타테이라가 왕과 함께 시간을 보내기가 무척 힘들게 만들었다. 파뤼사티스는 누구보다 스타테이라를 싫어했고 왕에게 누구보다 큰 영향력을 행사하고 싶었다.

어느 날 파뤼사티스는 아르타크세르크세스가 무료해하는 것을 보고 1천 다레이코스를 걸고 주사위 놀이를 하자고 도전장을 던졌다. 그러고는 일부러 저주고 1천 다레이코스를 주었다. 이후 파뤼사티스는 패배가 억울한 척, 설욕의 기회를 찾는 척 연기를 하다가 이윽고 왕에게 내시 한 명을 걸고 다시 승부를 가리자고 했다. 그러자 왕도 동의했다. 가장 믿음직한 내시 다섯을 제외하고 나머지 내시들 가운데 승자가 선택하는 내시를 내주기로 한 것이다. 둘은 이 조건을 내걸고 놀이를 시작했다. 파뤼사티스는 매우 진지했고 놀이에 무척 열중했다. 주사위 또한 파뤼사티스에게 유리하게 나왔다. 결국 승리한 파뤼사티스는 마사바테스를 선택했다. 마사바테스는 왕이 제외한 다섯 명에 포함되어 있지 않았다.

왕의 의심을 사기도 전에 파뤼사티스는 이 내시를 사형을 집행하는 관리들에게 넘겼다. 관리들은 명령에 따라 산 채로 가죽을 벗긴 뒤 말뚝 세 개 위에 시신을 비스듬히 놓았다. 이어서 네 번째 말뚝에는 벗긴 가죽을 못질했다. 이렇게 되자 왕은 어머니에게 몹시 분노하였고 어머니는 아들에게 비웃음이 섞인 말을 건넸다.

"전하는 정말 해맑은 바보가 아니십니까? 이 어미는 1천 다레이코스를 손해 보고도 아무 말 없이 패배를 인정하는데 늙어빠진 내시 하나를 잃고 그토록 화를 내시다니요."

그러자 왕은 속임수에 넘어간 것이 억울하기는 해도 더 이상 아무 말을 하지 않았다. 그러나 스타테이라는 모든 문제들에 관해 파뤼사티스의 의견에 드러내놓고 반대했다. 무엇보다도 파뤼사티스가 퀴로스를 위해, 내시를 비롯하여 왕에게 충성했던 사람들을 잔인하고 불법적인 방식으로 죽이고 있었기 때문에 스타테이라는 몹시 화가 나 있었다.

XVIII.

한편 클레아르코스와 동료 장군들은 팃사페르네스에게 완전히 속아 넘어갔다. 팃사페르네스가 엄숙히 서약한 내용을 어기고 클레아르코스를 사로잡아 쇠사슬로 묶은 뒤 왕에게 끌고 간 것이다.* 크테시아스가 전하는 말에 따르면 왕은 어머니의 부탁에 클레아르코스를 죽이지 않겠다고 동의하고 맹세했으나 다시 스타테이라의 설득에 넘어가 메논을 제외한 모든 장군들을 처형했다. 바로 이런 이유에서 파뤼사티스가 스타테이라의 목숨을 빼앗으려는 음모를 계획하고 독약을 준비했다는 말도 있다. 그러나 이 가설은 개연성이 부족하다. 파뤼사티스가 그토록 무시무시한 행위를 감행한 동기가 고작 클레아르코스였다는 사실도 말이 안 된다. 그래도 스타테이라는 왕의 법적인 아내였고 왕좌를 이어받을 아이들의 어머니였다.*

XIX.

파뤼사티스는 처음부터 스타테이라를 미워하고 시기했다. 왕이 어머니의 말을 듣는 이유는 효심 때문이었으나 아내의 말을 듣는 이유는 흔들리지 않는 사랑과 신뢰 때문이었다. 따라서 파뤼사티스는 왕비의 목숨을 노렸고 무엇보다 값비싸다고 생각하는 판돈을 놓고 도박을 시작한 것이다.

파뤼사티스에게는 믿음직한 시녀 기기스가 있었다. 기기스가 파뤼사티스에 끼치는 영향력이 누구보다 컸으며 파뤼사티스가 독약을 마련하는 것을 도왔다는 것이 데이논의 기록이다. 그러나 크테시아스는 기기스가 음모를 알고 있었을 뿐이며 멈출 힘은 없었다고 한다. 독약을 실제로 왕비에게 준 사람은 벨리타라스였다고 한다. 데이논이 남긴 기록에 따르면 멜란타스였다.

불화와 의심으로 가득했던 나날이 지나고 두 여인이 다시 만나 함께 식사하기 시작했을 때였다. 두 사람은 여전히 서로를 두려워하고 조심했으므로 동일한 사람이 준비한 동일한 음식만을 나누어먹었다. 한편 페르시아에는 속에 배설물이 없고 지방으로 꽉 찬 새가 있다. 산소와 이슬만을 먹고 산다고 전해지는 륀타케스다. 크테시아스의 말에 따르면 파뤼사티스는 이 새를 반으로 잘라 왕비에게 내밀었는데 칼의 한쪽에만 독이 묻어 있었다. 따라서 새의 한쪽에만 독을 바를 수 있었다. 파뤼사티스는 오염되지 않은 멀쩡한 고기를 입에 넣으면서 독이 묻은 고기는 스타테이라에게 주었다. 그러나 데이논은 파뤼사티스가 아니라 멜란타스가 칼로 고기를 잘랐으며 독이 묻은 고기를 스타테이라에게 준 것도 멜란타스라고 한다.

그게 누구였든 스타테이라는 고통스럽게 몸부림을 치며 죽었다. 그러나 죽기 전에 자신에게 어떻게 불행이 닥쳤는지 깨달았으며 왕으로 하여금 어머니를 의심하게 만들었다. 왕은 어머니가 얼마나 사납고 고집스러운 여인인지 모르지 않았다.

262

따라서 즉시 조사를 시작했고 어머니의 하인과 식사 시중을 드는 시종들을 붙잡아 고문했다. 반면 기기스의 경우 파뤼사티스가 자기 집에 한동안 데리고 앉아 왕의 요청에도 좀처럼 내주지 않았다. 그러나 얼마 후 기기스는 밤을 틈타 집에 가게 해달라고 애원했다. 왕은 이를 전해 듣고 복병을 숨겨두었다가 기기스를 붙잡아 처형했다.

페르시아의 법적인 사형 절차는 다음과 같다. 넓적한 돌에 죄인의 머리를 올린 뒤 또 다른 돌로 머리와 얼굴이 형체가 없어지고 걸쭉하게 될 때까지 때리고 짓이긴다. 기기스 역시 이런 방법으로 죽었다. 그러나 아르타크세르크세스는 파뤼사티스를 그 이상으로 벌하거나 해하지 않았다. 대신 바뷜론으로 보내달라는 어머니의 부탁을 들어주고 어머니가 살아 있는 한 바뷜론을 보지 않겠다고 했다. 왕의 집안 사정은 이와 같았다.

XX.

이제 왕은 퀴로스와 함께 올라온 헬라스 사람들을 사로잡는 데 혈안이 되어 있었다. 이는 퀴로스를 무찌르고 왕좌를 지키는 것만큼이나 중요한 일이었다. 그럼에도 왕은 헬라스 군대를 사로잡지 못했다. 퀴로스를 잃고 상관을 잃은 뒤였지만 헬라스 병사들은 왕의 코앞에서 빠져나갔다. 페르시아 제국에 황금과 여자, 온갖 호화로운 재물이 아무리 많아도 결국 껍데기뿐이라는 사실을 만방에 알린 셈이다.

이렇게 되자 온 헬라스가 용기를 얻고 페르시아 사람들을 얕잡아 보았다. 특히 라케다이몬 사람들은, 이 기회에 아시아에 있는 헬라스 사람들을 예속 상태로부터 구해내고자 했다. 그러지 않고 페르시아가 계속해서 제멋대로 취급하도록 내버려두는 것이 오히려 말이 안 된다고 생각했다. 따라서 먼저 팀브론의 지휘 아래 전쟁을 시작했다. 이후 데르킬리다스가 지휘권을 잡았는데 이렇다 할 공을 세우지 못했으므로 전쟁의 지휘권은 왕 아게실라오스에게 돌아갔다.

아게실라오스는 함대를 이끌고 아시아로 건너갔고 당장 행동을 시작했다. 먼저 정식 전투에서 팃사페르네스를 무찌르고 헬라스 도시들을 부추겨 반란을 일으키도록 했다. 이렇게 되자 아르타크세르크세스는 아게실라오스와 어떻게 싸워야 할 것인지 고민하다가 로도스 사람 티모크라테스를 헬라스에 보내기에 이르렀다.

티모크라테스의 임무는 엄청난 돈을 가지고 헬라스의 도시를 방문하여 그 도시의 가장 영향력 있는 사람들을 매수한 뒤 도시가 스파르테를 상대로 전쟁을 일으키도록 부추기는 것이었다. 티모크라테스가 임무를 마치자 주요 도시들이 스파르테를 상대로 들고 일어섰고 펠로폰네소스 반도가 요동치기 시작했다. 스파르테 관리들은 아시아로 파견했던 아게실라오스를 다시 불러들였다. 바로 이즈음 고향으로 돌아가던 아게실라오스는 동료들에게 이렇게 말했다고 한다.

"왕이 사수 삼만 명을 동원해 나를 아시아에서 쫓아내는군."

페르시아 동전에 사수의 모습이 찍혀 있었던 것이다.

• 페르시아 동전. 활을 든 사수의 모습이 선명하다.

XXI.

왕은 또한 아테나이 사람 코논을 파르나바조스와 함께 파견함으로써 라케다이몬 사람들을 바다에서 몰아냈다.* 파르나바조스와 코논이 크니

도스 앞바다에서 벌어진 해전에서 승리한 뒤 아르타크세르크세스는 라케다이몬의 해상 권력을 빼앗을 수 있었고 곧 헬라스 전체의 굴복을 얻어냈으므로 안탈키다스의 평화라는 이름도 유명한 평화 협약을 헬라스에 강요할 수 있었다.

레온의 아들 안탈키다스는 스파르테 사람이었으나 페르시아 왕의 편에 서서 라케다이몬으로 하여금 아시아에 있는 모든 헬라스 도시들을 왕에게 넘기도록 했다. 아시아에 붙은 섬들도 넘기도록 했다. 이들 섬과 도시는 왕에게 조공을 바쳐야 했다. 바로 이런 방식으로 헬라스에 평화가 정착된 것이다. 평화라기보다 헬라스에 대한 모욕이자 배신이었다. 그 어떠한 전쟁도 패자에게 이처럼 불명예스러운 결과를 가져온 적은 없었다.

XXII.

이러한 이유에서 아르타크세르크세스는 다른 스파르테 사람들은 경멸하였어도, 데이논의 말에 따르면 가장 뻔뻔한 인간들로 쳤어도, 페르시아로 온 안탈키다스에게만은 무한한 애정을 보여주었다. 화환을 아주 값비싼 향유에 적셔서 식사가 끝난 후 안탈키다스에게 보낸 적도 있었다.*

스파르테가 헬라스에서 최고 지위를 유지하는 한 아르타크세르크세스는 안탈키다스를 손님으로 대접하고 친구로 불렀다. 그러나 스파르테가 레욱트라에서 패배하고 돈을 구걸해야 하는 지경이 됐을 때 아게실라오스는 아이귑토스로 갔고 안탈키다스는 아르타크세르크세스를 찾아가 라케다이몬 사람들이 필요로 하는 것들을 지원해 달라고 부탁했다. 그러자 왕은 그를 깔보고 무시하며 거절했다. 안탈키다스는 고향으로 돌아와 반대파 사람들에게 비난을 받았고 관리들이 두려웠던 나머지 음식을 입에 대지 않다가 죽음을 맞았다.

테바이 사람 이스메니아스와 펠로피다스도 레욱트라 전투에서 승리한 직후 왕을 찾아갔다. 펠로피다스는 부끄러운 행동은 조금도 하지 않았으나 이스메니아스는 왕에게 절을 하라는 명령을 받고 끼고 있던 반지를 바닥에 집어던진 뒤 몸을 숙여 이를 주웠다. 겉으로나마 왕에게 절을 하는 것처럼 보이고 싶었기 때문이다.

그러나 아테나이 사람 티마고라스가 서기 벨루리스를 통해 왕에게 비밀 서한을 보냈을 때 왕은 얼마나 기뻤으면 1만 다레이코스를 하사하고 젖소 80마리를 딸려 보냈다. 티마고라스에게는 우유를 먹어야 낫는 병이 있었기 때문이다. 그 밖에도 침상과 침구를 보냈고 침상을 돌볼 하인도 보냈다. 헬라스 사람들은 침상을 돌보는 법을 모른다는 이유에서였다. 또한 병약해진 티마고라스를 해안까지 옮겨줄 사람들도 보냈다.

티마고라스가 궁전에 머물 당시에는 얼마나 훌륭한 만찬을 차려주었는지 왕의 형제 오스타네스가 이렇게 말했을 정도였다.

"티마고라스, 이 식탁을 잘 기억하게. 이런 식탁에 보답하려면 쉽지는 않을 터이니."

사실 이것은 왕의 은혜를 기억하라는 말이라기보다 조국에 대한 티마고라스의 배신을 비난하는 말이었다. 실제로 아테나이 사람들은 부패한 티마고라스를 사형에 처했다.

XXIII.

아르타크세르크세스가 헬라스 사람들에게 수많은 불행을 가져다준 것은 사실이지만 헬라스 사람들의 마음을 흡족하게 한 일도 한 차례 있

266

었다. 헬라스의 원수, 사악하고 혐오스러운 팃사페르네스를 죽인 일이다. 한편 왕이 팃사페르네스를 죽인 데에는 파뤼사티스의 비난도 한몫을 했다.

왕은 어머니에 대한 분노를 오래 간직하지 않았다. 어머니가 지혜롭고, 여왕에게 어울리는 숭고한 기백을 갖고 있다고 여겼으므로 어머니와 화해한 뒤 어머니를 궁전으로 도로 데리고 왔던 것이다. 두 사람이 서로 의심하고 해할 이유가 사라진 탓도 있었다. 궁전으로 돌아온 왕의 어머니는 모든 일에 앞서 왕의 심기를 먼저 고려했고 왕이 무엇을 하든 지지함으로써 왕에 대한 영향력을 확보하고 원하는 모든 목적을 달성했다.

돌아온 왕의 어머니는 왕이 두 딸 가운데 하나인 아톳세를 열렬히 사랑한다는 것을 눈치 챘다. 왕이 딸의 어미를 생각해서 감정을 숨기고 억제하려고 한다는 것도 알 수 있었다. 왕이 이미 비밀리에 딸과 관계를 했다는 설도 있다. 둘의 관계를 눈치 챈 왕의 어머니는 손녀에게 전보다 더 많은 애정을 보이고 미모와 성품을 칭송하며 손녀가 진정으로 왕족다우며 품위가 있다고 말했다. 그리하여 마침내 왕을 설득하여 딸을 정식으로 왕비로 맞이하게 했다. 이것는 헬라스의 관습이나 법률을 깡그리 무시하는 행동이었다. 하늘이 정한 페르시아의 왕이 곧 페르시아의 법이고 선악의 기준이라는 태도였다.

그러나 퀴메의 헤라클레이데스를 비롯한 몇몇 사람들은 아르타크세르크세스가 딸 하나가 아니라 둘과 결혼했다고 말한다. 둘째 부인의 이름은 아메스트리스였는데 이 딸에 대해서는 잠시 후 이야기하겠다. 아무튼 왕은 왕비 아톳세를 애지중지했다. 아톳세의 온몸이 나병으로 문드러졌을 때도 왕은 조금도 불쾌하게 여기지 않고 딸이자 왕비를 위해 헤라 여신에게 기도를 올렸다. 그 누구에게도 절을 해본 적이 없던 왕이 헤라 여신 앞에 절을 하고 흙을 움켜쥔 것이다. 한편 지방관들과 왕의

동료들은 왕의 명령을 받들어 헤라 여신에게 얼마나 많은 선물을 보냈는
지 왕궁과 신전 사이의 16스타디온 거리에 말들이 꽉 들어차 있었고 금,
은, 자줏빛이 넘실댔다.

XXIV.

파르나바조스와 이피크라테스가 왕을 대신해 수행한 아이귑토스 원
정은 두 장군의 불화로 인하여 성공적이지 못했다. 따라서 카두시오이족
과 싸울 때 왕은 보병 30만과 기병 1만을 이끌고 직접 원정을 지휘했다.
그러나 왕이 침투한 땅은 험하고 다니기 어려웠으며 안개가 많은 지역이
었다. 게다가 이 땅에서는 곡물이 나지 않았다. 겁이 없고 전쟁에 능한
이 땅 사람들은 배와 사과를 비롯한 열매에 주로 의지해 살았다.

따라서 왕은 모르는 사이 크나큰 위험과 고난에 휘말리게 되었다. 지
역에서 음식을 구할 수는 없었고 외부에서 조달할 수도 없었기 때문에
병사들은 짐을 나르는 짐승들을 잡아먹을 수밖에 없었다. 나귀 머리는
60드라크메를 주고도 구입하기 힘들었다. 뿐만 아니라 왕을 위한 만찬도
취소되었고 군마까지 잡아먹어 몇 마리 남지 않게 되었다.

바로 이 시점에서 테리바조스가 왕과 군대를 살렸다. 테리바조스는 용
기가 뛰어나 여러 번 높은 위치에 올랐으나 경솔한 탓에 종종 좌천되곤
했다. 이 당시에도 불명예스러운 대우를 받으며 무시당하고 있었다. 당시
카두시오이족은 왕이 둘이었고 둘은 다른 진영에 떨어져 있었다. 그래서
테리바조스는 아르타크세르크세스와의 접견에서 자기 계획을 설명한
다음 카두시오이족 왕을 만나러 갔고 다른 왕에게는 아들을 보냈다. 아
버지와 아들은 각각 담당한 왕을 속였다. 상대 왕이 아르타크세르크세
스와 우호 동맹을 맺기 위해 사절단을 보낼 계획이라는 소문을 양쪽 왕

268

에게 동시에 홀린 것이다. 그러고는 상대 왕보다 먼저 아르타크세르크세스를 접견하는 것이 슬기로운 선택이라고 강조하며 힘을 다해 돕겠다고 자청했다. 두 왕 모두 설득 당했고 서로가 선수를 친다고 생각하며 테리바조스와 테리바조스의 아들에게 사절단을 딸려 보냈다.

그럼에도 일은 느리게 진척되었고 테리바조스를 향한 의심과 비난이 아르타크세르크세스의 귀에까지 들어왔다. 왕도 마침 불안해하던 중이었고 테리바조스를 믿은 것이 후회가 되던 참이었다. 따라서 테리바조스의 반대파 사람들은 더욱 신이 나서 공격했다.

그러나 테리바조스는 마침내 모습을 드러냈고 아들도 돌아왔다. 둘 다 카두시오이족 사절단을 데리고 왔다. 결국 페르시아는 두 왕 모두와 평화 협정을 맺었다. 이리하여 테리바조스는 다시 위대하고 훌륭한 인물로 대접을 받으며 왕과 함께 고향으로 나섰다.

이 여정에서 왕은, 사람들이 생각하는 것과 달리 비겁함과 나약함이 사치스럽고 호화로운 생활에서 비롯하는 것이 아니며 그릇된 가치관의 영향을 받는 저열하고 미천한 본성에서 비롯함을 몸소 증명했다. 황금도, 왕의 의복도, 언제나 왕을 에워싸고 있는 1만 2천 탈란톤 상당의 장신구도 왕이 보통 병사와 다름없이 시련과 고난을 겪어내는 것을 막지 못했다. 왕은 화살통을 메고 팔에는 방패를 끼고 병사들 앞에서 함께 행군하면서 군마도 없이 깎아지른 산길을 지났다. 왕이 열심히 애쓰는 것을 본 군대는 날개가 달린 듯했으며 어깨가 가벼워진 것 같았다. 왕은 매일 200스타디온 이상을 전진했다.

XXV.

마침내 군대는 왕을 위한 정거장에 도착하게 되었다. 이 장소에는 공을 들여 가꾼 훌륭한 공원이 있었지만 그 주변은 나무도 없이 황량했다. 날씨가 추웠던 탓에 왕은 병사들에게 공원의 나무를 베어 땔감으로 쓸 수 있게 허락했다. 소나무도 편백나무도 아끼지 말라고 했다. 그러나 병사들이 머뭇거리며 크고 아름다운 나무들을 차마 베지 못하자 왕은 직접 도끼를 집어 들고 가장 크고 아름다운 나무를 넘어뜨렸다. 곧이어 병사들은 땔감을 준비하기 시작했고 여러 곳에 불을 만들어 밤을 편안하게 보냈다.

그럼에도 왕은 귀환하기까지 여러 용감한 부하들을 잃었고 군마는 거의 다 잃어버렸다. 원정의 대실패로 인해 백성들의 불만이 엄청날 것을 예상한 왕은 주요 대신들이 수상하게 보이기 시작했다. 그리하여 분노를 참지 못해 여러 대신을 죽였고 두려움으로 인해 더 많은 사람들을 죽였다.

폭군은 겁나고 두려울 때 피를 가장 많이 쏟는다. 그러나 용감하고 당당한 군주는 인자하고 부드럽고 의심이 없다. 야생 짐승도 마찬가지다. 겁이 많고 소심한 동물은 말을 듣지 않고 길들이기가 어렵다. 반면 당당한 동물은 용감해서 사람을 더 신뢰하고 사람이 상냥하게 접근할 때 거부하지 않는다.

XXVI.

어느새 노년에 접어든 아르타크세르크세스는 아들들이 동료, 주요 대신들과 어울려 파벌을 형성하기 시작했음을 깨달았다. 왕위 계승이 문제였다. 보수파는 아르타크세르크세스가 장남으로서 왕좌를 물려받았듯 다레이오스가 물려받는 것이 옳다고 생각했다. 그러나 성격이 급하고 험악한 막내 아들 오코스는 왕궁의 대신들 사이에 여러 추종자가 있었다.

뿐만 아니라 아톳세의 지지를 확보함으로써 아버지를 자기편으로 만들고자 했다. 아톳세에게, 아버지가 세상을 떠나면 아내로 맞아줄 테니 왕좌를 나눠 갖자고 제안한 것이다. 아버지가 살아 있을 당시에도 아톳세와 은밀한 관계를 맺곤 했다는 소문도 있다.

그러나 아르타크세르크세스는 이를 까맣게 모르고 있었다. 왕은 오코스가 퀴로스와 같은 길을 택하여 왕국을 또다시 전쟁과 분쟁으로 몰아넣을까 두려웠으므로 오코스의 기대를 단번에 깨뜨리기로 마음먹고 당시 50세였던 다레이오스를 왕세자로 선언했다. 이어서 키타리스, 즉 위로 치켜세운 페르시아식 왕관을 쓰게 허락했다.

그런데 페르시아에는 특별한 풍습이 있었다. 왕세자가 소원을 말하면 왕이 힘닿는 한 그 소원을 들어주는 풍습이었다. 다레이오스의 소원은 아스파시아를 갖는 것이었다. 아스파시아는 퀴로스가 특별히 사랑하던 애첩이었고 당시에는 왕의 첩이기도 했다. 포카이아에서 자유인 부모 아래 태어난 아스파시아는 교육 수준도 적절했다.

언젠가 퀴로스가 식사를 하고 있는데 아스파시아가 다른 여인들과 함께 불려 들어왔다. 다른 여인들은 주어진 자리에 앉았고 퀴로스가 희롱 섞인 농담을 하며 친근하게 굴어도 불쾌하게 여기지 않았다. 그러나 아스파시아는 의자 옆에 선 채 퀴로스가 불러도 가지 않았다. 왕의 시종이 아스파시아를 끌고 가려고 하자 아스파시아는 이렇게 말했다.

"내 몸에 손을 대는 자는 크게 후회할 것이다."

그리하여 다른 손님들은 아스파시아가 은혜도 모르고 예의도 모르는 여자라고 생각했다. 그러나 퀴로스는 몹시 기뻐하며 웃었고 여인들을 데려온 남자에게 말했다.

"자네가 데려온 여인들 가운데 순수한 자유민은 이 여자뿐이야. 알고 있었나?"

이 이후로 퀴로스는 아스파시아에 푹 빠졌고 "현명한 아스파시아"라고 부르며 다른 어느 여인보다 사랑했다. 그러나 퀴로스가 쿠낙사 전투에서 지고 진영이 약탈당했을 때 아스파시아도 포로로 잡혔다.

XXVII.

다레이오스가 달라고 했던 아스파시아는 바로 이 아스파시아였다. 아들의 요청은 아버지를 불쾌하게 만들었다. 페르시아 사람들은 사랑에서 오는 쾌락에 관련된 모든 일에서 늘 지독한 질투를 부린다. 따라서 왕의 첩에게 다가와 첩을 건드리기만 해도 사형일 뿐만 아니라 첩을 태우고 가는 가마를 지나가기만 해도 죽음이다.

그러나 왕에게는 법을 무시하고 아내로 맞은 아톳세가 있었고 그 밖에도 미모가 뛰어난 애첩이 360명이나 있었다. 그런데 아들이 아스파시아를 콕 집어 말했으니 왕도 어쩔 수 없었다. 왕은 아스파시아가 자유의 몸이니 아스파시아가 원한다면 데려갈 수 있으나 원하지 않는다면 강요할 수 없다고 말했다.

그리하여 아스파시아가 소환되었고 이 여인은 왕의 기대와 달리 다레이오스를 선택했다. 왕은 풍습에 따라 어쩔 수 없이 아스파시아를 다레이오스에게 주었으나 얼마 후 도로 빼앗았다. 정확히 말하면 엑바타나의 아르테미스의 사제 "아나이티스"로 임명했다. 평생 정숙하게 살아가게 만든 것이다. 왕은 이것이 아들에게 벌을 내리는 좋은 방법이라고 여겼다. 잔인하거나 지나치지 않으며 어느 정도 익살스럽기까지 한 방법이었기 때문이다. 그러나 다레이오스의 증오심은 그칠 줄을 모르고 커져갔다. 아스파시아에 대한 열정이 아주 깊었기 때문이거나 아버지에게 모욕과 조롱을 당했다고 느꼈기 때문일 것이다.

272

한편 다레이오스의 기분을 눈치 챈 테리바조스는 세자의 화를 더욱 돋울 방법을 찾았다. 세자의 불만이 자신이 가진 불만과 크게 다르지 않았기 때문이다. 테리바조스의 불만의 원인은 이러했다. 딸이 여럿이었던 왕은 아파마는 파르나바조스에게, 로도구네는 오론테스에게 아메스트리스는 테리바조스에게 주기로 약속해 둔 터였다. 왕은 나머지 두 사람과의 약속은 지켰으나 테리바조스에게 아메스트리스를 주겠다는 약속을 어기고 아메스트리스를 자기 아내로 만들어 버렸다.

그러면서 테리바조스에게 막내딸 아톳세를 주겠다고 했으나 곧 아톳세와 사랑에 빠지면서 위에서 언급했듯 아톳세 또한 아내로 맞았다. 그러니 테리바조스의 적개심이 불타오른 것은 당연하다. 테리바조스는 한 번도 평정심을 가져본 적이 없었고 언제나 변덕스럽고 성급했다. 따라서 왕의 총애를 받다가도 모욕을 당하고 내팽개쳐지는 일을 반복해서 겪는 동안 그 어떤 상황도 태연하게 받아들이지 못했다. 왕의 은혜를 입었을 때에는 허영심이 커져서 남들을 불편하게 만들었으며 왕의 눈 밖에 났을 때에는 잠자코 겸손하게 있지 못하고 거칠고 사납게 굴었다.

XXVIII.

따라서 테리바조스가 젊은 세자 편에 붙자 흡사 불에 불을 붓는 격이었다. 테리바조스가 세자에게 건넨 말은 대략 다음과 같았다. 스스로 우뚝 서고자 하지 않는다면 머리에 쓴 왕관도 나랏일에는 아무 소용이 없었다. 나아가 누이가, 규방에 앉아 나랏일에 교묘하게 끼어들고자 하는 상황에서, 성격이 그토록 변덕스럽고 불안정한 아버지만 믿고 왕좌를 물려받으리라 생각하는 것은 어리석었다. 일개 헬라스 매춘부를 위해 페르시아의 신성한 풍습을 거스른 사람이 중차대한 문제 앞에서 약속을 지킬 리 없었다.

게다가 오코스가 왕국을 물려받지 않는 것과 다레이오스가 왕국을 빼앗기는 것은 전혀 다른 경우였다. 오코스는 왕이 되지 않아도 방해받지 않고 평범한 삶을 살 수 있었겠지만 다레이오스는 왕세자로 선언된 만큼 왕이 되지 않으면 살아 있을 수조차 없었다.

"설득에서 악행까지는 순식간이다"라고 했던 소포클레스의 말은 역시 옳았다. 욕망의 대상으로 향하는 길은 매끄러운 내리막길이고 대부분의 사람들은 경험 부족과 선에 대한 무지로 인하여 악을 택한다. 그러나 테리바조스의 설득이 먹혀든 것은 제국의 거대한 규모와 오코스에 대한 다레이오스의 두려움 때문이었다. 물론 아스파시아를 빼앗긴 뒤였으니 퀴프로스에서 탄생한 사랑의 여신이 전혀 손을 쓰지 않았다고는 말할 수 없겠다.

XXIX.

이리하여 다레이오스는 테리바조스의 품으로 들어갔다. 곧 여러 사람이 음모에 가담했는데 한 내시가 암살 계획과 방식을 왕에게 알려버렸다. 밤새 왕의 침실로 훔쳐 들어가 침상에 누운 왕을 암살한다는 계획이었다. 내시가 건넨 정보를 한 귀로 흘리기에는 위험이 너무 컸다. 그렇다고 해서 아무런 증거 없이 믿을 수도 없었다. 따라서 왕은 내시에게 음모에 가담한 자들을 철저히 감시하라고 일렀다. 그동안 자신은 침상 뒤편 벽을 허물어 문을 만들고 문 위로 천을 늘어뜨렸다.

곧 약속된 때가 다가오고 내시가 정확한 시각을 알려왔다. 왕은 침상에서 꼼짝하지 않고 있다가 암살자들의 얼굴을 보고 한 사람 한 사람을 똑똑히 확인했다. 그러나 그들이 칼을 뽑아들고 접근하자 재빨리 천을

274

걷고 안쪽 방으로 들어갔고 문을 쾅 닫은 다음 소리를 질렀다. 왕에게 얼굴을 들킨 암살자들은 아무 짓도 못한 채 들어온 문으로 도망을 나갔고 테리바조스와 동료들에게 음모가 탄로났으니 도망치라고 전했다.

나머지 사람들은 흩어져 도망을 쳤으나 테리바조스만은 체포에 저항하며 왕의 호위병들을 여럿 베어 죽였으며 마침내 먼 데서 날아온 창에 맞아 죽었다. 다레이오스와 자녀들은 왕의 앞으로 끌려왔고 왕은 판관들에게 사건을 배정했다. 왕 자신은 재판에 참석하지 않았고 기소는 다른 사람들이 대신했음에도 왕은 판관들로 하여금 각자의 의견을 적어 가져오라고 명령했다.

판관들은 만장일치로 다레이오스에게 사형을 내렸다. 그러자 왕의 하인들이 다레이오스를 붙잡아 가까운 방으로 끌고 들어갔으며 사형 집행관을 불러들였다. 집행관은 죄인을 참수하기 위한 날카로운 칼을 손에 들고 들어왔다. 그러나 집행관은 다레이오스를 보고 혼란에 빠졌으며 시선을 돌리고 문을 향해 뒷걸음질 쳤다. 왕의 목숨을 끊을 수 없으며 끊지 않겠다는 생각이었다. 그러나 문밖에 있는 판관들이 한편으로는 위협을 하고 한편으로는 명령을 했기 때문에 집행관은 죄인에게 돌아갈 수밖에 없었다. 그는 한 손으로 다레이오스의 머리카락을 붙잡고 바닥으로 끌어내린 다음 칼로 목을 베었다.

왕이 재판에 참석했다는 주장도 있다. 판관들이 반박할 수 없는 증거를 들이대자 다레이오스는 납작 엎드려 제발 자비를 베풀어 달라고 애원하고 간청했다. 그러나 아르타크세르크세스는 분노에 북받쳐 자리에서 일어났으며 언월도를 뽑아 아들이 죽을 때까지 칼을 휘둘렀다고 한다. 그런 다음 마당으로 나가 태양에 절을 한 다음 이렇게 말했다.

"기쁨과 평화의 마음으로 가시오, 페르시아인들이여. 불경하고 불법적인 행위를 계획한 자들을 위대한 오로마제스께서 벌주셨으니."

XXX.

　음모는 이렇게 끝이 났다. 어느새 오코스는 아톳세가 불어넣은 기대로 화색이 돌고 있었다. 그러나 여전히 아리아스페스와 아르사메스가 두려웠다. 아리아스페스는 하나 남은 왕의 적법한 아들이었고 아르사메스는 유일하게 남은 서자였다. 오코스가 아리아스페스를 두려워한 이유는 자신보다 나이가 많아서가 아니라 품성이 온화하고 솔직한 데다 자비로워서 페르시아 사람들이 그를 왕의 재목으로 여겼기 때문이다. 반면 아르사메스는 지혜롭다고 여겨졌고 오코스는 아르사메스에 대한 아버지의 특별한 애정을 모르지 않았다.

　따라서 오코스는 두 형제 모두의 목숨을 노리고 음모를 꾸몄다. 천성이 교활한 동시에 살벌했던 오코스는 잔혹한 본성을 발휘해 아르사메스를 죽일 계획을 꾸몄고 아리아스페스는 교활하고 악랄한 본성을 발휘해 죽이려고 했다. 먼저 아리아스페스에게 몰래 왕의 내시와 동료들을 보내 수시로 무시무시하고 위협적인 말을 전달하게 했다. 왕이 아리아스페스를 잔인하고 치욕적인 방법으로 죽이려고 한다는 내용이었다. 말을 전달하는 사람들은 자신들이 아는 내용이 나랏일과 관련된 중요한 비밀이라는 듯이 행동했다. 뿐만 아니라 때로는 왕이 일을 미루고 있다고 말했다가 때로는 행동에 옮기기 직전이라고 말했기 때문에 왕자는 하얗게 겁에 질렸고 머릿속은 공포와 혼란과 좌절로 가득 찼다. 결국 왕자는 스스로 준비한 극약을 마시고 목숨을 끊었다.

　왕은 아들이 죽은 사연을 듣고 통곡을 했다. 또한 무엇이 아들의 죽음을 초래했는지 짐작했으나 너무 노쇠하여 죄인을 찾아 벌할 기력이 없었다. 그리하여 왕은 아르사메스에게 더 큰 애정을 쏟았고 이 아들에게 주로 의지하고 마음을 털어놓았다. 그러자 오코스도 더 이상 계획을 늦

추지 않았다. 테리바조스의 아들 아르파테스의 손을 빌려 왕자를 죽인
것이다.

　아르타크세르크세스는 노령으로 이미 삶과 죽음 사이를 오락가락하
고 있었다. 그런데 아르사메스의 소식이 들려오자 조금도 견디지 못하고
곧바로 슬픔과 절망에 빠져 숨을 거두었다. 향년 94세였다. 총 64년을 왕
으로 군림하며 통치한 아르타크세르크세스는 온화하고 백성을 아끼는
왕으로 기억되었다. 이것은 무엇보다도, 극도로 잔인하고 피를 좋아했던
아들 오코스 덕분이다.

● 이란 페르세폴리스에 있는 아르타크세르크세스 2세의 무덤.

PLUTARCH
LIVES